A COLINA *das* †RÊS CRUZES *de* BRAGANÇA COROADA

EMILIO K. YOSHINARI

A COLINA *das* ✝RÊS CRUZES *de* BRAGANÇA COROADA

Editora Labrador

Copyright © 2020 de Emilio K. Yoshinari
Todos os direitos desta edição reservados à Editora Labrador.

Coordenação editorial
Erika Nakahata e Pamela Oliveira

Preparação de texto
Maurício Katayama

Projeto gráfico, diagramação e capa
Felipe Rosa

Revisão
Deborah Sarah

Assistência editorial
Gabriela Castro

Imagens de capa
Pixabay e Freepik

Dados Internacionais de Catalogação na Publicação (CIP)
Angélica Ilacqua – CRB-8/7057

Yoshinari, Emilio K.
  A colina das três cruzes de Bragança Coroada / Emilio K. Yoshinari. - São Paulo : Labrador, 2020.
  240 p.

ISBN 978-65-5625-012-0

1. Ficção brasileira 2. Ficção policial I. Título

20-1909   CDD B869.3

Índice para catálogo sistemático:
1. Ficção brasileira

EDITORA Labrador

Editora Labrador
Diretor editorial: Daniel Pinsky
Rua Dr. José Elias, 520 – Alto da Lapa
05083-030 – São Paulo – SP
+55 (11) 3641-7446
contato@editoralabrador.com.br
www.editoralabrador.com.br
facebook.com/editoralabrador
instagram.com/editoralabrador

A reprodução de qualquer parte desta obra é ilegal e configura uma apropriação indevida dos direitos intelectuais e patrimoniais do autor.

A editora não é responsável pelo conteúdo deste livro. O autor conhece os fatos narrados, pelos quais é responsável, assim como se responsabiliza pelos juízos emitidos.

Esta é uma obra de ficção. Qualquer semelhança com nomes, pessoas, fatos ou situações da vida real será mera coincidência.

Para a minha esposa, Karla.

"A vergonha, dizem eles, é a raiz da virtude. Quem é sensível a ela cumprirá todas as regras de boa conduta."

Ruth Benedict, *O Crisântemo e a Espada*.
São Paulo: Perspectiva, 1972. p. 190.

SUMÁRIO

A véspera de São João, 11

Lucas Okamoto, 23

Pipa, 33

Bar Magrão, 41

Japa Louca, 53

Queimada, 69

Carlito, 81

Tumulto na delegacia, 107

Investigador da Polícia Federal, 119

"A Whiter Shade of Pale", 133

Dúvida sobre o natto, 149

Talismã, 161

Réquiem, 189

Busca de prova, 209

Epílogo, 235

A VÉSPERA DE SÃO JOÃO

(1)

Koichi fechou a porta de sua oficina, que ficava atrás do terminal rodoviário, e começou a andar na rua escura. A temperatura caiu bastante desde dois dias atrás, coincidindo com a chegada do solstício de inverno.

A rua da oficina de Koichi tinha cento e vinte metros de comprimento por oito metros de largura, e era margeada pelas lojas de atacado. Numa cidade como Bragança Coroada, de nove mil habitantes, essa ruazinha, apelidada de "rua do Atacadão", era a via mais movimentada depois da avenida principal, onde ficava o terminal rodoviário da cidade.

Koichi emigrou do Japão para o Brasil em 1971 e, depois de trabalhar em diversas fazendas nos estados do Paraná e de São Paulo, assentou-se em 1975 na colônia japonesa chamada "Esperança", no sudoeste de Santa Catarina. Ele, que gostava também de consertar máquinas e equipamentos, resolveu abrir uma oficina na cidade bragantina, a dezessete quilômetros da colônia. Fazia oito anos.

A oficina tinha três metros de largura e seis metros de profundidade. Nela, o japonês consertava máquinas agrícolas de porte pequeno, motocicletas e bicicletas. Visto que o movimento era pequeno, não havia empregados.

A rua estava cheia de compradores durante o dia, mas, após as sete horas da noite, não se via nem sombra de cão. Só na lanchonete Dom Quixote, na esquina, sentia-se sinal de vida humana, como luzes fluorescentes, vozes, movimentos de pessoas e ruídos de louças e talheres, ecoando de suas janelas e porta fechadas.

Dom Quixote era a lanchonete preferida de Koichi.

Quando ele abriu a porta de vidro, viu alguns rapazes com copos de cerveja e aguardente distraídos em conversa. Todos eram das lojas da mesma rua.

Dentro do balcão, o Chicão, o dono da lanchonete, homem de poucas palavras, estava lavando copos, vestindo uma camisa verde, a cor do seu time. Fizesse calor ou frio, a cor de sua camisa era sempre a mesma. A única coisa que mudava era o comprimento da manga.

Depois de pedir macarrão à bolonhesa, sentou-se à mesa vazia, no fim do corredor ao longo do balcão lateral. Para ele, comer um marmitex no almoço e macarrão à bolonhesa na janta já havia virado rotina.

Logo o Chicão trouxe um copo de água e o colocou em cima do balcão, perto da mesa de Koichi.

Em seguida, da cozinha, apareceu Ana Maria, com o prato de macarrão na mão, colocando-o ao lado do copo de água. No prato, via-se um pão francês, cortesia da casa.

Ana Maria era parente distante de Chicão e veio do interior de Minas Gerais. Diziam que as mineiras eram trabalhadeiras, pacientes e boas cozinheiras. Ela não traiu essa reputação. A aparência também não era nada má. Enfim, tratava-se de uma mineira acima da média.

Porém, ela tinha uma característica curiosa: assim como o dono da lanchonete, era difícil de vê-la falando ou rindo. Aparentava ter entre quarenta e quarenta e cinco anos. Diziam que era solteira.

Quando Ana Maria começou a trabalhar, sua atitude um pouco excêntrica chamou a atenção dos fregueses. Alguns, mais pretensiosos, tentavam de tudo para flertar com ela; os menos pretensiosos levavam piadas caprichadas só para ver seu sorriso. Porém, não se sabia se alguém havia alcançado seu objetivo. Passaram-se três anos desde que ela chegara à Dom Quixote, e parecia que todos a aceitavam do jeito que ela era.

Koichi não era bom para fazer amizade com o sexo oposto nem para contar piadas, portanto, nunca conversou com Ana Maria. Porém, ela tinha uma coisa que o atraía muito: o macarrão à bolonhesa que fazia. Comparando com o macarrão de frango que o Chicão fazia com molho de tomate aguado, o dela tinha molho grosso e sabor bem mais gostoso. Ela não comprava massa nem molho. Era tudo caseiro. O macarrão era um pouco mais grosso que o normal e ela levava bastante tempo para amassar. O molho era feito de uma mistura de purê de tomate caseiro com carne moída, orégano, alho e outras especiarias; ficava pronto depois de passar várias horas em fogo baixo. O macarrão e o molho feitos *à la* Ana Maria combinavam perfeitamente com o gosto de Koichi. Sabor, cheiro, grossura da massa e até aquela sensação de mastigar e fazê-la passar na goela o agradavam. Desde o primeiro encontro, Koichi se tornou fã desse macarrão. Durante os últimos três anos, ele não sentiu muito a dureza da vida solitária de viúvo, e o macarrão de Ana Maria devia ter ajudado bastante, sem a menor dúvida.

Koichi se levantou e foi ao balcão para pegar o prato. O cheiro de orégano e alho apertou o seu estômago vazio. Ele pegou um pote de queijo que estava em sua mesa e, depois de colocar bastante parmesão em cima do macarrão, enrolou a pasta com o garfo, levando-a lentamente à boca. Ao engolir a comida, ele sentiu o queijo ralado grosso passando pela goela gostosamente.

Comendo o macarrão e o pão alternadamente, ele olhou ao seu redor. Quase todos que estavam ali eram homens, conversando com muito entusiasmo. Assunto? Era futebol, claro! Entre as mesas, as fichas estavam indo e vindo para apostas. Quem bancava a aposta era o gerente da loja de cereais. Da mesa perto da entrada ele convidou Koichi, mas o japonês acenou um não com a cabeça. Ultimamente não estava com sorte, só perdia.

Depois de pôr o último pedaço de pão na boca, ele saiu da Dom Quixote.

(2)

Ao voltar a sua oficina, ele colocou a encomenda de cinco quilos de soja no bagageiro da moto e partiu para Colônia. O nome completo era "Colônia Japonesa Esperança", mas todo mundo a chamava apenas de "Colônia". Ele parou de trabalhar na roça, mas, além de ter casa na Colônia, ocupava o cargo de presidente do Clube dos Colonos Japoneses. O cargo não foi dado por mérito dele, mas porque ninguém o quis assumir.

Em contraste com a rua do Atacadão, totalmente deserta, as lojas da avenida principal estavam abertas, ainda com bastante movimento de compradores. A maioria deles estava acompanhada pelas crianças em razão da véspera de São João. A fim de animar o espírito das pessoas, todas as lojas estavam decoradas com fitas e balões coloridos, e alto-falantes tocavam música alegre no volume máximo.

Como em muitas outras cidades, a Festa Junina em Bragança Coroada é uma das maiores atividades festivas do ano e, desde o começo do mês, a praça principal da cidade estava decorada com vários enfeites coloridos; muitos cidadãos iam à noite para se reunir, conversar e se divertir com danças em trajes caipiras ao redor da fogueira. A maioria das danças era acompanhada pela música sertaneja, porém samba, lambada e forró também eram muito pedidos.

A praça estava ocupada não só pelas bancas e tendas que vendiam comidas, como pamonha, quentão, churrasco, pipoca, algodão-doce e pinhão, mas também pelas barracas de brinquedos, fogos de artifício, balões, lembranças etc. Além dessas atrações, as peças indispensáveis da festa, como o parque de diversões e a quermesse, estavam presentes, mostrando sua eterna popularidade.

O Dia de São João em 2007 cairia no domingo. Portanto, os comerciantes contavam com grande movimento. Os cidadãos, depois de encherem o estômago nas bancas de comida, se divertiriam com danças, *games* e sorteios. Quando chegasse a meia-noite, eles soltariam o balão aceso para o céu com uma salva de palmas, mostrando agradecimento pela boa colheita do ano e desejo de boa safra para o próximo ano.

Soltar balões com fogo é proibido em todo o território nacional devido ao risco de incêndio nas casas e florestas. Contudo, durante a Festa de São João, a autoridade bragantina via o ato com certa tolerância.

(3)

Quando chegou à estrada estadual, Koichi parou a moto e deu uma olhada em direção à cidade. Por motivo de aproximação do Dia de São João, centenas de balões estavam parados no céu, como se fossem topázios cintilando. Em contraste, inúmeras faíscas de fogos de artifício estavam subindo sem parar, tingindo a escuridão com cores vermelha, azul, amarela, verde, platina etc. Koichi ficou encantado com o espetáculo fantástico criado pelo contraste entre os balões estáticos e os fogos dinâmicos no espaço infinito.

Dentro da cidade há muitos obstáculos, como prédios altos, árvores e postes.

Mas, fora da cidade, não havia o que impedisse a observação dessa maravilhosa cena. Portanto, podia-se apreciá-la à vontade.

Confirmando que o relógio estava marcando oito horas, o japonês deu partida na moto. Depois de correr quinze minutos na estrada estadual, chegou a uma bifurcação. Ele saiu da estrada, virando à esquerda e, passando em frente ao bar Magrão, pegou uma estrada de terra com uma extensão de quatro quilômetros até a entrada da Colônia. Ao longo da estrada corria o canal de água para irrigação.

A assembleia municipal deu a essa ramificação o nome de Estrada Coronel Durval Ramos de Souza Alcântara, em homenagem ao político que tivera grande influência na região durante a década de 1940. No entanto, moradores da região que não gostaram ou do nome muito comprido ou do político logo passaram a chamá-la apenas de "Estrada da Colônia".

O canal de irrigação foi construído aproveitando o riozinho que saía do lago Dois Corações, passava por Queimada, pela colônia japonesa e, depois de cruzar com a estrada estadual, chegava à cidade de Bragança Coroada. Tinha sessenta centímetros de abertura. Apesar de ser feito de concreto reforçado, ele começou a se desintegrar, principalmente por forças naturais, como água, chuva e vento, já a partir do terceiro ano da sua inauguração. Com o passar do tempo, o estrago vinha avançando: depois da bifurcação com a estrada estadual até a colônia, muitas paredes caíram ou estavam prestes a cair. Só no trecho que atravessava a Colônia (um pouco mais de dois quilômetros) o canal se mantinha na forma original, pois os colonos japoneses vinham reparando as partes danificadas por conta própria. Diziam que o problema vinha se repetindo em razão do uso de materiais de má qualidade. Os bragantinos desconfiavam da relação suspeitosa entre alguns prefeitos do passado e as empresas executoras de obra.

Cerca de um quilômetro mais adiante, a estrada chegava a uma encosta de colina onde era possível avistar três cruzes em cima de um pequeno monte de terra. Era o lugar onde foram achados os cadáveres de três irmãos afogados alguns anos antes. Eles foram ao lago Dois Corações para brincar e, na volta, caíram no canal cheio de água da chuva.

As cruzes eram simples, feitas de pedaços de madeira pintados de branco, com altura de cerca de quarenta centímetros. Quando houve estrago causado pelos ventos ou chuvas, as cruzes foram trocadas por outras novas. De vez em quando, viam-se flores ou frutas junto às cruzes. Certamente alguém, família ou parentes, cuidava delas.

Para Koichi, passar a essa hora da noite dava muito medo por causa das cruzes. Mas não podia ir embora sem vê-las. Devido à curva, a luz do farol da moto batia inevitavelmente nas três cruzes, que ficavam dentro do mato, perto do canal. Era uma questão de segundos, porém, quando acontecia isso, parecia que as cruzes, refletindo a luz da moto, vinham avançando na direção de Koichi. Ele era ateu, mas, quando passava por ali à noite, não se esquecia de rezar.

Três quilômetros mais à frente, a Estrada da Colônia terminava e começava outra, também de terra, chamada de Avenida Ginza, uma referência à avenida-símbolo de Tokyo, capital do Japão, famosa pelas lojas de grife e também pelo alto preço de seus terrenos. A via corria ao longo do assentamento da Colônia. Sua extensão era de aproximadamente dois quilômetros e a largura era de dez metros. Na planta do loteamento da Colônia, a estrada estava indicada só em código. Depois de começar o assentamento, os colonos propuseram dar nome a ela. Avenida Ginza foi o nome escolhido pelos colonos por unanimidade.

O nome caiu no gosto dos colonos por eles acharem graça no contraste extremo entre as duas vias: enquanto a via da Colônia surgiu no meio do nada na terra do faroeste brasileiro, a do Japão desfrutava de sua fama como símbolo de prosperidade daquele país, margeada pelas inúmeras lojas famosas e sofisticadas bem no centro de Tokyo. O caso era como o de uma cachorrinha vira-lata de rua com o nome de Miss Brasil ou o de um mendigo da praça do bairro com o apelido de "xeique": era uma nomeação para ser um alvo de gozação inocente. Havia mais uma razão: a saudade que os colonos sentiam do Japão. Eles procuravam qualquer coisa que pudesse ajudar a matar essa saudade, e chegaram a esse nome. A escolha deu certo. Avenida Ginza da Colônia logo se consolidou como símbolo do laço sentimental entre o coração dos colonos japoneses e a sua pátria.

Cerca de cento e cinquenta metros antes de terminar a Estrada da Colônia, a primeira casa à esquerda da Avenida Ginza entrou no campo visual de Koichi.

Era a casa térrea da família Sato. Um pouco mais à frente, via-se o sobrado de Hiroshi Okamoto no lado oposto da avenida, diagonalmente em frente à residência dos Sato. A casa estava vazia porque a família toda tinha ido para o Japão a fim de trabalhar como *dekassegui*[1].

Aproximando-se da primeira casa, Koichi desacelerou a moto para entregar os cinco quilos de soja pedidos por Momoe, esposa de Masakazu Sato. À medida que ele diminuía a velocidade da moto, chegava ao seu ouvido o latido histérico de um cão, cada vez mais crescente.

Quando parou a moto em frente ao portão da cerca de madeira à altura de sua cintura, ele avistou um objeto no chão, sob a luz fraca do poste, distante cerca de seis metros dele. Viu também a porta da casa entreaberta e a sala sem luz. A Pinta, a vira-lata do casal Sato, estava latindo para esse objeto desesperadamente. À primeira vista, ele não pôde distinguir direito o que era aquilo, mas naquele momento deu para perceber, apesar da fraca iluminação. Alguém estava caído! Devia ser isso! Koichi saltou da moto e, esbarrando fortemente no portão, avançou na direção do vulto. Pinta pulou nele balançando o rabo. Eram bons amigos. Aproximando-se mais, ele já podia reconhecê-lo. Era Momoe, dona da casa. Ela estava caída de lado, com o rosto para baixo, braços encolhidos no peito e pernas dobradas, num cardigã longo de cor escura e de lã grossa. Quando Koichi levantou a cabeça dela, sentiu um leve aroma de perfume. O rosto dela estava sujo de sangue e terra nas bochechas, boca e nariz. O corpo dela ainda estava quente.

Depois de devolver cuidadosamente a cabeça dela ao chão, ele começou a correr para a casa de Gentaro Futabayashi, cerca de duzentos e cinquenta metros adiante, para pedir ajuda. Gentaro era o

---

1. *Dekassegui*, literalmente, significa o ato de ganhar dinheiro temporário saindo da terra natal ou a pessoa que faz isso. No Japão, a fim de sustentar a sua família ou reforçar a sua renda familiar, o chefe da casa e/ou os filhos adultos, em geral, em famílias de agricultores de pequeno porte, saem da sua cidade ou terra natal do interior para trabalhar em cidades grandes, deixando a família na sua cidade tomando conta da casa e da lavoura durante a sua ausência. A maioria arranja trabalhos temporários e braçais nas obras de construção ou nas fábricas. Esse fenômeno, historicamente, ocorre quando a agricultura do interior vai mal ou quando há aquecimento da produção industrial no país. Essa palavra começou a ser usada também para descendentes japoneses do Brasil que vão ao Japão buscando trabalho, em razão de terem uma situação e/ou motivação semelhante aos dos *dekasseguis* japoneses.

vice-presidente do Clube dos Colonos Japoneses. Antes de correr, Koichi pensou que essa distância não seria nada. Mas, nem chegando na metade do caminho, já começou a sentir falta de ar e câimbra nas pernas. Devia ter usado a moto! Ele se arrependeu. Porém, naquele momento, ele estava tão apavorado que não chegou a pensar nisso. Ao alcançar a casa de Futabayashi, arquejando e arrastando as pernas, ele explicou rapidamente a Gentaro, o chefe da família, o que viu na casa dos Sato. Sem ouvir até o fim, Gentaro pegou o telefone e começou a discar para o pronto-socorro bragantino.

A demora para atenderem o telefone fez Gentaro ficar nervoso. Olhando as sobrancelhas brancas franzidas dele, Koichi disse:

— Eu tenho de voltar para a casa dos Sato. Só vi a senhora Momoe. Preciso saber do senhor Masakazu. Mas não me sinto muito bem indo sozinho. E se tiver algum bandido escondido lá? Você poderia deixar Makoto ir comigo?

Makoto era o filho de Gentaro. Apesar de ser um pouco tímido, tinha um metro e oitenta e cinco centímetros de altura e o corpo forte pela prática de beisebol. Gentaro acenou a seu filho com os olhos. Makoto foi até o fundo do corredor e voltou com o taco de beisebol.

No sofá de veludo da sala, a esposa de Gentaro e a esposa e os filhos de Makoto olhavam preocupados o movimento dos homens. A família toda estava com vestidos caipiras e rostos pintados. Estavam de saída para a véspera de São João. O contraste entre a cena trágica que acabara de ver e os rostos cômicos dos familiares de Futabayashi fez Koichi perguntar a si próprio:

— Será que estou sonhando?

Makoto foi primeiro e o mecânico japonês o seguiu. Quando chegou a galope perto da casa dos Sato, Makoto viu alguém atravessando a avenida. O indivíduo entrou no terreno da segunda casa: aquela que era da família que fora para o Japão como *dekassegui*. Parecia Antônio, seu amigo. Ele ia chamá-lo, mas, antes que fosse possível, ele sumiu na escuridão. Koichi chegou alguns segundos depois. Os dois entraram no terreno do casal Sato e aproximaram-se de Momoe. Seu rosto sujo de sangue e terra estava limpo como se tivesse tomado banho. "Foi a Pinta que o lambeu", Koichi pensou.

— Tia Momoe!

Makoto gritou várias vezes, mas não houve reação dela. Ele tirou a camisa de algodão que vestia debaixo da malha e, colocando-a no ferimento dela, pediu para Koichi segurá-la. Olhou ao redor à procura de Masakazu, o esposo de Momoe, mas não o viu.

— Senhor Sato! Tio Masakazu! — Não houve resposta. Ele chamou mais uma vez. Nada.

Makoto criou coragem e resolveu entrar na casa. Segurando o taco de beisebol com mais força, passou pela porta entreaberta e foi para a sala. Acendeu a luz. Não notou a presença de ninguém. Ele sentiu um aperto forte no estômago, mas não teve alternativa a não ser ir para a frente. Avançando no corredor com passos cuidadosos, ele viu uma faixa de luz entre a porta e o batente do dormitório, em face da avenida. Quando ele abriu a porta devagar, viu Masakazu deitado na cama de casal, emitindo um som que não dava para distinguir se era ronco ou gemido. Seus olhos estavam meio abertos, sem brilho.

(4)

Chegou a ambulância do pronto-socorro de Bragança Coroada, a cidade mais próxima da Colônia. Cerca de meia hora depois, veio a viatura da delegacia bragantina. Carlos, o delegado, e seu subordinado apelidado de "Alemão" desceram. Primeiramente, eles ouviram dos enfermeiros da ambulância sobre o estado do casal, e a informação foi a de que era necessário levá-los urgentemente ao Hospital Santa Casa de Tomé da Conquista, devido à gravidade dos ferimentos dos dois. Tomé da Conquista, cidade com duzentos mil habitantes, ficava na margem da estrada estadual, a vinte quilômetros da bifurcação com a Estrada da Colônia, na direção contrária da cidade de Bragança Coroada.

Olhando de soslaio a ambulância desaparecendo com a sirene ligada na escuridão da mata, Carlos ligou para a Delegacia de Tomé da Conquista de seu celular e, depois de explicar o acontecido, pediu que enviassem um perito para a Colônia. O plantonista que o atendeu disse que isso seria possível somente na manhã seguinte.

A Delegacia de Polícia Civil de Bragança Coroada tinha um delegado e cinco policiais. A maioria das ocorrências era relativa a furtos pequenos e brigas de bêbados. Portanto, duas pessoas feridas seriamente por arma de fogo era a ocorrência mais grave já acontecida no município. Naturalmente, a delegacia não estava provida de peritos. Por isso, Carlos pediu um especialista para a cidade vizinha.

Ao saberem do acontecimento, os colonos japoneses e os moradores brasileiros do vilarejo de Queimada, adjacente à Colônia, aglomeraram-se no local, preocupados. Não demorou muito para começarem a circular palpites e comentários. A maioria apontou o grupo do MST (Movimento dos Trabalhadores Rurais Sem Terra) como possível autor desse ato bárbaro. Cerca de dois meses antes, um grupo de sem-terra composto de aproximadamente cinquenta famílias havia ocupado a beira da estrada estadual junto à área de reflorestamento particular, bem perto do bar Magrão, levantando barracas com pedaços de madeira ou lona de vinil.

A presença do grupo começou a deixar os moradores da região preocupados. Coincidindo com a crescente ida e vinda dos sem-terra com varas de pescar entre seu acampamento e o lago Dois Corações, aumentaram as queixas dos moradores por sumiço de roupas no varal ou roubo de verdura da horta.

Duas semanas antes, porém, ocorreu um acidente muito grave, causando grande revolta entre os habitantes do município inteiro de Bragança Coroada.

Isso aconteceu logo depois de um menino chamado Lucas Okamoto descer de um ônibus perto do bar Magrão com uma bicicleta nova comprada em Bragança Coroada. Era o presente pelo seu aniversário de seis anos.

LUCAS OKAMOTO

(1)

Lucas Okamoto era filho de Antônio Alves Pereira e Yumiko Okamoto. Antônio foi aquele que Makoto Futabayashi pensou que viu, porém não com muita certeza, perto da casa do casal Sato na noite do crime. Yumiko, sua mãe, era filha de Hiroshi Okamoto, o proprietário da segunda casa da Avenida Ginza.

Antônio veio com seus pais do Nordeste em 1992. Ele era filho único e tinha oito anos. Seu pai, José, logo conseguiu trabalho na horta do casal Sato e a família foi morar com esse casal, que, na época, vivia com Kanna, a neta de quatro anos.

O emprego na família Sato não durou muito, pois o *boom* de hortaliças acabou e veio o excesso de sua produção. Os produtores tinham de jogar cenoura, cebola, repolho e tomate no rio, ou deixar na horta apodrecendo, dado que, se pagassem o combustível ou o frete para levá-los até as centrais de abastecimento, eles ficariam com prejuízo. Essa situação não acontecia todo ano para todos os tipos de hortaliças. Em um ano acontecia com a cenoura, em outro com a cebola ou com o tomate, e assim por diante. O crescimento do número de horticultores e a produção especulativa contribuíram para isso. A colônia toda sofreu por causa dessa adversidade. O casal Sato não foi a exceção. Forçados a reduzir a produção, eles não podiam mais pagar José, que foi dispensado e sua família teve de sair da casa dos Sato. Montou um barraco em Queimada, num terreno infértil e cheio de pedras. A nova vida da família de José dependia de dois tipos de trabalho: um era o trabalho temporário nas hortas dos japoneses da Colônia só na ocasião de plantio e no pico da colheita de verduras, e o outro era o bico esporádico em obras de construção nas cidades próximas como ajudante de pedreiro.

Lá em Queimada, em decorrência desse problema na produção de hortaliças, o número de famílias vivendo em condições semelhantes às de José chegaram a cerca de quarenta. A maioria era formada por negros e pardos que migraram do Nordeste. Isso fazia contraste com os cidadãos bragantinos, que eram, em sua maioria, brancos.

Mesmo após a família mudar para Queimada, Antônio sempre ia à casa dos Sato como se fosse sua. Ele era o preferido de Momoe. Todos os dias ele brincava na colônia com seus amiguinhos.

Quando estava com catorze anos, começou a namorar Yumiko Okamoto escondido, e ela ficou grávida dois anos mais tarde.

A notícia surtiu o efeito de um terremoto de magnitude dez para a colônia, porque a gravidez de uma menor de idade era uma vergonha para a sociedade japonesa, na qual predominava o conservadorismo. Não só a menina, mas também sua família, especialmente os pais, caíam em desgraça. Hiroshi, pai da menina, ficou furioso e começou a perseguir Antônio com a espingarda. Ameaçado, o menino fugiu para Bragança Coroada e se escondeu na casa de um dos conhecidos.

Muitos colonos japoneses que sentiam simpatia por Antônio e Yumiko, inclusive o casal Sato, aconselharam Hiroshi a perdoar os dois. Ele não ouviu os conselhos e mandou sua filha abortar. Yumiko resistiu, dizendo que preferia morrer a abortar. Logo depois dessa confusão, a família Okamoto foi para o Japão como *dekassegui*. Hiroshi dava vários motivos para justificar sua decisão: dizia que não haveria futuro para o cultivo de verduras na colônia, que queria dar ao filho a oportunidade de estudar em uma faculdade no Japão etc. Ele não disse claramente, mas separar sua filha de Antônio também era um dos principais motivos para a ida de sua família ao Japão, com certeza.

Alguns meses depois de chegar à Terra do Sol Nascente, Yumiko deu à luz um menino, e ele era portador da síndrome de Down. Os pais dela tentaram dar ao seu neto um nome japonês, mas ela preferiu o nome Lucas, pois havia escolhido esse nome com Antônio antes de partir da Colônia. Logo Lucas começou a ter problemas de bronquite e não parou de ir ao hospital. O ar da região não era apropriado para ele — a família Okamoto foi morar no cinturão industrial da região central do Japão. Preocupado com a situação, o médico insistentemente recomendou que a família tratasse a saúde dele em um lugar sem poluição do ar. Contudo, para seguir a sua recomendação, a família teria de se mudar para a montanha ou para a ilha, onde haveria o ar puro em abundância, porém seria impossível achar emprego.

A esposa de Hiroshi ficava o dia inteiro ocupada com as tarefas de casa. Seu filho estudava no colégio durante o dia e frequentava o cursinho à noite. O custo dos estudos era alto. A manutenção da vida dependia somente dos ganhos de Hiroshi, que trabalhava na indústria de peças automobilísticas, e de Yumiko, que começou a trabalhar na fábrica de processamento de alimentos depois do nascimento de Lucas. No fim do mês não sobrava nada. Como poderiam se mudar para um lugar onde seria difícil achar um emprego só para o tratamento da bronquite de Lucas? Era uma sentença de suicídio familiar — assim pensou Hiroshi.

Ele procurou desesperadamente a saída desse dilema e, enfim, teve uma ideia meio maluca: deixar Lucas com seus avós brasileiros em Queimada. Hiroshi tinha um ódio muito grande de Antônio, mas seu sentimento por José, o pai dele, era diferente. Ele conhecia José desde que começou a trabalhar para a família Sato e gostava do seu jeito: firme, forte, persistente, além de ter raciocínio rápido e temperamento calmo.

Como já comentado anteriormente, quando Hiroshi descobriu a gravidez de sua filha, foi diversas vezes ao barraco dele à procura de Antônio. Quando não o achava, Hiroshi descontava toda a sua raiva em José e em sua esposa, Irene, xingando, zombando e insultando sem piedade. O coitado do José, sentado no chão, só pedia perdão pelo seu filho. Ele não replicou nada porque entendia bem como o pai da filha nessa situação se sentia. Para acalmar o japonês enfurecido, ele dizia repetidamente que faria qualquer coisa para compensar o ato de seu filho. O próprio Hiroshi sabia que acusar José não era justo. Tudo era um ato passageiro de desaforo de um pai desesperado. O conceito de Hiroshi sobre José não mudou por causa desse episódio. Tanto que, ao partir do Brasil, Hiroshi pediu para ele tomar conta de sua casa na Colônia.

O japonês não tinha total convicção de que José concordaria com sua ideia de cuidar de Lucas. Pelo contrário, ele pensou que a possibilidade de rejeição seria maior em razão dos problemas sérios de saúde do menino.

A única solução, ele pensou, seria o dinheiro: se falasse que ia pagar para que José cuidasse de Lucas, ele não poderia recusar. Em um lugar como Queimada, pagar a pensão não custaria nada comparando com o dinheiro gasto para o tratamento de Lucas no Japão.

O problema seria Yumiko. Como se esperava, ela protestou veementemente, porque isso significaria se separar de seu filho. Hiroshi tentou várias vezes convencê-la, mas não deu certo. Ultimamente, só de tocar no assunto, sua filha ficava nervosa e chorava histericamente; os vizinhos frequentemente reclamavam, pois a divisão entre um apartamento e outro se dava apenas pela parede fina de madeira compensada.

Enquanto isso, a saúde de Lucas foi piorando, e a esposa de Hiroshi tinha de gastar mais tempo para tomar conta dele. Por isso, ela sentia o peso do acúmulo de serviços e passou a mostrar sinais de depressão. Enfim, não restava outra saída, a não ser que Yumiko faltasse ao trabalho a fim de ir com seu filho para o hospital e a farmácia. Por causa disso, ela recebeu não somente queixas de seu superior, mas também *bullying* de suas colegas de trabalho, já que muitas vezes não tinha tempo suficiente para avisar a fábrica sobre sua falta ao trabalho em razão das pioras repentinas da saúde de Lucas; como consequência, suas colegas tinham de fazer horas extras imprevistas e contra sua vontade.

Cada vez mais, o ambiente ia piorando, dentro e fora de casa.

—Yumiko, toda a culpa dessa péssima situação é sua! Continuando assim, não haverá outra saída senão o suicídio familiar.

Essas palavras de Hiroshi se destinavam à recusa dela em mandar Lucas para os avós no Brasil. Já que a esposa e o filho também apoiavam a ideia de Hiroshi, Yumiko ficou isolada, lutando contra a hostilidade dos familiares.

Enfim, ela se cansou e, contrariando sua vontade, concordou com a ida de seu filho para Queimada.

(2)

Assim, Lucas veio para o Brasil trazido por seu avô. A tentativa era arriscada, mas Hiroshi não tinha outra ideia melhor. Era tudo ou nada. Estava preparado para aguentar qualquer insulto ou ofensa por parte de José. Estava decidido a não voltar para o Japão até José aceitar receber seu neto. A determinação era tamanha que ele não comprou a passagem de volta para Lucas.

Era uma manhã muito fria. Hiroshi alugou um carro em Tomé da Conquista e chegou com Lucas ao barraco de José. O casal estava na sala se aquecendo perto do fogão, que era, na realidade, uma lata de tinta de dezoito litros com inúmeros furinhos laterais. O radiozinho velho da marca Motoradio em cima da mesa de madeira perto da janela tocava o sertanejo sonolentamente.

A visita de Hiroshi foi uma grande surpresa para José e Irene. Mas, quando eles viram o menininho ao lado dele, vestindo o casaco preto com capuz em forma de rosto de panda, a surpresa foi ainda maior. De imediato, eles adivinharam quem era ele.

Irene, depois de oferecer a Hiroshi a cadeira perto do fogão que ocupava, foi com Lucas para o sofá surrado, encostado na parede de pinho. Lucas, que olhava curiosamente o fogão improvisado, de repente coçou seu nariz e tossiu levemente, talvez por causa do cheiro de pinhões torrados em cima do fogão. Quando Hiroshi viu isso, ficou apavorado. Contudo, nada de mais aconteceu com seu neto, e o rosto do japonês, todo branco de susto, voltou a tomar sua cor natural. Irene pôs Lucas no colo e começou a acariciar seu cabelo.

Hiroshi poupou palavras para o cumprimento e foi direto ao assunto, explicando o problema respiratório de Lucas. Disse que ele se lembrou de Queimada quando o médico recomendou que o deixasse em um lugar sem poluição para se recuperar, e pediu ao casal para tomar conta do menino até haver melhoria.

Ele esperava resistência por parte do casal, mas, apesar de o pedido ser muito repentino e egoístico, eles o aceitaram sem impor condições.

Hiroshi lembrava bem que, para repreender Antônio, viera até esse barraco várias vezes. Em comparação com José, que só pedira perdão, a reação de Irene fora bem diferente. Ela defendera seu filho com grande denodo, rebatendo freneticamente a acusação do japonês. Do rosto dela as lágrimas correram copiosamente, e no canto de sua boca se acumulara espuma da saliva. Ela não se importara com nada. A única preocupação fora defender seu filho. A repugnância mostrada naquela ocasião fora tão forte que Hiroshi, de antemão, receava a grande resistência dela contra sua proposta. Por isso, a aceitação incondicional do casal o deixou até sem jeito. Quanto à síndrome de Down, não houve questionamento pelo casal.

O pagamento da pensão alimentícia era um dos assuntos mais importantes para Hiroshi. Porém, apesar de perguntar diversas vezes quanto queriam receber, eles só trocavam olhares um com o outro, e a resposta não saía. Ele resolveu fazer a proposta em vez de esperar a deles. Para começar, mostrou um valor bem baixo. Ia aumentá-lo gradativamente, até obter a resposta positiva. Mas eles acenaram com a cabeça na primeira proposta.

Na verdade, o casal não sabia como responder, pois não tinha a mínima ideia sobre o significado exato de "pensão". Não havia nem tempo para pensar quanto valia isso. Afinal de contas, Lucas era seu neto também. Para eles, os avós cuidarem do neto era uma coisa natural.

Por último, Hiroshi perguntou se sua filha poderia telefonar para Lucas uma vez por semana. Não houve objeção. Contudo, o barraco não tinha telefone. Hiroshi sugeriu que Lucas fosse com José para a casa dele na Colônia e esperasse lá o telefonema de Yumiko na hora marcada. Ela tinha escolhido às oito horas da noite de sábado (horário no Brasil), pois, devido ao fuso horário, seria às oito horas da manhã de domingo no Japão; o melhor momento para conversar com seu filho.

Todos os músculos do rosto de Hiroshi afrouxaram em razão do ótimo resultado obtido. Custou muito para esconder a sua satisfação. A expressão "ótimo resultado" continha um significado especial. O japonês propositalmente não falou do problema sério do seu neto. Tratava-se de uma convulsão fulminante de asma que ele tinha. Uma crise asmática não escolhia hora nem lugar. Hiroshi já tinha visto Lucas tossindo em agonia inúmeras vezes; toda vez que acontecia isso, ele pensava que seu neto morreria. Se a convulsão começasse durante a conversa no barraco, certamente o casal mudaria sua opinião sem pensar duas vezes.

Por isso, Hiroshi ficou pálido quando viu Lucas tossir levemente logo depois de se sentar no sofá com Irene.

Durante a estadia na casa de José, o japonês rezava sem parar para que não acontecesse aquele ataque asmático terrível. Por sorte, Lucas quase fechava os olhos no colo de Irene devido ao fuso horário. Se ficasse muito tempo na casa do casal, eles poderiam mudar de opinião. Hiroshi pensou que seria melhor ir embora antes de acontecer algo pior, e assim se despediu do casal apressadamente. Nem tocou no chá-mate com mel que lhe serviram com capricho. O menino não viu seu avô japonês ir embora porque estava no colo de sua avó dormindo.

(3)

Assim começou a nova vida de Lucas em Queimada. Ele tinha dois anos. José e Irene gostaram dele imediatamente. Irene adorou essa criatura branquinha e fofa como maria-mole, e ficava grudada nele o tempo todo.

Pele branca umedecida, pálpebras superiores carnudas, olhos puxados, nariz pequeno e lábio inferior rosado meio projetado. Todas essas características físicas eram de Yumiko, e os olhos castanhos e o olhar doce eram, sem dúvida, de Antônio.

A criança era de poucas palavras; quando abria a boca, saíam palavras brasileiras e japonesas, todas misturadas. O casal não entendia nada do que ele falava, mas mesmo assim riam junto e se sentiam felizes. Até o jeito de falar dele, meio desengonçado, era motivo para o casal o adorar mais.

Terminado o dia, deitados na cama com Lucas no meio, José e Irene sentiam grande satisfação por terem cuidado dele praticamente o dia todo, esquentando leite, preparando mamadeira, lavando e secando fralda, dando banho, brincando junto etc.

* * *

Logo começou a se espalhar na vizinhança a notícia de que Lucas teria a síndrome de Down. O casal chegou a saber disso. A primeira vez que ouviram essa palavra foi de Hiroshi. Contudo, ele não explicou direito do que se tratava. Eles tinham até se esquecido disso, porque nenhum problema acontecia ao seu neto. Um dia, eles o levaram ao posto de saúde de Bragança Coroada para vacinação de pólio. Foi então que souberam, através da enfermeira, o que era a síndrome de Down.

O casal não havia estranhado os olhos puxados, uma das características da síndrome, porque pensavam que a criança havia "puxado" isso de sua mãe japonesa.

Porém, mesmo sabendo disso, a vida dos três não mudou nada. O problema respiratório não incomodou mais. Simplesmente desapareceu. Lucas nunca insistiu pelo colo de sua mãe, nem mostrava muita ansiedade em conversar com ela ao telefone.

Logo as crianças da vizinhança começaram a visitar o barraco para ver Lucas. Ele se tornou o xodó das meninas, pois elas adoravam sua fisionomia oriental e pele branca como a neve. As meninas brigavam entre si para tomar conta dele. Até as mulheres amigas de Irene do mesmo vilarejo vinham pedir o menino "emprestado".

Com o passar do tempo, Lucas começou a brincar mais com os amigos. Ele permanecia com seu jeito de falar e agir meio lento, mas, toda vez que alguns meninos tentavam tirar sarro dele, outros de idade maior os repreendiam, comportando-se como guardiões do menino.

Algum tempo antes José ficara sabendo que Antônio vivia em Bragança Coroada sem emprego, sustentado pela prostituição. Por isso, não o deixava vir a Queimada para ver Lucas. Ele tinha vergonha do filho.

Mas parecia que o tempo estava fazendo Antônio tomar juízo. Como prova disso, Antônio deixou a vida de gigolô e arranjou emprego no supermercado, e até começou a frequentar a igreja. Após saber disso, o coração de José foi amolecendo pouco a pouco, e então começou a fazer vista grossa, permitindo que seu filho passasse um tempo com Lucas de vez em quando.

PIPA

(1)

Quando José perguntou a Lucas o que ele queria de presente pelo seu aniversário de seis anos, a resposta foi: "Uma bicicleta". Para saber se poderia atender ao pedido, José foi ao centro da cidade conferir o preço. Ele ficou surpreendido e ao mesmo tempo desapontado, pois a bicicleta nova custava bem mais caro do que esperava. Ele passou na oficina de Koichi para ouvir a opinião do mecânico japonês.

— Que tal eu montar uma aproveitando as peças velhas que tenho aqui? Já que a maioria delas é para jogar fora, eu cobro de você só a mão de obra.

— E quanto é essa mão de obra?

— Noventa reais só.

— ...

O preço dele era apenas um terço do valor de uma bicicleta nova, mas, mesmo assim, muito puxado para José. Ele vinha tomando conta da casa de Hiroshi na Colônia, recebendo, por remessa, o dinheiro para as despesas da casa e para gratificação. Quatro anos antes, foi incluída a pensão de Lucas. Portanto, durante algum tempo, o valor recebido chegou a um montante significativo. Mas essa euforia não durou muito. A condição de vida dos *dekasseguis*, como era a família de Hiroshi, começou a piorar em razão do estouro da bolha econômica no Japão. Em consequência, o valor da remessa começou a diminuir e, pagando as despesas da casa de Hiroshi (IPTU, tarifa telefônica, conta de luz, reparo da casa), não sobrava quase nada. Isso quer dizer que o valor correspondente à gratificação por tomar conta da casa e à pensão de Lucas praticamente zerou.

Chegavam a José notícias tristes sobre os *dekasseguis* no Japão. Parecia que muitos haviam perdido o emprego e queriam voltar ao Brasil, mas não tinham dinheiro para comprar a passagem. Sem opção, eles estavam vivendo na rua, como sem-teto, até a economia melhorar. José pensou que a família de Hiroshi também devia estar sofrendo. Portanto, aceitou a redução de valor da remessa com naturalidade.

Em consequência disso, a vida no dia a dia da família de José tornou a depender só dos ganhos do seu trabalho em horta na Colônia ou em construções em Bragança Coroada. Ambos eram imprevistos. Se tivesse chamada, ele ia; se não, passava o dia em casa.

Diante da incerteza de renda, noventa reais era uma quantia muita alta. Para aceitar a oferta de Koichi, precisava de coragem, aquela necessária para pular de cabeça nas cataratas de Foz do Iguaçu.

Vendo José indeciso, Koichi exclamou de repente, com o tom de brincadeira:

— Japonês garantido, né?!

Essa frase foi muito usada pelos imigrantes japoneses novatos, enquanto vendiam os bens e serviços para brasileiros durante o século passado.

Logicamente, no negócio, o interesse do comprador é oposto ao do vendedor, porque o comprador quer pagar menos, e o vendedor quer cobrar mais. Portanto, surge uma barreira de desconfiança entre eles, especialmente nas primeiras negociações. Eliminar esse obstáculo e abrir um canal de confiança leva certo tempo.

Além disso, os imigrantes japoneses tinham outra barreira, que era a língua. No comércio, quem não dominava bem a língua sempre levava grande desvantagem.

A frase "japonês garantido" foi cunhada pelos japoneses que tinham dificuldade com o português, a fim de destruir de uma vez por todas esses dois obstáculos que impediam o bom negócio com brasileiros. A invenção deu certo e ajudou muitos imigrantes japoneses recém-chegados quando negociavam sua colheita com compradores ou intermediários brasileiros. Alguns que deixaram a lavoura e se estabeleceram em cidade abrindo lavanderias, bancas de feira livre ou quitandas também desfrutavam muito do efeito dessa frase na negociação de preço com a dona de casa brasileira titubeante.

Frases nascem e morrem como a moda. Essa frase criada por necessidade e usada durante várias décadas por imigrantes japoneses é raramente ouvida hoje em dia. Duas razões provavelmente contribuíram para isso. Em primeiro lugar, o português deles melhorou com o tempo, o suficiente para tocar seu negócio sem apelar para essa frase. Em segundo lugar, a honestidade dos japoneses ficou reconhecida entre os brasileiros, dispensando sua autopropaganda.

Porém, assim como um antibiótico com validade vencida pode ser eficaz para alguns que vivem alheios ao remédio, a velha frase produziu efeito em José.

(2)

No dia 11 de junho, segunda-feira, José levou Lucas à oficina de Koichi para receber a bicicleta. Era exatamente no dia de seu aniversário.

A bicicleta era pintada toda na cor vermelha e tinha um retrovisor em cada guidão, além de muitas fitas fluorescentes. Tinha quatro adesivos colados na armação; todos eram de heróis de animações japonesas, muito populares no Brasil. José disse ao seu neto que a bicicleta que ele olhava com admiração era toda sua. Porém, foi difícil fazê-lo acreditar, tanto que ele perguntou diversas vezes, olhando para José e Koichi alternadamente:

— É minha? Sério? Não é pegadinha?

Na volta para casa, Lucas ficou agarrado à sua bicicleta o tempo todo no ônibus, com uma cara muito séria. José leu o pensamento do menino. Com certeza, seu neto estava com medo porque, para ele, todos os passageiros pareciam olhar sua bicicleta como se quisessem tomá-la. O ônibus das quatro horas da tarde de segunda-feira tinha bastante espaço. Até galinhas e porquinhos vivos estavam no assento com seus donos. No ônibus espaçoso, com poucos passageiros, numa estrada estadual de livre trânsito, o clima era de total tranquilidade. José estava muito contente por poder dar de presente exatamente o que seu neto tanto queria.

Quando eles desceram do ônibus, pouco antes das cinco horas da tarde, o sol estava se pondo no céu, a oeste. No bar Magrão, José pegou sua bicicleta, que havia deixado lá, e foi andando com seu neto pela Estrada da Colônia. Quando chegaram até o pé da subida suave, Lucas perguntou ao seu avô se podia andar na bicicleta.

— Pouquinho, vô! Só para testar!

Ao ouvir seu neto usar a palavra "testar", José percebeu que o vocabulário dele estava aumentando, especialmente depois de começar a brincar com os meninos da vizinhança. Lucas já havia montado em bicicletas emprestadas de amiguinhos diversas vezes, e sua habilidade de dirigir vinha melhorando.

— Não esqueça! Devagar! Ouviu? — disse José, mostrando autoridade paternal no tom forte de sua voz, mas seus olhos estavam sorrindo.

Lucas mal esperou que seu avô terminasse de falar e disparou. Chegou ao topo da colina num instante.

— Vô! Venha logo! Senão vou deixar você sozinho no mato! Ouviu?

Quando José chegou a cerca de dois metros de Lucas, o menino deu uma risadinha curta e desceu a rampa pedalando com força.

— Lu! Cuidado! Não corra muito!

Antes de ouvir o alerta do avô, ele caiu e soltou um grito.

Depois de descer, José tentou levantar Lucas. Só então ele viu sangue jorrando do pescoço do seu neto. A camisa branca do menino se tingiu de vermelho-escuro com incrível rapidez. José ficou totalmente perdido, sem saber o que fazer. A única coisa que fez foi levantar a cabeça de seu neto e puxar para seu peito. Aí que ele viu o fio ao redor do pescoço sangrento do menino. Era um fio de pipa com cerol!

Ele escutou alguém murmurando no mato.

— Pegamos, pegamos!

Era voz de criança.

José pedalou sua bicicleta chorando até o bar Magrão, com seu neto no braço.

Lucas foi levado para o Hospital Santa Casa de Tomé da Conquista no carro de patrulha do delegado Carlos, pois ele chegou ao bar antes da ambulância do pronto-socorro.

José foi junto. Depois de acompanhá-lo até a sala da UTI, Carlos voltou ao local do acidente com José para averiguação. A bicicleta já tinha sumido.

Por ter perdido grande quantidade de sangue, o estado da saúde de Lucas se tornou crítico. Foi a eficiência e dedicação da equipe médica que conseguiu evitar o pior, e ele saiu da UTI quatro dias depois; porém ficou ameaçado seriamente de não recuperar a voz, devido ao ferimento nas cordas vocais.

(3)

José se sentia muito responsável pelo que aconteceu com seu neto. Foi diversas vezes à Delegacia de Polícia de Bragança Coroada pedindo a investigação do caso. Ele disse na delegacia que os moleques sem-terra acampados perto do bar Magrão deviam ter feito isso. Para reforçar a sua afirmação, apareceram testemunhas. Os fregueses do bar disseram que tinham visto quatro meninos do acampamento indo na direção da Estrada da Colônia meia hora antes do acontecimento. Na delegacia, José alegou insistentemente que os policiais deviam entrar no acampamento para pegar os culpados.

O tempo foi passando, mas a delegacia não se mexia. Na verdade, a polícia local não podia fazer nada. A Delegacia de Bragança Coroada contava somente com seis policiais. Por outro lado, o acampamento dos sem-terra era um aglomerado de mais de duzentas pessoas. Excluindo mulheres e crianças, cerca de cem pessoas eram adultos fortes especializados em ocupação de terra, invasão de prédios e enfrentamento com policiais. Seis contra cem. A diferença de força entre a polícia local e os sem-terra era muito grande. Ademais, os sem-terra estavam muito agressivos e nervosos devido ao conflito com o governo estadual por causa do terreno. Já que os casos do passado mostravam resultados trágicos em casos de confronto de forças desequilibradas, a Secretaria de Segurança Pública não autorizava a entrada de policiais locais em áreas de ocupação até conseguir apoio suficiente da Polícia Militar ou do Exército. E não era só isso. Conforme o caso, era necessário o consentimento do Instituto Nacional de Colonização e Reforma Agrária, o Incra, e da Secretaria de Direitos Humanos. Muitos trâmites envolvidos com um monte de papelada ajudavam ainda mais a demora da autorização.

José não sabia qual era o procedimento relativo a um caso como esse nas repartições públicas. Simplesmente não aguentou mais esperar de braços cruzados. Foi sozinho ao acampamento para recuperar a bicicleta roubada. Estava ciente do perigo, mas não se importava; estava disposto a arriscar a sua vida para trazer de volta a bicicleta de seu neto, que era a razão da sua vida.

A bicicleta dele era uma "encomenda especial", obra da invenção de Koichi. Não existia outra igual. Portanto, não precisou nem de cinco minutos, após entrar no acampamento, para avistar um menino montado nela. De repente, a raiva subiu à cabeça e o corpo começou a tremer. Mas ele conseguiu conter seu ímpeto e esperou pacientemente até o menino decidir voltar para casa. Sabia que alguns sem-terra o observavam com olhar duro, mas não se importou. Mais trinta minutos se passaram. Finalmente, José o viu entrar na sua barraca. Respirou fundo e começou a andar.

— Tem alguém em casa?

Ele bateu palmas. Passaram-se alguns segundos. De repente a cortina improvisada de saco plástico preto para lixo abriu, e apareceu um barbudo alto e gordo. O menino estava atrás dele. Depois de confirmar que o sujeito era o pai do menino, José se apresentou, explicou o motivo da visita e educadamente pediu a devolução de bicicleta do seu neto. Porém, antes de José terminar sua palavra, o barbudo começou a gritar alto atirando uma baforada de onça no rosto de José:

— Ouça, gente! Esse safado está chamando meu guri de ladrão!

Os vizinhos, que já observavam há algum tempo a presença de José com olhar hostil, imediatamente o cercaram.

— O ladrão é o sujeito que entra na casa dos outros sem pedir licença. Ele perguntou se podia entrar em nosso acampamento, por acaso? Não! Então o ladrão é ele!

— Dá uma lição nesse folgadão para aprender a "educação" de pedir licença.

Eles deram gargalhada e partiram para cima de José. Ele era forte, mas só na roça. Não era bom de briga. Ademais, diante dos cinco ou seis homens, não podia fazer nada.

Depois de o arrebentarem a socos e pontapés, os sem-terra o levaram até o Magrão, jogando-o inconsciente em frente à porta do bar como se ele fosse um entulho. Tudo isso aconteceu no dia 18 de junho, uma semana após o acidente de Lucas.

* * *

O episódio de Lucas termina aqui. Porém o menino continuará a ser uma peça-chave até o fim deste mistério. Vamos voltar ao local da tragédia do casal Sato, levando em mente essa observação.

BAR MAGRÃO

(1)

Quando o delegado Carlos e o Alemão terminaram de colocar a fita amarela ao redor da casa, ouviram alguém gritando:
— Os sem-terra estão aqui!
— Pega eles!
Em seguida, outros gritos desesperados.
— Socorro! Socorro!
Todo mundo correu na direção dos gritos. Formou-se uma cerca num instante. O delegado e o Alemão avançaram para dentro à força e tiraram dois rapazes do centro da confusão. Eles eram os donos do grito desesperado.

Conforme eles disseram, ambos eram estudantes de uma faculdade de São Paulo, hospedados no hotel Araucária, em Bragança Coroada, aproveitando as férias de inverno. Pelo corte de cabelo, agasalho e calças *jeans* de marca famosa, e especialmente pelo jeito de falar, os rapazes não eram nem moradores da região nem sem-terra. Disseram que estavam voltando ao hotel depois de passar o tempo pescando no lago. Dava para ver o nome do hotel nos adesivos colados nas bicicletas, varas de pescar e cestas de pescador. Depois de telefonar ao gerente do hotel, Carlos os liberou.

Começou a investigação. O primeiro passo era achar pessoas que podiam dar qualquer pista do ocorrido. Logo se apresentou a primeira:

era Koichi. Ele explicou todo o seu trajeto, desde a saída de Bragança Coroada até a chegada à casa dos Sato.

— Que horas que você a viu? — perguntou Carlos, referindo-se a Momoe.

— Por volta das oito e meia.

— Não viu a arma do crime?

O mecânico japonês sacudiu a cabeça negativamente.

Enquanto o delegado o indagava, o Alemão, que andava escutando os comentários dos moradores, conseguiu uma informação importante. Ouviu que o casal estava com muito dinheiro por causa da recente venda de sua casa.

— Amanhã vamos checar a veracidade dessa informação — disse Carlos animado.

Já eram quase onze horas da noite. A chuva que havia começado duas horas antes ganhou força de repente. Os moradores da Colônia e de Queimada que ficavam em frente à casa dos Sato começaram a se dispersar apressadamente.

Enquanto o Alemão estava na casa dos Sato para averiguação, Carlos sentava-se no banco do motorista da viatura e enxugava o cabelo crespo molhado com um lenço, pensando em deixar alguém para vigiar a casa. A probabilidade era baixa, mas o autor do crime ainda poderia estar escondido pelas redondezas. Ele pegou o rádio do carro e solicitou que Mário, plantonista do dia, viesse à Colônia.

Quando colocou o rádio no gancho, alguém se aproximou da viatura timidamente. Era Makoto. O rapaz se sentiu mal quando viu o casal Sato sangrando. Por isso, voltou para casa e se deitou um pouco. Mas não saiu de sua cabeça o momento em que viu um indivíduo parecido com Antônio atravessando a avenida. Quando o mal-estar passou, resolveu contar o fato para a polícia, a fim de evitar possíveis complicações posteriores, pois podiam acusá-lo de ter escondido uma prova ocular importante.

— Não vou te morder. O que você quer?

O delegado, que tinha apelido de "pavio curto", fixou seus olhos no rosto do japonês.

— Meu nome é Makoto. Fui com o senhor Koichi na casa do senhor Sato. Sobre isso, tenho algo a contar.

— ...

— Quando me aproximei da casa, correndo, vi um homem parecido com o Antônio perto da casa dos Sato.

— Qual Antônio? — perguntou o delegado.

— O pai do menino que se machucou feio por causa da pipa.

Carlos quase gritou: "Essa é uma informação muito importante, por que não disse logo?", mas não o fez. O rapaz não tinha culpa. Quem devia tomar bronca era ele próprio, pois ele tinha conversado com o sujeito apenas uma hora e poucos minutos depois da tragédia do casal Sato e ele nem chegou a suspeitar do rapaz, deixando-o ir sem indagar nada.

Quando Carlos e Alemão estavam indo para a casa dos Sato, cruzaram com um homem vindo de bicicleta na Estrada da Colônia, aproximadamente um quilômetro antes de chegar à Avenida Ginza.

Vendo o farol da bicicleta, o Alemão diminuiu a velocidade do carro. A pessoa na bicicleta também desacelerou e parou lado a lado com o carro. Era Antônio.

O rapaz tinha altura mediana, olhos castanhos, sobrancelha grossa e olhar doce. Tinha pele marrom-escura, como Carlos. Era bem conhecido na delegacia bragantina, dado que passara a noite na cela muitas vezes por causa de brigas. Ele era gigolô e protegia prostitutas que ganhavam a vida na zona periférica da cidade. Mas o tempo passou e ele não incomodava mais a polícia.

Dez dias antes do incidente dos Sato, contudo, ele apareceu lá com seu pai, José, a fim de pedir a investigação sobre o acidente sofrido por seu filho Lucas. Dissera que deixou a vida de gigolô e trabalhava no supermercado com carteira assinada como carregador de mercadorias.

Ele viu Carlos no banco de passageiro e disse:

— Fui a Queimada para saber do meu pai e do meu guri. Estou voltando para Bragança Coroada.

— Lucas já tem voz? — perguntou o delegado.

— Ainda não.

Carlos estava com pressa para atender o caso dos Sato. O crime não era banal como um roubo de verdura ou uma briga na esquina. Tratava-se de dois cidadãos de bem feridos seriamente por arma de fogo. Talvez fosse o crime mais grave que a polícia bragantina teve. Por isso, Carlos o deixou ir.

(2)

— O cara estava na palma da minha mão!

O delegado se sentia como um jogador de futebol que chutou fora do gol uma bola que ia entrar apenas com um empurrãozinho, até de olhos fechados.

— Que mancada! Mas o que passou já passou. Por sorte o jogo ainda está no começo.

Ele murmurou sozinho e começou a reorganizar os planos que estavam na sua cabeça.

"Se ele for o autor do crime, deve estar com o dinheiro da venda da casa dos Sato, e pensaria em ir a São Paulo ou Rio de Janeiro para se divertir, em vez de ficar numa cidadezinha enfadonha do interior", Carlos pensou. "Portanto, o primeiro passo é ir ao Terminal Rodoviário de Tomé da Conquista, de onde saem os ônibus de longa distância. Se eu tiver sorte, posso achar o cara lá esperando ônibus. Se já tiver ido embora, posso saber para onde foi perguntando no guichê de vendas de passagem. Aproveitando a ida a Tomé da Conquista, é melhor não esquecer de visitar o casal ferido no Hospital Santa Casa e fazer algumas perguntas se for possível. Mas, antes, preciso dar uma olhada no bar Magrão, porque há a possibilidade de Antônio ter passado por lá."

Depois de o Alemão terminar a averiguação, ele e Carlos partiram com a viatura debaixo da chuva que aumentava de intensidade a cada minuto. Nessa condição, e ainda mais na estrada de terra escorregadia, era difícil dirigir. Por diversas vezes as rodas quase caíam dentro do canal. O Alemão, ao volante, xingava e rezava alternadamente.

Quando chegaram perto da estrada estadual, não dava mais para distinguir o limite entre estrada, o canal e o mato. Tudo ficou branquinho, pois o farol do carro refletia a água da chuva torrencial. Parecia que eles estavam navegando em um oceano sem ilha à vista. Além do mais, raios e trovões incessantes metiam medo nos dois, que já estavam bem assustados.

Após muita dificuldade, finalmente, eles chegaram a um lugar onde podiam enxergar a luz embaçada do bar Magrão. O carro, que parecia um navio quase naufragado, conseguiu atracar no bar graças à habilidade do Alemão.

Magrão, o bar, levava o apelido do dono. O nome verdadeiro dele era Sérgio. Contudo, todo mundo o chamava pelo apelido, inclusive Olga, sua esposa.

Diferente de seu marido "sussa", Olga era esperta e excelente comerciante. Por exemplo, a padaria que eles tinham aberto recentemente dentro do bar, por ideia dela, fez grande sucesso. Toda manhã, bem cedo, o cheiro de pão quente chegava ao acampamento dos sem-terra, fazendo cócegas em seus narizes. Como resultado, diariamente se formava uma fila longa em frente ao Magrão procurando o pão feito na hora. Dizia-se que o lucro do bar dobrou graças a essa padaria.

(3)

— Tá doido! Nunca vi chuva tão forte! Parece que o céu e a terra se inverteram de repente e todas as águas do oceano estão caindo em cima de nós!

Falando algo que não era muito lógico, Carlos entrou no bar apressadamente, e o Alemão seguiu o chefe.

O Magrão procurava as partes do telhado que estavam com goteiras e colocava baldes e panelas no chão. Ao terminar de colocar o último balde, ele se levantou e deu de cara com o delegado.

— Por acaso não viu o Antônio de Queimada? Aquele de...

Antes de Carlos terminar de falar, Magrão respondeu:

— Ele foi levado ao Hospital Santa Casa. Não faz muito tempo.

— O quê? — disse Carlos estupefato. — Explica direito! O que aconteceu com ele?

Magrão contou que, mais ou menos duas horas antes, apareceram três rapazes pedindo que alguém pagasse cachaça para eles. Cerca de meia hora depois chegou Antônio, pedindo ao Magrão para deixar sua bicicleta.

É o costume. Quando os moradores de Queimada ou da Colônia que não têm carro querem ir a Bragança Coroada ou Tomé da Conquista, eles têm duas alternativas: ou ir de bicicleta até o destino ou chegar até o bar Magrão de bicicleta e, depois de deixá-la em frente ao bar, pegar um ônibus.

— Quando Antônio deixou sua bicicleta e seguiu na direção do ponto de ônibus, os rapazes foram atrás...

— Mas o que isso tem a ver com o hospital? Chega de rodeio! — Carlos reclamou.

O Magrão, ciente de que não era bom para falar, não queria deixar o delegado com fama de pavio curto mais irritado ainda. Ele chamou um dos fregueses que estava jogando sinuca no fundo.

— Pedro! Fala para o delegado o que você viu no ponto de ônibus!

No bar, quatro ou cinco homens estavam jogando sinuca ou tomando cachaça. Todos eram de Queimada. Na volta de Bragança Coroada ou de Tomé da Conquista, depois de um dia de trabalho duro, eles tomavam fôlego no bar antes de chegar em casa, onde outra dureza os esperava. Suas jaquetas ou blusões de náilon fino pareciam não ser suficientes para a temperatura quase perto de 0 °C. Por beber tanto para aguentar o frio, todos tinham os olhos mais vermelhos do que os das sardinhas desidratadas da peixaria do mercado municipal bragantino.

Pedro, o homem que Magrão chamou, era um ajudante de pedreiro, baixinho, magro, de aproximadamente quarenta anos.

— Quando eu desci do ônibus, voltando de Tomé da Conquista, onde trabalho, vi Antônio no ponto do outro lado da estrada cercado de três rapazes. Parece que estava sendo extorquido por eles. Logo começou a luta corporal, mas Antônio não tinha chance contra três. Como a desvantagem dele era evidente, eu decidi buscar ajuda. Mas, quando voltei com os colegas daqui, ele já estava no chão sangrando.

— E a molecada? — perguntou Carlos.

— Quando chegamos lá, eles não estavam mais. Não dava para saber aonde foram porque a estrada estava escura — disse Pedro.

— Será que esses três são da turma de Antônio? — perguntou Carlos.

— Que nada! São do acampamento! — Pedro respondeu e cuspiu no chão.

Carlos havia pensado que os rapazes eram comparsas de Antônio, e teriam combinado de se encontrar no bar Magrão depois de praticarem o crime na casa dos Sato. Suspeitou que o encontro deles tivesse acabado em briga por causa da divisão do dinheiro roubado. Porém, já que eles eram os sem-terra, essa hipótese devia ser descartada, pois eles eram odiados por todos os moradores da região, especialmente por Antônio, que teve o pai e o filho gravemente feridos por eles.

De repente surgiu uma dúvida: se fosse Antônio a pessoa que atirou no casal Sato, por que ele não usou a mesma arma para se defender quando extorquido? Podia-se pensar em três hipóteses: ele a jogou fora, ou a escondeu em algum lugar antes de chegar ao ponto de ônibus, ou foi derrubado sem ter tempo para usá-la contra os sem-terra. Devia esclarecer esse ponto diretamente com ele no hospital.

— A gente ia chamar a ambulância — completou Magrão. — Mas por sorte passou o ônibus para Tomé da Conquista. Então, pedimos ao motorista para levá-lo ao hospital. Era mais rápido para ele chegar lá do que esperar a ambulância.

— Não era melhor pedir que o deixassem em Formosa? — alguém que jogava sinuca cochichou, provocando risadinhas discretas. O nome completo de Formosa era o Cemitério Municipal de Formosa de Tomé da Conquista.

Carlos ligou para o hospital e confirmou a entrada de Antônio. Disseram que ele estava na UTI.

— Alguém de vocês lembra da cara dos rapazes que agrediram Antônio?

Um homem apelidado de Bocão, que era o marceneiro, levantou a mão com o copo de pinga. Ele descreveu as características dos três; Carlos as anotou no caderno.

— Eles estavam falando da véspera de São João — acrescentou Bocão. — O problema é que todos queriam ir, mas não tinham nenhum centavo. Enfim, chegaram à conclusão de que iriam de carona na traseira do ônibus até Bragança Coroada. Viu só! Não têm juízo! — Ele tomou um gole de aguardente e continuou: — Os moleques encheram o saco para que pagasse uma bebida para eles. Por isso dei um copo de pinga por minha conta. Eles o passavam entre si.

— Eles são menores, não são? — perguntou Carlos imediatamente.

De repente, um silêncio total no bar. O Bocão e o Magrão fugiram do olhar repressivo do delegado, que, por sua vez, ligou imediatamente para Caio, um dos policiais da delegacia, que estava em casa depois de terminar seu serviço. Carlos explicou a seu subordinado o que aconteceu com Antônio no ponto de ônibus e, dando as características dos três rapazes, mandou procurá-los na praça central de Bragança Coroada, palco da festa de São João. Deu ordem também para que levasse Adriano, outro policial da delegacia. Pelo fato de ser a véspera da festa, e ainda mais por ser um sábado, cerca de metade dos nove mil habitantes da cidade devia estar na praça. A chuva atrapalhou, mas, mesmo assim, muita gente ainda estaria lá. Não seria fácil achar os três.

Quanto ao dinheiro roubado, Carlos achava que a possibilidade de o casal japonês ter deixado em casa todo o dinheiro da venda da casa seria remota. A maior parte devia estar no banco. Apesar disso, pensando na fama que os japoneses tinham de costumar guardar dinheiro vivo em casa, a grana que os rapazes conseguiriam de Antônio seria suficientemente alta para irem de ônibus às cidades grandes em busca de uma diversão bem mais excitante, em vez de zanzar em festinha de caboclo. Se fosse assim, a captura ficaria mais difícil.

O delegado, no entanto, não estava desanimado. Eram moleques. Não aguentariam ficar muito tempo longe da família. Quando terminassem de gastar tudo, voltariam para casa. Até lá, teria saído a autorização de entrada no acampamento para investigar os casos de Lucas e José. Podia-se aproveitar a ocasião para cuidar desses moleques também. Se os achasse, prenderia; se não, apertaria os familiares até que confessassem o paradeiro deles. O que precisava no momento era de paciência.

Quanto a Antônio, não tinha pressa. Não sabia da gravidade de seu ferimento, mas, já que estava na UTI, pelo menos alguns dias deveria ficar de cama. A bola voltou ao seu pé. Desta vez não tinha como escapar.

Carlos olhou para o relógio. Era quase meia-noite. Nem ele nem o Alemão tiveram tempo de jantar.

— Primeiro, vamos comer alguma coisa; depois, vamos para o hospital.

O Alemão concordou.

Os dois, que estavam sentados perto da entrada, mudaram de lugar, ficando em frente à chapa de ferro. Cada um pediu um hambúrguer de carne moída com presunto e ovo e um café. Quando a manteiga começou a derreter, fazendo barulho na chapa quente, o Magrão acrescentou os ovos e estendeu a carne e o presunto ao lado. Depois de deixar tudo na chapa mais ou menos por quinze segundos, ele virou os ingredientes e esperou mais vinte segundos.

O cheiro da manteiga derretida, da carne, do presunto e dos ovos fritos deu cócegas no nariz e no estômago de Carlos, que se arrependeu de ter pedido só um hambúrguer:

— Devia ter pedido dois! — murmurou para si mesmo.

De repente, ele percebeu que o Alemão, sentado ao lado, estava muito quieto.

— Ei, meu chapa! Está bem?

Mas sua resposta quase o fez cair de costas.

— Se o senhor quiser, pode comer meu hambúrguer.

Carlos não sabia que o Alemão tinha o dom de ler a mente das pessoas.

— Ora, ora! Peço desculpas! Eu subestimava você.

Ele olhou o Alemão com admiração. Mas achou a cara dele meio nublada. Aí o delegado percebeu seu erro.

— Está se sentindo bem?

— Mais ou menos.

O Alemão não queria contar o que estava acontecendo. Porém, depois de muita insistência do chefe, ele cedeu e começou a confessar.

— Perdi o apetite quando vi o ovo cair na chapa e desmanchar. Isso me fez imaginar Antônio com a cabeça sangrando no ponto de ônibus.

— Você está imaginando demais.

— Vi sangue na gema...

— Você nunca reclamou disso. Por que agora? É tolice! Pare de associar o ovo com Antônio. Senão, você não vai poder comê-lo nunca mais na sua vida...

Talvez fosse tolice para outros, mas para o Alemão era uma coisa seríssima.

Em termos de comida, ele era muito enjoado mesmo. Cheio de frescura. Churrasco é a comida preferida dos brasileiros. Ele também gostava, mas sem coração e asa de galinha, que o faziam passar mal só de olhar. Quando ele começou a trabalhar na delegacia, os colegas prepararam um almoço-surpresa com churrasco; costume tradicional da delegacia. Ele quase desmaiou quando viu o tira-gosto servido no seu prato. Isso gerou muitas piadas na delegacia!

A esquisitice dele não parava por aí. O frango assado é o salvador da dona de casa, livrando-a da cozinha no fim de semana. No entanto, na casa do Alemão, ele era um vilão, como a carne de porco para a maioria dos islamitas. Quando a esposa dele tinha vontade de comer frango assado, inventava qualquer coisa e ia à casa dos pais ou sogros para comer.

Conforme o Alemão, a parte do corpo dos animais que mantinha sua forma original causava-lhe mal-estar. Por exemplo, ele não aceitava comer dobradinha devido às vísceras do boi. Feijoada nem se fala. Pedaços de orelha, nariz, pele e rabo flutuando no caldo de feijão preto... Nem morto!

A amizade de Carlos e Alemão era de longa data; por isso, o delegado pensava que sabia de todas as manias dele a respeito de comida. Mas essa foi a primeira vez que o viu rejeitando algo que comia sempre.

De todo modo, Carlos comeu, como queria, dois hambúrgueres quentes e suculentos. Estava satisfeitíssimo.

Mas se Olívia, sua esposa, soubesse disso, não iria gostar. Ele imaginou a reclamação dela sobre seu apetite exagerado e se desculpou:

— Olívia, você tem que ter paciência comigo, porque hoje é especial!

Parece que esse resmungo não chegou aos ouvidos de Alemão, que estava comendo pão doce distraidamente. Carlos continuou falando sozinho:

— Consegui achar o suspeito do crime mais relevante que ocorreu em Bragança Coroada até agora! Ele está praticamente preso, pois está na UTI do hospital, a vinte quilômetros daqui. Amanhã ou depois de amanhã, virá um montão de repórteres e fotógrafos.

Ele já começava a imaginar os *flashes* incessantes de câmeras em sua direção e as perguntas intermináveis dos repórteres. Fascinado com o cenário criado em sua imaginação, pediu ao Magrão o segundo café.

Era a primeira façanha em seus trinta anos de carreira policial! A sensação de ter conseguido algo muito importante e a expectativa sobre o que viria pela frente fizeram seu coração bater forte. Dois copos de café também ajudaram a inflamar sua imaginação.

— Não posso me esquecer de ir à barbearia amanhã para ficar bem na entrevista!

Ele disse isso só para si, mas desta vez o Alemão também ouviu.

— Chefe! O barbeiro está envolvido no caso?

Sem dar ouvidos, Carlos saiu do bar. A chuva estava quase parando. Eles partiram para o Hospital Santa Casa de Tomé da Conquista.

JAPA LOUCA

(1)

Eles chegaram ao hospital por volta de meia-noite e quarenta. Após alguns minutos, veio um médico de meia-idade, negro, alto e magro, de óculos com lentes fundo de garrafa. Era o Dr. Sebastião. Carlos e Alemão já o conheciam. Depois de trocar cumprimentos, Carlos perguntou:

— Posso falar com o Antônio?

— Aquele rapaz de quem você me perguntou pelo telefone há pouco tempo? Agredido no ponto de ônibus? — perguntou o médico com os olhos arregalados de espanto.

Carlos acenou um "sim" com a cabeça.

— É impossível! — disse ele imediatamente. — O rapaz sofreu fratura craniana e dano cerebral. Agora está em coma induzido.

Carlos e Alemão trocaram olhares. Pelo menos o delegado não pensava que o estado dele fosse tão grave.

— E o casal japonês? — perguntou o delegado.

— A esposa levou um tiro com uma bala de calibre 22, que entrou pelo queixo e está alojada no cérebro — respondeu Sebastião. — A situação é muito delicada. O marido, atingido por duas balas no tórax, passou por um momento crítico devido à perda significativa de sangue, mas, depois da transfusão, melhorou e está em observação.

O Alemão queria ver Momoe pessoalmente para terminar a discussão que vinha travando com o seu chefe. Portanto, pediu ao médico para que os deixasse vê-la.

A discussão era sobre a "Japa Louca". Havia uma japonesa na Colônia, dona de casa, que ficou famosa pelo apelido de Japa Louca, entre 1992 e 1996. Quando o Alemão viu Momoe deitada dentro da ambulância, algumas horas antes, achou que ela parecia com a tal Japa Louca. Imediatamente avisou para Carlos, mas seu chefe disse que não era ela.

Para ter mais certeza, o Alemão queria ver melhor o rosto de Momoe. Por isso pediu ao médico a permissão para fazer uma visita a ela.

Desculpando-se por estar muito ocupado, Sebastião chamou a enfermeira para acompanhá-los até a UTI. A moça parecia ter entre 22 e 25 anos, loira, cor branca e mais alta que o Alemão, que tinha 1,83 metro.

* * *

Momoe estava na unidade com seu marido, Masakazu, deitada na cama com a cabeça raspada. Queixo e pescoço estavam cobertos de gaze e fitas. Nas ventas do nariz passavam tubos finos, e na boca, um tubo grosso.

Carlos parecia ter mais interesse na enfermeira. Ele nunca tinha visto uma mulher tão alta na vida. Olhando-a de soslaio, ele disse ao Alemão:

— Não esqueça, caro colega! Calibre 22 é muito traiçoeiro. Em geral, balas com grande potência têm força para penetrar o crânio. Mas a 22 não, porque tem potência muito menor. Portanto, depois de entrar no crânio, começa a bater na sua parede, procurando a saída. Bate em uma, bate na outra, até perder sua força, causando o maior estrago no cérebro. Acontece a mesma coisa quando você liga o liquidificador para fazer suco de melancia. Entendeu?

— Eu não sabia que o senhor conhecia balas de pistola tão bem. Achava que era bom só de apartar os bêbados em briga. Engano meu. O senhor é um homem astucioso e sábio. E o orgulho da polícia de Bragança Coroada, sem a menor dúvida!

O subordinado não poupou elogios ao seu chefe. Na verdade, ele estava tirando sarro. A enfermeira percebeu o seu falso elogio, porém Carlos não, e piscou o olho para ela orgulhosamente. A moça tentou conter o riso, mas mal conseguiu.

Após a brincadeira, o Alemão ficou cara a cara com Momoe. Ele apelou à sua "imaginação" como se estivesse manipulando o *software* de processamento digital de imagem no computador. Primeiro tirou a gaze e a fita que cobriam o rosto dela. Em seguida, apagou os tubos que cobriam seu rosto, eliminou rugas, manchas e amenizou a flacidez da pele. Também deu um retoque no contorno do queixo para ficar mais fino, e das bochechas para ficarem mais redondas. Ao finalizar, cobriu a cabeça raspada dela com um cabelo preto imaginário com prendedor. Aí apareceu no monitor do Alemão, imaginário também, a imagem da Japa Louca. A convicção dele se tornou absoluta.

— Chefe, não tenho dúvida. Essa senhora é a Japa Louca mesmo! — o Alemão alegou, mas Carlos continuava negando. O subordinado sentiu que precisaria de uma evidência mais forte para convencer seu chefe teimoso.

* * *

Depois de saírem da UTI, Carlos e Alemão foram para o setor de guarda-volumes dos internados a fim de examinarem os pertences de Antônio. Constataram o RG, o crachá do supermercado onde ele trabalhava, além de fotos de Lucas, Yumiko e de seus pais. Não viram nenhuma arma de fogo.

(2)

Koichi estava preocupado com a casa dos Sato, que estava vazia. Portanto, depois que a chuva diminuiu, foi até lá. Contudo, a preocupação era em vão. Em frente à casa estava estacionada uma viatura da polícia para vigiá-la. Mais calmo, ele se dirigiu à casa dos Futabayashi. Quando abriu a porta, a Pinta pulou nele que nem louca. Koichi tinha pedido a Gentaro para tomar conta dela por um tempo.

Depois de avisar que o carro da polícia estava vigiando a casa dos Sato, ele acrescentou:

— Eu vou ao hospital para saber o estado deles. Por favor, avise aos colonos para terem precaução, pois o criminoso ainda pode estar escondido por aí.

— Cuidado, senhor Koichi! A estrada está com muita água da chuva!

Ouvindo as palavras da esposa de Gentaro, Koichi deu partida na moto.

Chegou ao hospital pouco depois de uma hora da madrugada. O carro da delegacia estava estacionado perto da entrada. Ao pedir a informação sobre o estado do casal Sato, ouviu da recepcionista:

— Sinto muito, mas eles estão incomunicáveis. Vou perguntar ao doutor encarregado se ele pode atender o senhor. — Depois de um tempo, ela informou: — Ele está muito ocupado, será preciso esperar um pouco — indicando com os olhos o banco de concreto em frente à recepção.

Quando Koichi sentou-se, ela disse:

— Eu pensava que a Colônia era o lugar mais seguro do município bragantino... Que coisa, não?

Logo Koichi viu Carlos e Alemão descendo do elevador.

O delegado viu o japonês e disse:

— Obrigado pela informação sobre o caso dos Sato. Você veio até aqui tão tarde? Por acaso é parente deles?

Acenando negativamente com a mão, o japonês mecânico deu seu nome completo, profissão, e explicou o motivo de sua presença:

— Eu sou o presidente do Clube dos Colonos Japoneses. Por isso estou aqui, representando os japoneses da Colônia.

Carlos e Alemão também se apresentaram.

Para o delegado, esse japonês baixinho de meia-idade nascera no Japão e viera já adulto para o Brasil. A observação era muito importante. Para esse tipo de japonês, era preciso falar devagar, usar gírias ao mínimo e ter muita paciência com seu português desajeitado. E mais uma coisa: devia-se tomar cuidado, pois eles tinham mania de fingir que não tinham problema com a língua portuguesa. Era mentira. Eles tinham vergonha de dizer a verdade, porque gostavam de ser tratados como brasileiros, e não como gringos.

Além da vergonha, havia mais uma razão para eles afirmarem que entendiam bem o português. Devido à timidez ou à cultura, eles não gostavam de fazer perguntas repetidas para esclarecer suas dúvidas, com receio de causar constrangimento ou aborrecimento aos outros. Em suma, eles sempre evitavam incomodar pessoas na medida do possível, e se desculpavam por qualquer coisa fútil. Eram "bichos" complicados.

Comparando com outros japoneses, porém, o português de Koichi era acima do regular. Bem melhor que o dos japoneses da roça.

— *San*! Eu conheço você. Não é o mecânico que frequenta a lanchonete Dom Quixote?

Koichi confirmou com um sorriso simpático.

San é usado ainda no interior. A palavra tem o mesmo sentido de "senhor".

Os brasileiros não têm dificuldade em pronunciar nomes japoneses como "Honda", "Toyota", "Yamaha", "Suzuki", porque são bem conhecidos como fabricantes de automóveis ou motos. Mas, em geral, nomes japoneses que têm as letras *h*, *y* e *k* não são fáceis de pronunciar. Por exemplo, o nome completo de Koichi era Yoshihiro Koichi. Em Bragança Coroada, porém, ele nunca foi chamado pelo seu nome ou sobrenome corretamente, nem quando estava escrito no papel.

A maioria ficava perplexa logo com o "Yo", tropeçava feio no "shi", no "hi" e no "ro" e desistia, totalmente perdida, quando chegava ao "Ko". Dificilmente alguém conseguia alcançar o "chi" com a pronúncia correta. O problema de nome incomodou Koichi um pouco quando abriu a oficina em Bragança Coroada, mas logo o cidadão começou a chamá-lo de "o mecânico japonês", por ser o único da cidade, e ele se acostumou.

Carlos também não era muito bom em pronunciar nomes japoneses. Por isso resolveu chamá-lo de *San*.

— *San*! Eu queria perguntar uma coisa. Por acaso você também viu Antônio quando chegou à casa do casal Sato com o rapaz? Pode explicar melhor o que exatamente viu?

— Eu não o vi. Só Makoto. Mas sinto que ele não tinha muita certeza. Estava escuro. Por isso eu não contei para você.

Koichi acrescentou que Makoto e Antônio eram amigos de infância, entretanto, fazia muito tempo que eles não se viam.

O Alemão tentou iniciar outro assunto. Carlos, porém, não deixou, e continuou fazendo suas perguntas.

— Dizem que o casal tinha muito dinheiro. Não foi por causa disso que Antônio cometeu essa atrocidade?

— Eu o conheço desde pequeno. Foi tratado pelo casal Sato como se fosse um neto. Ele não faria isso nem por dinheiro nem por outra coisa. Eu tenho certeza absoluta!

— Você é muito ingênuo, *San*! Hoje em dia, muitos matam até seus pais por causas fúteis! Você também deve estar sabendo disso, porque passa na TV todo dia.

— Não dá para acreditar em algo tão terrível acontecendo em nossa região!

O Alemão não aguentou mais esperar e decidiu cortar a conversa.

— A esposa de Sato tinha um apelido, não tinha?

Koichi ficou perplexo com a pergunta do Alemão completamente alheia ao assunto que vinha sendo tratado. Contudo, ele fez que "sim" com a cabeça, pois o que o policial disse era verdade.

— Qual era?

— ... A Japa Louca?

— Bingo!

O Alemão pulou de alegria.

— Eu tinha me esquecido, porque é coisa do século passado. Carlos era o mau perdedor.

(3)

Momoe ganhou esse apelido de "Japa Louca" devido a um incidente numa agência bancária. Os vários episódios ocorridos em seguida ajudaram o apelido a se consolidar. Os colonos japoneses achavam que o comportamento e os episódios que deram origem ao seu apelido tiveram a raiz em uma tragédia ocorrida no verão de 1992.

O casal Sato tinha um filho chamado Haruki. Ele ajudava os pais na horta depois que se formou no colégio. Numa manhã cedo, no verão daquele ano, ele e sua esposa, Sayuri, carregaram sua picape Ford F-1000 novinha com alhos e saíram rumo ao mercado municipal de Bragança Coroada. Haruki e Sayuri eram casados fazia cinco anos e tinham uma filha chamada Kanna, de quatro anos.

Kanna se despediu de seus pais no colo de Momoe, devido a um resfriado de verão.

A picape passou pela Estrada da Colônia, que estava nebulosa. Quando entrou na estrada estadual, a neblina ficou cada vez mais densa. Cerca de cinco minutos depois, a caminhonete do casal chocou frente a frente com um caminhão madeireiro que invadiu a sua pista para tentar ultrapassar outro carro. Quando a ambulância chegou, o casal não estava respirando mais.

Quem dirigia o caminhão era um menino de quinze anos. Troncos de pinheiros se deslocaram para a frente em virtude do choque, arrancando a cabine inteira do motorista, onde estavam ele e seu pai. Os dois morreram no mesmo instante. Por acaso, o Alemão passava pela estrada e avistou o acidente. Por isso ele atendeu o caso até a chegada da ambulância, do Corpo de Bombeiros e da Polícia Rodoviária.

Na tarde do mesmo dia, os pais de Haruki e Sayuri foram à delegacia procurando o Alemão, acompanhados dos representantes da colônia japonesa. Até então, eles tinham ido ao IML, à Polícia Militar e ao crematório, todos em Tomé da Conquista, para resolver a parte burocrática. Depois procuraram o Alemão porque souberam que ele foi o primeiro policial que chegou ao local do acidente. Os japoneses foram só para lhe agradecer pela assistência. O Alemão, ao saber que eles ainda não tinham ido ao lugar do acidente e ao pátio de carros acidentados, perguntou se eles queriam ir. Disseram que "sim" com a cabeça, porém sem o menor entusiasmo. O Alemão os convidou para irem juntos na Kombi da polícia bragantina.

Primeiramente, ele os levou ao pátio de carros acidentados da Polícia Rodoviária em Tomé da Conquista. Os japoneses viram a picape do casal esmagada violentamente. O caminhão que causou o acidente estava ao lado dela; a cabine do motorista foi arrancada como se fosse cortada com serra industrial.

Mesmo sabendo que não serviria de consolo, o Alemão contou para a turma japonesa que a esposa do motorista confessou que o seu marido estava com ressaca e, por isso, mandara seu filho dirigir até ele melhorar.

Depois, o Alemão levou as famílias ao local do acidente. Na beira da estrada, a turma andava e olhava sem palavra as cascas de alho, os pedaços de metal e plástico e os cacos de vidro espalhados no chão. Passados alguns minutos, o Alemão acenou ao grupo para voltar. Momoe, com forte choro e soluço, começou a gritar que queria morrer, e não quis se afastar de lá de jeito nenhum. Os japoneses tiveram de colocá-la dentro da viatura da polícia na marra. Eles fizeram isso também chorando. Era uma cena triste e ficou na memória do Alemão por muito tempo.

Ainda falando do acidente, houve um acontecimento que deixou o Alemão profundamente magoado. Era a cena de saque de alhos pelos moradores das cercanias e motoristas de carros e caminhões que porventura passavam lá. Enquanto os corpos mutilados das vítimas ainda estavam na estrada, os saqueadores brigavam uns com os outros por causa de algumas cabeças de alho. Eles, que seriam bons cidadãos em outra hora, comportavam-se como animais famintos. No local estavam muitas mulheres e crianças, também agindo da mesma maneira. Quando o Alemão tentou impedir o vandalismo, mostrando seu distintivo, todos riram na cara dele. Uma cena deplorável!

Ele ingressara na Polícia Civil havia somente quatro meses. Ficou deprimido por causa do acidente e teve de ir ao psiquiatra do hospital de Tomé da Conquista uma vez por semana. O tratamento durou um ano.

(4)

Passaram-se cinco meses desde aquele acidente horrível na estrada. Carlos e Alemão estavam patrulhando de carro no centro da cidade bragantina. Era uma manhã fria de inverno. Eles avistaram dezenas de pessoas aglomeradas em frente à agência do banco. Quando os dois desceram do carro e se aproximaram da multidão, ouviram alguém reclamando em voz alta e aguda. Era voz de mulher. O Alemão, bem mais alto que Carlos, avisou-lhe que a dona da voz era a mãe do jovem casal japonês que morreu no acidente de carro no verão. O Alemão não estava se lembrando mais do nome de Momoe.

— O detector de metal deve estar quebrado. Mude o sistema para manual e deixa a gente entrar logo. Estou com pressa! E sinto muito frio também!

Momoe estava reclamando. Parece que o alarme disparou quando ela passava pela porta giratória, impedindo a sua entrada.

O guarda mandou que ela colocasse todos os objetos metálicos na caixinha. Não resolveu. Tinha de tirar o casaco e o par de botas também. Mesmo assim a porta permanecia travada.

No começo, os clientes do banco observavam a discussão entre Momoe e o guarda com curiosidade, mas, por causa da demora em encontrar a solução, ficaram impacientes e começaram a vaiar. Sentindo a pressão, o guarda ignorou Momoe e conduziu para a porta um cliente idoso que estava atrás dela na fila. Isso causou em Momoe um chilique violento.

— Ele estava atrás de mim! Por que o deixa entrar sem me falar? Eu estou vendo que você é um trapalhão, incapaz de conduzir os clientes de maneira correta. Chame o responsável! Senão eu não vou sair daqui de jeito nenhum!

Ela ficou em frente à porta. Sua neta, que estava com ela, estava prestes a chorar.

Preocupado com a situação, o Alemão perguntou a seu chefe se deveria intervir, mas Carlos orientou-o a deixar assim por enquanto. Parecia que ele estava se divertindo com a confusão.

Enquanto toda a plateia esperava a próxima reação de Momoe, uma mulher de meia-idade que estava perto dela percebeu um prendedor grande de cabelo com a forma de borboleta na parte traseira da cabeça da japonesa.

— Por acaso esse seu prendedor não é de metal?

A voz dela era alta e clara o suficiente para chegar aos ouvidos de todos. Quando Momoe passou pela porta depois de tirar o prendedor e pô-lo na caixinha, ela se abriu sem o alarme tocar.

Grandes gargalhadas e vaias surgiram entre os cidadãos aglomerados.

Alguém gritou:

— Japa Louca!

Isso serviu de estopim para outros seguirem:

— Japa Louca! Japa Louca! Japa Louca!

Momoe ficou enfurecida. O canto de seus olhos se levantou e a sua boca ficou crispada.

— Por que vocês estão me chamando assim? Porque eu errei? Quem errou não fui eu. O banco que errou colocando uma porcaria como essa para atrapalhar a gente!

Ela deu palmadas violentas na porta giratória várias vezes.

— Isso é para segurança? A segurança é impedir a entrada de gente inocente como eu? É a primeira vez que vejo coisa tão ridícula! A porta de segurança inútil e o guarda atrapalhado. Isso não é de graça. O banco está cobrando caro de mim e de vocês para manter essas porcarias. Algum de vocês percebeu isso? Não? Vocês são bonzinhos demais.

Inesperadamente, surgiram muitas vozes concordando com ela. Momoe elevou o tom.

— Por que colocar uma coisa como essa no Brasil? A resposta é simples. Aqui há muitos sem-vergonha que não querem trabalhar honestamente, pensando só em roubar o dinheiro dos outros. Não é? — continuou após olhar de relance ao redor. — No meu país, vocês não veem um traste como este. O Japão está em segundo lugar na economia mundial graças ao povo honesto e trabalhador. Lá não há malandros que querem ganhar dinheiro fácil. Por isso, um banco no Japão não precisa de uma merda como essa.

Parece que a diferença entre os sistemas de segurança no Brasil e no Japão chamou a curiosidade dos aglomerados. Momoe, encorajada, continuou falando:

— Prestem atenção! No Brasil, há ladroagem bem mais nociva. Sabiam? Chama-se corrupção. Há muitos políticos corruptos enriquecendo ilegalmente, roubando o nosso dinheiro. E raramente vão para a cadeia. No Japão, uma vez noticiado como um suspeito de corrupção, a vida política desse sujeito termina ali. Há político que comete suicídio simplesmente por ter seu nome divulgado como suspeito nos jornais. Alguém já ouviu algum caso semelhante no Brasil? Não? Por isso o Brasil não vai para frente!

Desta vez, todos os presentes protestaram.

— Tia, você está errada! O Brasil não está indo para frente porque japoneses meio malucos como você estão aqui atrapalhando a gente!

Houve gargalhadas seguidas de aplausos.

— Se o Japão é tão bom, por que não volta para lá? Ninguém sentirá sua falta aqui.

Ouviram-se palmas seguidas de coro.

— Japa Louca! Japa Louca! Japa Louca!

— Bobagem! — ela não recuou. — O Brasil não melhora porque está cheio de cabeça-oca como vocês!

A entrada da agência ficou cheia de curiosos.

— Escutem com muita atenção! Sou uma japonesa que veio ao Brasil convidada pelo presidente da República a fim de melhorar a agricultura do país. Não sou uma japonesa qualquer! Exijo respeito! Se não me quiserem, digam para o presidente e então vou embora imediatamente! Não tenho obrigação de me sujeitar a ignorantes como vocês! É desperdício de tempo, até!

As críticas de Momoe não pararam por aí. Ela continuou gritando em português com sotaque japonês, e parece que os curiosos se divertiam muito.

Carlos deu uma cutucada no Alemão:

— Ela tem a boca mais suja do que eu!

O português dela era bom, em geral, talvez devido ao fato de que ela sempre mantinha contato com empregados brasileiros no campo ou negociava suas hortaliças com atravessadores brasileiros; seu marido era tímido para tal função.

Momoe parou de falar depois de desabafar todas as insatisfações que guardava até então. A multidão começou a se dissolver, e Carlos e Alemão voltaram para a viatura a fim de continuarem sua patrulha.

(5)

A partir daquele dia, os dois frequentemente viam Momoe na avenida principal pregando com voz alta os sermões que ninguém entendia bem. Ela sempre andava com sua neta. No banco, ela continuava a ser um problema. Quando a espera era longa, ela protestava fortemente, exigindo explicação do responsável. Na maioria das vezes, outros clientes aderiam ao protesto, gerando tumulto. No entanto, a maior confusão que ela causou não foi no banco, mas no hospital. Um dia, os médicos do Hospital Santa Casa de Tomé da Conquista entraram em greve. O hospital era referência para a região e não atendia apenas o cidadão tomense: muitos moradores de municípios adjacentes também utilizavam seu serviço. Um aviso de greve saiu poucos dias antes e pegou muita gente de surpresa. Um grande número de pessoas que vieram de longe, com consulta marcada, soube disso apenas ao chegar à recepção do hospital, inclusive Momoe.

A discussão entre ela e as recepcionistas começou a esquentar, e a participação de outros visitantes ajudou a pôr lenha na fogueira. A fúria de quem perdeu a viagem longa de ônibus ou a consulta obtida com muito sacrifício era tão forte que dezenas de insatisfeitos com o desatendimento da recepção invadiram e avançaram até a diretoria para exigir explicações.

Começou um quebra-quebra pela multidão revoltada quando ninguém foi encontrado na diretoria. Momoe foi apontada como líder dos protestantes e sua imagem correu o país inteiro nos noticiários da TV. O episódio foi comentado entre o povo da região por muito tempo.

Os japoneses da Colônia apontaram a perda de seu filho e sua nora no acidente de caminhonete como a causa da mudança repentina do seu comportamento, e sentiram muita pena dela.

O banco frequentemente mandava reclamações à delegacia alegando que a atitude de Momoe era excessivamente agressiva, mas Carlos sempre ignorou. Não por ter sentido pena dela, mas porque pensava que não era obrigação da polícia repreendê-la ou adverti-la. A seu ver, o problema eram os poucos bancários para muitos clientes. Para não haver reclamação da clientela, o banco deveria colocar mais funcionários e computadores. Quanto ao tumulto no hospital, apesar de ter acontecido em Tomé da Conquista, município fora de sua jurisdição, o delegado pensou que toda a culpa era dos médicos. Ele não sentia simpatia nenhuma por eles, que cancelaram de repente as consultas que as pessoas — e a maioria não tinha dinheiro para pagar um médico particular — conseguiram com muito sacrifício e humilhação.

Quando Momoe reclamava ou protestava, ela sempre dizia que o Japão era bem melhor que o Brasil. Essa comparação causou certo desgosto entre os cidadãos bragantinos. Eles apelidaram Momoe de "Japa Louca" e riram pelas suas costas por um bom tempo.

A atitude excêntrica dela durou quatro ou cinco anos. Depois, não se viu mais sua presença na avenida de Bragança Coroada falando alto, nem se ouviu algum tumulto envolvendo-a na agência do banco.

* * *

Aqui termina a referência a alguns episódios da Japa Louca, e não todos.

(6)

Depois de colocar um ponto final na discussão sobre a "Japa Louca", Carlos e Alemão foram ao banheiro ao lado da recepção do Hospital Santa Casa. Quando saíram de lá, viram a enfermeira da recepção abrir a boca: primeiro para bocejar e depois chamar o japonês, que começava cochilar:

— Oh, senhor! O médico parece que não pode atender o senhor tão cedo. Ele está muito ocupado. Melhor voltar outra hora. Eu acho.

Eram quase três horas da madrugada.

— *San*! Melhor você voltar para casa. Nós também estamos indo para tirar uma soneca, mas estaremos aqui de novo depois do almoço — disse Carlos. — Se tiver alguma novidade sobre o casal, podemos passar na sua oficina para deixar você informado. Que tal?

— Hoje não é domingo? Não vou à oficina — respondeu Koichi.

— Então você vai estar na Colônia? Eu preciso ouvir os japoneses de lá o mais cedo possível sobre o que eles pensam do acontecimento de ontem à noite.

Carlos olhou a cara do mecânico japonês para ver sua reação.

— Eu estava pensando em convocar uma reunião no Clube dos Colonos Japoneses hoje à tarde exatamente para tratar desse assunto. Se quiser, pode participar e perguntar o que for necessário.

— *San*, ótima ideia!

Carlos gostou da resposta do mecânico japonês.

— Vou marcar a reunião para as três horas da tarde. Tem problema?

Depois de ouvir um "não" do delegado, Koichi explicou a ele o caminho para chegar à Associação da Cultura Nipo-Brasileira, local da reunião.

Ao se despedir de Koichi, Carlos disse:

— *San*! Já que não temos certeza ainda se Antônio é o autor do crime ou não, melhor não dizer que viu uma pessoa parecida com ele lá perto da casa dos Sato ontem. Por favor, diga isso também ao rapaz que foi à casa deles com você.

Quando os três saíram do hospital, a chuva tinha parado e a lua iluminava o céu.

(7)

Ao chegar em casa, Carlos tirou a jaqueta de couro e a calça sem fazer barulho. Já eram quatro horas.

Ele iria com Olívia ao restaurante italiano recém-inaugurado na noite anterior. Preço salgado, mas a fachada e a decoração interior bem caprichadas criavam um ambiente bem chique. Seria o lugar ideal para celebrarem vinte anos de casados. Conseguira uma reserva para as nove horas da noite após vários telefonemas. Ele e Olívia esperavam ansiosamente por um momento romântico.

No entanto, o acontecimento com o casal Sato obrigou-os a cancelar a reserva. Ele pediu desculpas à sua esposa pelo telefone antes de partir para a Colônia. Contudo, ele sabia que ela tinha ficado bastante decepcionada.

Terminou uma chuveirada com máximo cuidado para que o barulho da água não acordasse sua esposa. Entrou no quarto na ponta dos pés e deslizou seu corpo na cama silenciosamente, como um ninja. Olívia estava virada para o outro lado. Ele sentiu alívio por escutar um ronco leve dela.

QUEIMADA

(1)

Carlos acordou às sete horas com o grito histérico da calopsita, *pet* do seu único filho, Júlio. Devia estar pedindo comida. Ele não queria se levantar, pois tinha dormido apenas três horas. Ainda por cima, o peito farto e quente de Olívia pressionava as suas costas. Porém, não tinha outra escolha senão sair da cama.

— Hoje começa a procura da arma do crime. O Dia D para mim!

Ele falou em voz alta a fim de animar a si mesmo.

Era domingo e, por isso, Olívia se levantaria só por volta das dez horas. Ela era professora do Ensino Fundamental. Júlio também estava dormindo. Carlos resolveu tomar café da manhã no bar perto da delegacia. Sua agenda estava tão cheia que talvez ele não tivesse tempo nem para ir à barbearia.

Chegou à delegacia às oito horas. Caio se aproximou, cabisbaixo. Carlos sabia o que ele queria dizer: não conseguiu achar os três menores do acampamento dos sem-terra na noite anterior. Mas ainda era cedo para desistir. Carlos tinha certeza de que os moleques teriam voltado ao acampamento. Se não, paciência. Eles iriam voltar mais cedo ou mais tarde.

Ele mandou Caio e Adriano colocarem na velha Chevrolet Blazer de 1997 as ferramentas e os aparelhos necessários para procurar a arma ou qualquer coisa que servisse como prova do crime. Quando ligou para a Delegacia de Tomé da Conquista para saber sobre a perícia, foi informado de que o perito chamado Kleber iria para a casa dos Sato às 10 horas. Depois de terminar as preparações, o delegado e Alemão entraram no Ford Escort 1999, e Caio e Adriano embarcaram na Blazer com as ferramentas. Carlos ordenou a Adriano que fosse primeiro ao Hospital Santa Casa, deixando Caio lá para vigiar Antônio; em seguida, que fosse sozinho para a Colônia. Na delegacia, ficou Anselmo, o escrivão.

* * *

A Colônia foi inaugurada em 1975, quando a prefeitura de Tomé da Conquista oferecera terra gratuita para imigrantes japoneses e seus descendentes a fim de desenvolver a agricultura na região. Como foi dito antes, o nome oficial da Colônia era "Colônia Japonesa Esperança". Os colonos migraram, em sua maioria, dos estados do Paraná e São Paulo, e se inscreveram no loteamento ao verem o anúncio nas cooperativas agrícolas às quais pertenciam.

No caso dos descendentes, a maioria era o segundo ou o terceiro filho, pois, tradicionalmente, o filho mais velho ficava com seus pais na terra da família. A colônia tinha cinquenta lotes, cada um com cinquenta metros de largura e trezentos metros de profundidade. Isso significa que cada lote tinha quinze mil metros quadrados. No lote ainda restavam muitas árvores pequenas e inúmeras pedras que cada colono deveria eliminar com muito sacrifício. As pedras grandes que eles não conseguiram remover ficaram no lugar como lembranças.

O objetivo da prefeitura de Tomé da Conquista era aumentar a produção de hortaliças para atender o consumo crescente nas cidades grandes da região. Escolheram os japoneses porque eram reconhecidos como bons produtores desse gênero.

Por outro lado, as razões que atraíram os japoneses eram, em primeiro lugar, a garantia de fornecimento de água, graças ao canal de água irrigada do lago, além da existência de água abundante no subsolo; em segundo lugar, o terreno plano, apropriado ao cultivo; e, em terceiro, a distância de apenas quatro quilômetros até a estrada estadual, facilitando o escoamento de produtos extremamente perecíveis.

Sem dúvida, a terra gratuita também foi uma razão que atraiu o interesse dos japoneses. Houve muitos candidatos, e todos os cinquenta lotes foram preenchidos em pouco tempo.

Apesar desse bom começo, a euforia durou pouco. Com a vinda da hiperinflação, toda a agricultura do Brasil foi por água abaixo. A inflação anual nos anos de 1988, 1989 e 1990 foi de 629%, 1.430% e 2.947%, respectivamente. Ninguém aguentava.

Em 1990, o governo japonês alterou suas leis relativas ao controle de entrada e saída dos estrangeiros e resolveu facilitar a emissão do visto de trabalho no Japão para descendentes japoneses *nisei* (filhos de imigrante japonês nascidos no Brasil) e *sansei* (netos de imigrante japonês nascidos no Brasil). Graças a essa alteração, muitos descendentes de japoneses no Brasil foram para o Japão como *dekasseguis*, a fim de fugir da crise.

A Colônia Esperança também não estava alheia a essa onda. O abandono das lavouras disparou, e o êxodo de colonos para o Japão começou. Como resultado, o número de famílias na Colônia despencou de cinquenta para apenas dezessete.

Quando a Colônia foi inaugurada, Bragança Coroada não passava de um dos muitos vilarejos do município de Tomé da Conquista, com apenas seiscentos habitantes. Porém, com a chegada da nova rodovia federal (a BR) próxima ao povoado, sua população começou a crescer vertiginosamente; dez anos mais tarde, emancipou-se de Tomé da Conquista. A Colônia, geograficamente localizada mais perto de Bragança Coroada, foi integrada à cidade com a emancipação.

A Subdelegacia de Bragança Coroada, que fora subordinada à Delegacia de Tomé da Conquista, tornou-se uma delegacia. Consequentemente, Carlos, que era o subdelegado, foi promovido a delegado bragantino.

(2)

Carlos era um veterano com trinta anos na Polícia Civil. Como vinha trabalhando em Bragança Coroada desde quando o município era apenas um vilarejo, ele achava que conhecia a cidade melhor que ninguém.

Porém, sua convicção se limitava à antiga Bragança Coroada, que não incluía nem a colônia japonesa, nem Queimada, incorporadas só com a emancipação. Isso o estava incomodando, pois o maior crime da sua vida policial acabou acontecendo exatamente fora do seu "território", isto é, da antiga Bragança Coroada.

Mesmo depois da emancipação, provavelmente ocorreu algum roubo, furto ou briga na colônia japonesa ou em Queimada, entretanto, em vez de dar queixa na delegacia bragantina, moradores locais resolviam os problemas dentro da comunidade. Recentemente tinham chegado dois boletins de ocorrência (BOs) — um de Lucas e outro de José —, porém ambos os casos aconteceram perto da estrada estadual, não na Colônia, nem em Queimada. Da colônia japonesa, nunca tinha havido queixa, nem registro de BO ligado a crime.

O caso dos Sato aconteceu exatamente num lugar como um "buraco negro" para o delegado; sem informação sobre histórico nem noção geográfica dessas duas comunidades. Informantes? Nem se fala! Ele lamentou sua falta de sorte. Contudo, não havia como voltar atrás. O crime já tinha acontecido. Só seguir em frente e enfrentar! O único consolo era o fato de que ele estava com Antônio, suspeito do crime, em suas mãos.

A Colônia tinha cinquenta lotes ao longo da Avenida Ginza, metade no lado direito e outra metade no lado esquerdo.

Depois de terminar a avenida começava uma subida bem estreita, cheia de pedras de diversos tamanhos. Nela, vários barracos estavam margeados: a maioria foi feita de pedaços de madeira ou de barro, com chapa de amianto ondulada nos tetos.

Ali era Queimada. Lugar invadido por famílias, em grande parte de origem nordestina, que trabalharam ou continuavam trabalhando para os colonos japoneses.

O Alemão encostou o carro em um dos bares espalhados no começo da subida para perguntar onde morava José, pai de Antônio. O dono do bar informou que o barraco dele era mais ou menos a cem metros dali, na subida, onde havia dois pés de manga.

O carro tentava subir, mas patinava no chão de pedras e não conseguia avançar. Logo o motor começou a fazer um barulho esquisito, como se estivesse afogando.

— Da próxima vez, vamos vir de Pajero 4x4! — brincou Alemão.

— Tá doido! Quem tem Pajero? Esta é a mais nova das velhas carroças que temos. Fique preparado para subir a pé na próxima! — replicou Carlos.

— Nesse caso, chefe, pode vir sozinho! — o Alemão segurava o riso.

Homens, mulheres e crianças dos barracos olhavam para eles pelas portas e janelas abertas.

— Devem estar assustados por causa do barulho alto do motor do nosso carro, pensando que a prefeitura mandou a retroescavadeira para demolir seus barracos ilegais — o Alemão gargalhou.

Enfim viram duas mangueiras magras. Na porta, uma mulher de meia-idade e um menino estavam em pé, encarando-os. Eram Irene, a esposa de José, e o neto, Lucas. O pescoço do menino estava com uma gaze de faixa larga.

Como foi dito antes, quando Lucas foi ferido gravemente pelo fio da pipa com cerol, foi Carlos quem o levou para o hospital, pois chegara ao bar Magrão antes da ambulância. Quando viu o menino sangrando, pensou sinceramente que ele não ia sobreviver.

Os policiais já conheciam Irene. Ela tinha ido à delegacia para registrar o BO sobre o caso de agressão ao seu marido praticada pelos sem-terra. Seus poucos cabelos estavam amarrados para trás com um elástico. Dentro da cerca feita de pedaços de madeira, havia uma horta pequena com cebolinha e salsinha plantadas em linha reta, num espaçamento que não permitia nem um milímetro de diferença. Para fazer uma horta como aquela, só mesmo alguém que já tivesse trabalhado em uma horta japonesa.

— Que tal as mangueiras? — Carlos perguntou para puxar conversa.

— Não estão bem — Irene respondeu seca, evitando o olhar dele. No peito achatado de cor marrom-escura era possível contar cada uma de suas costelas.

Carlos sabia que não era fácil o cultivo de mangueira naquela região. Originalmente, era uma planta tropical. As pessoas de origem nordestina gostavam muito dessa árvore: sonhavam em passar o tempo olhando as folhas verdes, como se estivessem compensando seu passado sofrido na terra árida.

Enquanto isso, Irene viu a chegada de Carlos com olhos cheios de ironia:

— Ora, ora! O senhor delegado de polícia teve a honra de visitar minha humilde casa em pleno domingo! Que surpresa! Estava muito preocupado com minha mangueira? — murmurou.

Na verdade, ela sabia bem o porquê de sua visita: o caso do casal Sato, sem a menor dúvida.

Por outro lado, Carlos percebeu que ela ainda não sabia que seu filho havia se ferido seriamente na noite passada e que estava no hospital. Naturalmente, José também não deveria. Seria obrigação do delegado informá-los desse fato. Porém, pensou que o casal ficaria profundamente chocado se soubesse disso naquele momento, e não teria mais condições psicológicas de cooperar com a investigação. Portanto, decidiu não contar, e apenas pediu:

— Queria falar com José.

— Ele não pode sair da cama por causa da agressão que sofreu lá no acampamento dos sem-terra. Falar com ele nem pensar! Apanhou tanto que inchou o queixo e não consegue abrir a boca. Melhor voltar outro dia.

— Ele pode se comunicar apenas piscando os olhos, sabia? — Não desistiu Carlos.

— O médico ordenou repouso absoluto. Vocês sabem bem que ele quase morreu.

Era óbvio que Irene não queria deixar que o delegado falasse com José.

Carlos tinha que mudar de tática.

— Você deve saber o que aconteceu com o casal Sato. Há uma testemunha que viu um indivíduo perto da casa do casal na noite anterior. Ela disse que essa pessoa era muito parecida com seu filho. Todas as evidências colhidas até agora também estão contra ele — Carlos estava blefando. — Viemos para ver se há alguém que possa defendê-lo... Que pena!

Ele acenou para o Alemão e ia voltando para a viatura. Foi quando escutou o grito dela.

— Espera!

A tática do delegado deu certo. Irene mandou Lucas, que estava agarrado à saia dela, entrar no barraco. Depois que ele sumiu no escuro, ela abriu a boca.

— Ainda não contei a José sobre o casal Sato, porque ele está muito deprimido pelo que aconteceu com Lucas e com ele próprio. Se quiser falar com ele, não posso impedir. Mas tente não tocar nesse assunto. Ele não sabe nada sobre o que você está dizendo. Não adianta falar com ele. Já sofreu bastante. Seria mais uma agonia.

— Se eu aceitasse todos os pedidos como esse, não poderia trabalhar direito. Melhor largar a profissão e vender pipoca na rua.

Com esse resmungo, Carlos foi entrando no barraco com o Alemão.

Depois da sala, através da porta entreaberta, ele enxergou José no escuro, sentado com as costas na cabeceira da cama. O delegado bateu à porta levemente e entrou. Por causa da janela fechada, o quarto tinha um cheiro forte de pus podre. Ambas as pernas e o braço direito de José estavam enrolados em ataduras, e o rosto, muito inchado. Ele mexia a boca para falar alguma coisa, mas não dava para saber direito o que queria dizer. Levava a mão esquerda para sua boca e balançava sua cabeça de cima para baixo repetidas vezes. Parecia estar pedindo desculpas por não poder falar devido ao problema do queixo machucado. Carlos interpretou assim.

Lucas enxugava o líquido transparente que escorria da boca do avô com uma flanela. O menino se lembrava bem do delegado porque foi ele quem o colocou na viatura da polícia em frente ao bar Magrão quando se machucou com o fio de pipa. Naquele momento, Lucas ficou apavorado com a cara do delegado, pois era muito parecida com a de um *pitbull*. Ele tinha pavor daquela raça. Contudo, ao perceber os olhos de Carlos umedecidos, cheios de preocupação, o medo sumiu.

Até chegar ao hospital, o delegado gritava o tempo todo para encorajá-lo, dado que seu avô estava atônito, perdendo até a voz diante da gravidade do acontecimento.

— Coragem, guri! Você vai ficar bem! Você é forte! Fique com olhos abertos! Não fecha, não! A gente já está chegando ao hospital!

Lucas voltou a si várias vezes graças aos gritos do delegado e lutou com os dentes cerrados contra a dor terrível.

O que aconteceu devia ter sido muito doloroso para Lucas. Mas, passadas quase duas semanas, só de se lembrar da corrida de carro junto com o delegado, o menino sentia sumirem todas as dores sofridas. Ele guardava aquela lembrança com muito orgulho e estava doido para contar aos seus amiguinhos quando recuperasse sua voz. O que ele queria dizer era: "Fui ao hospital no carro da polícia com meu tio, o delegado Carlos!".

* * *

Enquanto ele relembrava o ocorrido, a voz de "seu tio" chamou-o de volta à realidade.

— Meu guri! — Carlos exclamou, tentando uma abordagem com o menino. — Está tomando conta do seu avô? Estou muito orgulhoso de você!

Lucas ficou muito contente e quis responder ao elogio. Porém, de repente veio uma série de tosses violentas. O rosto dele ficou mais vermelho do que pimenta-malagueta e, depois, mais branco do que nabo-japonês. Certamente entrou saliva no brônquio! Carlos ficou apavorado.

— Mas você é um idiota! Viu só o que fez? Isso é porque você abre a boca quando não deve!

Esfregando as costas de Lucas com a mão, ele continuou xingando a si mesmo. O Alemão foi chamar Irene. Logo ela apareceu segurando um copo com um líquido. Quando ela o deu ao menino, a tosse parou.

O pano com o qual Lucas cobria sua boca — o mesmo usado para limpar a boca de José — estava tingido de dezenas de manchas vermelhas pequenas.

Carlos, mais calmo ao ver o rosto de Lucas voltando à cor natural, virou para José e disse:

— Quanto a Antônio...

Essa abordagem também deu inteiramente errado!

Os olhos de José cheios de lágrimas se arregalaram tanto que quase saíram da cavidade. Seus lábios inchados mexiam nervosamente como se ele estivesse perguntando: "O que meu filho fez desta vez?".

— Hoje não é o meu dia — Carlos resmungou balançando a cabeça.

Irene lançou um olhar cínico a Carlos como se quisesse dizer "Eu não te avisei?".

Agora quem podia responder era somente Irene. Porém, Carlos escutou o alarme tocando no lobo frontal do seu cérebro para não confiar muito nela. Não que ele tinha alguma razão ou evidência para julgar assim. Tratava-se de pura intuição. Mas não restava a ele outra escolha.

— Já que José ainda não está em condições, posso fazer algumas perguntas para você?

Ela deu de ombros, mas prometeu a si mesma que não falaria coisa nenhuma que prejudicasse seu filho.

— Antônio não veio ontem à noite? — Carlos começou perguntando.

— Sim. Veio para saber como estavam Lucas e José.

— Que horas eram?

— Não confirmei no relógio, mas acho que veio às cinco e meia e saiu às nove horas... por aí.

O casal Sato tinha levado os tiros perto das oito e meia da noite, pouco antes de Koichi chegar ao local. Isso quer dizer que Antônio estava na casa dos pais quando o crime aconteceu! O indivíduo que Makoto viu nas imediações da casa dos Sato não era Antônio; era outro, que devia ser o verdadeiro autor do crime.

Tamanha decepção diante da confirmação dela sobre o álibi de seu filho apertou a garganta do delegado tão forte que ele literalmente perdeu as palavras. Irene o olhava atentamente, tentando ler seus pensamentos, o mínimo que fosse. Era uma mulher insolente e esperta. Se ela percebesse seu abalo emocional, sua autoridade ficaria posta em xeque. Devia manter a postura firme, fazendo perguntas como se não tivesse acontecido nada de importante. Por isso, prosseguiu sua pergunta:

— Seu filho não falou onde estava e o que estava fazendo antes de vir para cá?

Ele perguntou só por perguntar, e não esperava receber mais que um frio "não sei". Mas as palavras que saíram da boca de Irene foram, no mínimo, curiosas.

— Meu filho estava na casa dos Sato entre as duas horas e as cinco horas da tarde para arrumar o depósito a pedido de dona Momoe. Ele contou que limpou e arrumou o depósito e o galpão e, ademais, fez um balão para a festa de São João, bem maior do que fazia em outros anos. Depois de terminar o serviço, ele veio para cá.

Assim como nas outras regiões rurais, os moradores da Colônia, uma vez por ano, arrumam, consertam e reformam depósitos, armazéns e galpões usados para secar alho, de modo a aproveitar o intervalo da atividade agrícola no inverno. Todo ano Momoe pedia esse serviço a José e Antônio. Este ano ela novamente chamou os dois, mas Irene contou sobre os ferimentos de José e se desculpou por ele não poder atender ao seu convite. Momoe disse que poderia ser só Antônio, pois ele já tinha feito o mesmo serviço muitas vezes com seu pai na casa deles. Ela também sabia que Antônio trabalhava no supermercado da cidade descarregando mercadorias do caminhão que chegava de madrugada, portanto tinha tempo disponível durante o dia.

— Não notou alguma diferença nele?

— Não. Depois de jantar conosco, passou um tempo brincando com Lucas e foi embora.

Carlos olhou o relógio. O perito da Delegacia de Tomé da Conquista já devia ter chegado à casa dos Sato. Ele decidiu terminar a conversa com Irene para atender o perito.

— Não precisa avisar a Irene sobre a internação de Antônio na UTI? — o Alemão lhe perguntou ao entrar na viatura.

— Vou mandar Anselmo providenciar.

Carlos respondeu à pergunta do Alemão só depois de apertar o cinto. Estava totalmente arrasado e confuso por causa do álibi de Antônio.

CARLITO

(1)

Logo depois de terminar seu café da manhã, Koichi ligou para o celular do cônsul Shima, do Consulado do Japão em Porto Alegre. Em uma reunião no ano passado, ele deu seu número para alguma emergência. O estado de Santa Catarina estava sob a jurisdição diplomática do consulado dele.

Quando foi completada a ligação, o cônsul estava fazendo sua corrida dominical no Parque Moinhos de Vento. Koichi informou a ele sobre o que aconteceu com o casal Sato. O diplomata perguntou se já haviam descoberto o nome do autor do atentado e os motivos do crime.

— Até o momento não sabemos de nada — Koichi respondeu. — Mas eles são boas pessoas, longe de encrencas. Penso que o motivo seria furto mesmo.

O cônsul prometeu pedir ao Itamaraty as providências necessárias para acionar a Polícia Federal, para que a autoridade local reforçasse a segurança da Colônia.

Depois de falar com o cônsul, Koichi tirou da estante a lista de telefones dos colonos e seus parentes, e começou a procurar o nome da neta do casal Sato que trabalhava em São Paulo. Logo o achou.

— Hoje é domingo. Será que ela está em casa? — falando sozinho, ele discou o número.

— Sim. Sou Kanna Sato. — Era uma voz calma.

— Sou Koichi, da Colônia...

Depois de um cumprimento breve, ele contou que alguém havia ferido seus avós com uma arma de fogo na noite anterior, e eles foram levados ao Hospital Santa Casa de Tomé da Conquista em estado grave. Disse, ainda, que a polícia estava investigando, mas até o momento não tinha nenhuma pista sobre o autor do crime ou seu motivo.

Quando ele terminou de falar, houve um silêncio. Ele escutou uma tosse leve, e a voz umedecida dela dizendo que retornaria a ligação depois de pedir alguns dias de folga para seu superior.

Mais ou menos vinte minutos se passaram até ela retornar. Sua voz era ainda pesada.

— Acabei de ter a autorização do chefe. Já estou indo para a rodoviária pegar o ônibus. Quando chegar a Tomé da Conquista, vou direto ao Hospital Santa Casa.

Koichi sentiu muita pena dela, imaginando o impacto que sentiu com uma notícia tão horrorosa como essa.

Ele detestava o telefone, pois achava que os sentimentos que ele queria transmitir, como simpatia, carinho, pena, saudade etc., chegavam à outra ponta da linha com intensidade bastante reduzida. Além disso, já que ele mesmo reconhecia sua antipatia por telefone, isso influía no seu jeito de falar: bem abreviado, como se quisesse se livrar da ligação o mais rápido possível. Em consequência, o conteúdo do que ele falava ficava parecido com avisos ou boletins pregados no quadro do corredor da prefeitura; lacônico e seco, sem um pingo de sentimento. Por isso, ele ficava com ódio de si mesmo, imaginando que a pessoa do outro lado devia estar magoada, pensando nele como um homem insensato e frio. Num momento como esse, ele se lembrava do jeito hábil com que sua falecida esposa falava ao telefone.

Aliviado graças ao término da tarefa chata, ele tomou seu chá verde e saiu de casa para avisar todos os colonos sobre a reunião da tarde. Ao voltar, viu o carro da polícia parado em frente à sua casa. Era da perícia.

Percebendo a aproximação de Koichi, saiu do carro um policial, que se apresentou como o perito Kleber. Ele veio à sua procura, por saber que ele era o presidente do Clube dos Colonos Japoneses. Carlos ainda não tinha chegado.

— Vim para periciar a casa dos Sato. O senhor poderia me acompanhar?

Koichi concordou e entrou no carro dele.

Carlos e Alemão também chegaram, vindos de Queimada. Eram dez e meia. Quando se aproximaram da casa dos Sato, viram três carros: o de Mário, o da delegacia da cidade vizinha e a Blazer.

Carlos não viu Adriano e Mário. Deviam estar na horta atrás da casa procurando provas do crime. Viu Kleber na sala. Carlos nunca havia conversado com ele. Ouviu de algum colega que ele fora perito de elite da polícia de Florianópolis e veio para reforçar a divisão da perícia da delegacia tomense fazia quatro anos.

Quando houve uma conferência dos delegados do estado de Santa Catarina, em Joinville, cerca de um ano antes, Kleber, como um dos conferencistas, falou alguma coisa sobre a importância da conservação da cena do crime. Carlos se lembrava de que, no coquetel de encerramento daquela conferência, o subdelegado de Tomé da Conquista, o seu amigo, disse para não falar mal de Ronaldo, delegado tomense, na presença do Kleber, pois o sujeito era o puxa-saco número um do delegado.

Carlos, depois de um breve cumprimento, perguntou-lhe se havia conseguido alguma evidência, e o perito respondeu:

— A casa foi revirada toda, mas os passaportes e as carteiras de identidade do casal foram deixados intactos. Aparelho de televisão, computador, DVD, CD *players* estão no lugar. Parece que o cara queria só dinheiro e joias. Em dinheiro, achei apenas moedas. Já tirei todas as impressões digitais e vou tirar também das vítimas quando for ao hospital.

Carlos explicou o que aconteceu no ponto de ônibus com Antônio na noite anterior e sugeriu que as impressões digitais dele também fossem colhidas.

— Estou procurando a pistola, porque o presidente do clube japonês disse que o casal possuía uma. Porém não a achei em nenhum lugar.

Então Carlos lembrou dos cartuchos vazios colhidos, dos quais tinha esquecido completamente; tirou-os do bolso e passou para Kleber:

— Recolhemos ontem à noite. Tomara que haja alguma impressão digital neles.

— Geralmente, não pode contar muito com a impressão no cartucho deflagrado devido ao calor do disparo — comentou o perito de elite. — Mesmo que tivesse, se guardar todos juntos no bolso da jaqueta, como no caso deste, a impressão sumiria logo por causa da fricção de um cartucho no outro. Assim perde seu valor como prova. — Kleber jogou os cartuchos dentro de sua caixa de instrumentos, como se os jogasse na lixeira.

Carlos imaginou que o perito devia estar pensando nele como um velho delegado que nem sabia o abecê do ofício policial. Ele reconheceu seu erro. Ia guardá-los em um lugar apropriado depois de colocar separadamente no saquinho, mas acabou esquecendo. Seus lábios se torceram por vexame. Queria sumir ou evaporar de lá o mais rápido possível.

Quem o salvou de sua situação embaraçosa foi o mecânico japonês. Carlos o viu saindo do banheiro! Sem perder tempo, ele se afastou rapidamente do perito e se dirigiu até Koichi:

— *San*! Bom que você está aqui!

O delegado abraçou forte o japonês, que não entendia o porquê dessa intimidade repentina.

— Por acaso você sabe alguma coisa sobre a pistola que dizem que o casal tinha?

— Eu não a vi, mas ouvi do senhor Takanori Hidaka, um dos colonos, sobre isso.

Conforme Koichi, uma vez, enquanto Takanori jogava *shogi* (xadrez japonês) com Masakazu na casa dos Sato, escutou tiros e se levantou instintivamente, tomando um susto. O dono da casa disse rindo:

— É minha esposa. Está caçando jararacas.

Assim que Momoe entrou na sala, mostrou uma pistola pequena, que caberia na palma da mão.

— Ela tem melhor pontaria do que John Wayne — Masakazu gargalhou, referindo-se ao ator americano, famoso por seus filmes de faroeste.

Já que Takanori não tinha interesse em armas de fogo, não perguntou detalhes, como modelo, número do calibre da bala, peso etc. Só se lembrava de que era da marca Beretta.

Não era novidade que os imigrantes japoneses guardavam armas de fogo em casa. A maioria que trabalhava em fazendas de café ou batata ia no dia do pagamento à cidade mais próxima para assistir a filmes nos cinemas, fazer compras ou se divertir nos prostíbulos.

O patrão deixava o caminhão à disposição deles só no dia do pagamento. Nos demais fins de semana, tinham que procurar outro passatempo dentro da fazenda. Alguns jogavam beisebol, pescavam no lago e no rio ou matavam o tempo tomando aguardente, que para eles era mais barata do que água mineral. Muitos também optavam por caça dos pássaros, cobras e tatus com arma de fogo. A licença para posse de arma era fácil de conseguir por intermédio da loja especializada. Mas havia um caminho menos complicado; os policiais vendiam as armas usadas por um menor preço e entregavam na hora, sem burocracia. Portanto, muitos imigrantes ainda guardavam armas que conseguiram quando a fiscalização não era muito severa[2].

* * *

Já estava na hora do almoço. Carlos e Alemão saíram da casa dos Sato e viram Adriano e Mário na horta. Parecia que ainda não haviam encontrado o que procuravam.

---

[2]. A título de informação, o número estimado de pessoas que possuem arma de fogo no Brasil em 2010 ilegalmente seria em torno de 7,6 milhões. Isso quer dizer que quatro em cada cem pessoas teriam arma de fogo em casa.

— Trouxe um lampião para vocês poderem trabalhar a noite inteira — disse Alemão rindo.

— Toma este! — Adriano levantou o dedo do meio da mão direita.

Carlos ficou fora da brincadeira de seus subordinados porque sua cabeça estava confusa em razão do álibi de Antônio. E não era só isso. Na verdade, desde a noite anterior ele vinha sentindo que alguma coisa não estava encaixando. Só então começou a entender vagamente o que era. Antônio era frequentador da delegacia por causa de brigas para resolver desacertos entre prostitutas e fregueses encrenqueiros, já que ele era o gigolô que protegia as meninas. As brigas eram sempre com socos, pois, se fosse pego pela polícia, estaria solto depois de passar apenas uma noite na cela da delegacia. Mas, no crime, foi usada uma pistola e, além disso, o casal foi ferido gravemente. Isso não era o estilo do rapaz. A dissonância que Carlos sentia nos ouvidos ao compor seu raciocínio era essa. Tal constatação, aliada ao álibi, eliminaria de vez o envolvimento de Antônio no caso Sato, gostasse Carlos do resultado ou não.

Então, quem foi o autor do latrocínio? Havia várias hipóteses. Podia ser algum japonês da Colônia ou moradores de Queimada. Os acampados do MST também eram bem prováveis! Se fosse alguém da cidade de Bragança Coroada, havia nove mil suspeitos! Mas a pior das hipóteses seria, sem dúvida, a de que o crime tivesse sido praticado por algum forasteiro, pois, nesse caso, o sujeito já deveria estar longe do alcance da polícia. Carlos ficou totalmente perdido.

(2)

Para almoçar, Carlos e Alemão voltaram a Bragança Coroada. Eles comiam fora nos dias de trabalho. Os restaurantes não cobravam, pois esperavam proteção em caso de encrenca.

Antigamente, no Brasil, onde o catolicismo sempre foi predominante, em geral uma vila ou cidade começava a crescer a partir da igreja. Porém, Bragança Coroada não tinha nenhuma igreja na época em que era uma vila, e os moradores iam para a igreja de Tomé da Conquista em cima de uma carroça de burro quando havia ritos cerimoniais a comparecer, como missa, casamento etc.

Em 1960, quando foi inaugurada a primeira linha de ônibus entre a vila de Bragança Coroada e a cidade de Tomé da Conquista, o ponto era uma simples estaca que ficava na saída da vila. Logo começaram a aparecer nas cercanias bancas de doces, salgadinhos e cigarros que contavam com os passageiros de ônibus.

No decorrer do tempo, o número de instalações comerciais aumentou. Houve mudança em suas estruturas também. No começo, havia só bancas simples. Logo elas se transformaram em barracas e, mais tarde, em casinhas com parede de madeira, teto de chapa de amianto, e finalmente em prédios de alvenaria.

A primeira estaca do ponto de ônibus era de madeira e tinha dois metros de altura. Alguns anos mais tarde, foi doado um banquinho de madeira pela entidade de comerciantes do local. No ano em que Bragança Coroada se emancipou do município de Tomé da Conquista, o ponto ganhou uma cobertura e dois bancos de concreto. Em 1992, quando foram abertas as linhas de ônibus para outras cidades próximas, foi inaugurado um quiosque que vendia, além de passagens de ônibus, jornais, doces, cigarros e bebidas. A "parada de ônibus", simplesmente chamada assim até então, ganhou o nome de "Terminal Rodoviário de Bragança Coroada". Sem ninguém perceber, o ponto de ônibus na saída da vila tinha se transformado no centro da cidade bragantina, cercado de prédios comerciais e de casas residenciais.

A expansão do terminal continuou e uma das últimas construções inauguradas foi um prédio com cimento armado. Foi construída também a cobertura de quinze por trinta metros para o estacionamento dos ônibus, possibilitando ao passageiro subir e descer do transporte sem se molhar nos dias de chuva.

A estação, além dos balcões de venda de passagem, sala de espera, lojinhas e quiosques, possuía dois restaurantes.

Carlos e Alemão estavam indo para um deles, o que tinha o nome de Carlito.

O prato do dia era a rabada, a preferida de Carlos. Alemão, que não comia rabo de boi, pediu um estrogonofe sem carne.

Depois de acabar com a polenta frita na hora, Carlos começou a atacar a carne cravada no osso do rabo. Para finalizar, jogou todo o caldo em cima do arroz e começou a levá-lo à boca. Sua cara estava radiante de tanta satisfação.

Quando Zeca, o dono do restaurante, viu o delegado terminando o almoço, levou seu enorme corpo para a mesa dele, com a cara cheia de riso. Ele e Carlos eram amigos de muitos anos. Na juventude, sempre jogavam futebol juntos.

Quando viu seu amigo se aproximando, Carlos disse:

— Zeca! Por que você está rindo? Seu time perdeu feio ontem. Não foi? Devia estar chorando!

— Deixa o jogo para lá. Quero perguntar uma coisa — Zeca encostou seu corpo em Carlos. — Escutei que houve uma tentativa de assassinato ontem à noite na Colônia...

— Assassinato! Que nada! Um casal japonês se engasgou com *sushi* e foi levado ao hospital. Era só isso — retrucou o delegado.

— Tinha chumbo no *sushi*, por acaso? — disse o dono do restaurante com cara de inocente.

— Zeca! Parece que você sabe o que eu não sei! Não foi você que colocou chumbo, não? Que tal ir à delegacia comigo e confessar tudo o que você sabe?

Carlos esticou seu braço para a cintura como se estivesse procurando algemas.

— Deus que me livre! Nem pode brincar.

Zeca correu apressadamente para trás do balcão balançando seu corpo.

Todos os fregueses deram risada. Carlos sentiu que a notícia do acontecimento da noite anterior já estava circulando na cidade inteira, chamando a curiosidade e atiçando a expectativa dos bragantinos. Era natural. Numa cidadezinha pacata todo mundo morria de tédio, por isso o povo adorava esse tipo de notícia.

Graças à rabada e à brincadeira com o velho amigo, o humor de Carlos melhorou.

— Vamos, colega! Primeiro para o hospital e depois para a Colônia.

O Alemão jogou o resto da comida na boca e foi correndo atrás do chefe.

(3)

Koichi chegou à associação por volta das duas horas da tarde e viu Tanji Shimizu tirando xícaras de chá do armário e colocando-as em cima da mesa da copa enquanto cantava em voz baixa. Os pratos cheios de biscoitos já estavam na mesa, cobertos com um guardanapo, prontos para servir. Koichi admirava a habilidade dele de lidar com a cozinha. E ainda com muita disposição.

Tanji veio para o Brasil como imigrante industrial e trabalhava numa fábrica japonesa em São Paulo. Era engenheiro de máquinas operatrizes com controle numérico, ramo no qual havia poucos engenheiros disponíveis na época. Por isso, ele ganhava muito bem. Logo se casou com uma brasileira, mas, depois de passar uma fase doce do casamento, começaram as brigas. O motivo? Ele chegava muito tarde em casa por causa das horas extras. Ela tentou se acostumar, mas não deu. Arranjou outro e se foi. O fato abalou tanto Tanji que ele mudou de emprego e de casa para esquecer o trauma do fracasso matrimonial. A primeira fábrica para onde foi não o agradou. A outra também não. Após várias tentativas, ele percebeu que já não sentia mais prazer no que estava fazendo.

Perdeu o interesse pelo trabalho e cresceu o desgosto com a vida agitada de São Paulo. De repente, largou tudo e começou a perambular no interior. Sua vida de andarilho durou dois ou três anos. Quando passou em Tomé da Conquista, ele soube, por puro acaso, que a Colônia Esperança estava procurando um professor de língua japonesa. Ele se candidatou e foi contratado. Fazia trinta anos.

Tanji gostou da vida na Colônia. Decidiu ficar definitivamente e se casou com Sachiko Kamata, filha de um dos colonos, em 1995. Além de ensinar a língua japonesa para dezenove crianças, exercia a função de administrador da Associação da Cultura Nipo-Brasileira.

* * *

A hora marcada para a reunião havia chegado, mas ainda faltava metade dos colonos. Os policiais também não apareceram.

Quando acendeu o fogo no fogão e colocou a chaleira em cima para requentar a água, Tanji resmungou:

— Se essa reunião fosse à noite, acompanhada de saquê e *sashimi*, todo mundo estaria aqui uma hora antes.

— Eu peço desculpas por ter marcado a reunião para essa hora. Não cheguei a pensar no... — disse Koichi brincando.

— Ué! Você interpretou mal. Eu não disse isso porque eu estava querendo tomar saquê — ele protestou para Koichi com olhar sério. — Minha mulher nunca deixa faltar saquê em casa.

O amor sincero e caloroso do casal Tanji era bem conhecido na região.

— Que bom ter uma esposa tão carinhosa! — Koichi ia dar uma gargalhada costumeira, mas não deu, pois pensou que o ato seria uma falta de respeito com o infeliz casal Sato que estava na UTI naquele momento.

A última reunião da associação foi realizada dois meses antes. Os participantes trocaram ideias sobre a realização do evento esportivo (*undokai* em japonês) de outono. A reunião começou às sete horas da noite. Depois de elaborarem os programas e escolherem os responsáveis por cada tipo de competição, tiveram o jantar de confraternização. O casal Sato também estava presente. O jantar foi um sucesso, cheio de alegria.

Enquanto Koichi estava se lembrando do último encontro, Tanji avisou que todos os colonos haviam chegado. Carlos e Alemão chegaram por último.

A reunião começou com meia hora de atraso. Em primeiro lugar, Koichi apresentou os policiais e explicou que o motivo da reunião seria a troca de informações e opiniões sobre o acontecimento com o casal Sato, para que todos tivessem informações atualizadas e corretas sobre a circunstância do momento.

Em seguida, Carlos falou sobre o estado de saúde do casal, que era a notícia mais esperada pelos participantes:

— Conforme o médico disse hoje, a senhora Momoe foi atingida por uma bala calibre 22 que entrou pelo queixo, passou pelo palato e parou no cérebro. Agora, o médico está esperando a recuperação da artéria cerebral danificada, ao mesmo tempo que está tentando conter o avanço da supuração com antibiótico e hemostático. Quanto ao senhor Masakazu — continuou ele —, por causa das duas balas do mesmo calibre que ele levou no peito, perdeu muito sangue e ficou com a vida ameaçada; porém, com a transfusão de sangue feita rápida e apropriadamente, está mostrando sinais de recuperação.

A preocupação maior dos colonos japoneses era o quadro clínico de Momoe, pois a bala atingiu uma parte muito delicada do seu corpo.

Depois de terminar o seu relato sobre o casal, Carlos pediu a colaboração dos colonos para que a polícia pudesse resolver o caso o mais rápido possível. Ele enfatizou que qualquer evidência ou opinião seria bem-vinda.

A reunião foi adiante em língua portuguesa em virtude da presença dos colonos *sansei* e *yonsei* que não dominavam bem a língua japonesa.

Antigamente era ao contrário. A língua tinha que ser o japonês, pois muitos colonos eram imigrantes que não dominavam bem o português. Por outro lado, os colonos nascidos aqui, como *niseis* e *sanseis*, dominavam bem ambas as línguas. Com o passar do tempo, muitos colonos regressaram ao Japão, e os que ficaram na colônia pouco a pouco conseguiram dominar o português. A maioria dos colonos netos (*sansei*) ou bisnetos (*yonsei*) dos imigrantes japoneses cresceu falando mais o português e menos o japonês e, depois de adulta, não sabia mais falar e entender o japonês. Por essa razão, a reunião tinha que ser em português. A propósito, muitos dos colonos que regressaram ao Japão não gostavam de aprender o português e preferiam falar só o japonês.

— Eu ouvi por aí que o crime de ontem foi para roubar o dinheiro da venda do patrimônio do casal.

Quem abriu a boca primeiro foi Gentaro Futabayashi. Ele era um imigrante velho; quando era mais novo, sempre tinha cinco ou seis empregados brasileiros em sua horta. Por isso, falava bem a língua portuguesa.

— Pelo que sei, o senhor Tanaka, o dono do supermercado de Tomé da Conquista, estava negociando a casa do senhor Sato, dizendo que queria se aposentar e passar o resto da vida sossegado, mexendo na terra e cultivando hortaliças.

Quem falou foi Sadawo Watanabe. Ele cultivava pimenta-do-reino na Amazônia, mas foi para o Sul depois de sua plantação de pimenta ter sido destruída por uma doença de solo. Estava sofrendo muito por falta de experiências no cultivo de hortaliças.

— O senhor Masakazu se queixava do preço muito baixo oferecido pelo senhor Tanaka, então acho que o negócio não deu certo, não — falou Joji Tabata, *sansei*. Ele era veterano no cultivo de hortaliças. Veio do cinturão verde da Grande São Paulo. Na Colônia ele tinha o apelido de "fervedor de água elétrico instantâneo" por causa do seu temperamento explosivo.

Takanori Hidaka, o melhor amigo do casal Sato, levantou a mão.

— O casal pretendia retornar ao Japão. O câncer de dona Momoe voltou, e o senhor Masakazu queria tratá-la em um hospital no Japão. Para pagar a passagem de avião e guardar dinheiro suficiente para o hotel e a comida até conseguir um emprego, o senhor Masakazu decidiu vender todo o patrimônio. Principalmente a casa e o terreno. Quando tocamos no assunto cinco dias atrás, ele disse que não estava disposto a vender os seus bens pelo preço tão baixo que o senhor Tanaka propôs, pelo apego que tem à casa e à terra depois de passar tantos anos morando ali. Pelo que sei, a oferta do senhor Tanaka era a única em andamento. Por isso a probabilidade de o casal ter o dinheiro da venda do patrimônio guardado em casa é muito remota. Porém, é possível que um boato infundado em torno dessa venda de imóveis tivesse despertado a curiosidade de alguns criminosos.

— A propósito, eu não vejo a picape do senhor Masakazu — afirmou Yasushi Kamata.

Takanori respondeu:

— Aquela picape foi comprada há dois anos. Mas eles não puderam pagar a prestação por quase um ano e receberam uma intimação do banco. Não tinha outro jeito. Primeiro, fizeram um empréstimo em uma financiadora e liquidaram o débito do carro com o banco. Em seguida, venderam a picape para pagar a dívida com a financiadora.

Quando Takanori disse que, depois de quitar a dívida, não sobrou nada, houve silêncio entre os colonos.

— Não estou me sentindo seguro pensando que há um assassino na Colônia. — Toshiyuki Kadota olhou para todos com um semblante preocupado. A casa dele ficava do lado direito da dos Sato. Ele tinha duas filhas e um filho ainda pequenos.

Kenzo Kakui disse impacientemente:

— Quem fez isso deve ser brasileiro! Não tenho dúvida! Eles são capazes de matar até seus irmãos ou pais apenas por questão de cinco ou dez reais.

Quando o olhar dele cruzou com os de Carlos e Alemão, ele o desviou. Sua maneira de falar era sempre direta, sem eufemismo. No passado, havia trabalhado como *sushiman* num restaurante cinco estrelas em Tokyo, no Japão. Quando estava de bom humor, contava com muito orgulho sobre o seu tempo de *sushiman*.

Koichi também tinha um contato de longos anos com brasileiros. Ele achava que o caso que Kenzo mencionou seria um pouco extremo, mas concordava com ele no que se referia à persistência dos brasileiros em relação ao dinheiro. Já viu muitas cenas de briga por questão de centavos. Na opinião dele, o apego dos brasileiros ao dinheiro era mais forte que o dos japoneses.

Em português, há mais de trinta sinônimos para a palavra "dinheiro", incluindo gírias. Em japonês, não há tanto. Talvez nem cinco. Conforme a teoria empírica de Koichi, essa evidência numérica de sinônimos significaria a diferença em grau de interesse por dinheiro entre os brasileiros e os japoneses.

— Todos os brasileiros pensam que os japoneses guardam dinheiro escondido dentro de casa por necessidade imprevista — disse Joji Tabata, e todo mundo concordou.

— Se tivesse dinheiro para guardar, não precisaria sofrer a humilhação de ir ao Japão para trabalhar.

Yasuhiko Koketu, *nisei*, desabafou com riso cínico. Tinha um boato de que ele estava pensando em ir ao Japão como *dekassegui* por causa da dificuldade financeira.

As palavras de Yasuhiko pesavam muito na consciência da maioria dos colonos, pois a situação em que eles se encontravam não estava nada boa. Ninguém queria admitir, mas havia sinais alertando que a sobrevivência da própria Colônia estava em perigo.

* * *

O prédio da associação ficou pronto em 1978, e sua construção foi custeada pelo governo do Japão. A inauguração foi realizada no auditório com a presença de quase mil pessoas, porque, além das cinquenta famílias da Colônia, também estavam presentes autoridades do Governo Federal e do estadual, diplomatas japoneses, prefeitos, vereadores etc. Muitos tiveram de ficar em pé. Durante cerca de dez anos, o auditório ficou cheio, todos os anos, em razão de festas como as de Ano-Novo, Natal, Festa Junina, Dia das Mães e Dia das Crianças, além dos eventos realizados quase mensalmente para apresentar os resultados das atividades culturais e do trabalho escolar das crianças.

Mas a situação começou a mudar a partir do final da década de 1980, em consequência da onda *dekassegui* dos colonos rumo ao Japão. O avanço da idade dos colonos remanescentes também era um problema sem solução. E a preocupação não parou por aí. Os filhos que se formaram nas faculdades das cidades grandes ficaram por lá e não voltaram para seguir o caminho de seus pais. A última festa de casamento realizada no auditório foi a de Makoto Futabayashi já fazia cinco anos. Achar homem ou mulher na idade de se casar na Colônia estava mais difícil do que achar um tamanduá-bandeira, espécie em extinção.

Assim, o auditório, que fora um símbolo da prosperidade da Colônia, tinha somente um cantinho sendo utilizado para a reunião semanal dos dezessete chefes de família. Koichi recordava com saudade das cenas de crianças rindo, gritando, correndo nos corredores e entre as cadeiras, cheias de energia. Olhando o buraco preto que o morcego abriu no teto, ele perguntou para si mesmo:

— Até quando durará nossa Colônia?

* * *

A voz alta de Gentaro chamou Koichi de volta a si mesmo.

— Então quem fez isso? Os moradores de Queimada? Não acham difícil algum deles sair de lá, andar na Avenida Ginza de ponta a ponta até a casa do senhor Sato, cometer o crime e voltar para lá de novo, sem ninguém ver?

— Podem ser os malditos sem-terra. Agora todo dia eles passam na avenida com uma vara de pescar em direção ao lago. Não se pode proibir a passagem nem vigiar o dia todo. Já estou de saco cheio — disse Tomio Yamaguchi, com ódio na cara. Alguns dias antes ele tinha sido roubado; levaram sua bicicleta, que estava encostada na entrada da casa. Ainda não tinha descoberto quem a levou.

Tanji Shimizu, que movia sua boca querendo falar algo, finalmente aproveitou uma brecha:

— Posso falar uma coisa, já que aparentemente a polícia também sabe?

— Fale logo, sem rodeio! — Joji Tabata o apressou.

— Dizem que aquele Antônio estava rondando o lugar do crime naquela hora.

A partir daí, o foco da conversa se concentrou nos episódios dele, e a atenção de Carlos ficou redobrada.

(4)

Na Colônia e em Queimada, havia pelo menos cinco ou seis pessoas com esse nome. No entanto, quando os colonos diziam "aquele Antônio", se referiam a um só, que era o filho de José e Irene. Falavam dessa forma porque ele era o campeão de travessuras desde criança.

Houve inúmeras travessuras, mas teve uma que, mesmo fazendo doze anos que acontecera, ainda estava cravada na memória dos colonos nitidamente.

Foi Joji Tabata quem começou o cultivo de morangos na Colônia. Enquanto ele esperava a primeira colheita, alguém entrou em sua horta e devorou seus morangos. Ele ficou furioso e começou a procurar quem tinha feito aquilo. Logo descobriu que o autor do delito era Antônio. Numa manhã, Joji encontrou o menino enquanto estava caminhando na direção da casa dos Sato com seu pai. Mandou que os dois se sentassem no chão, ameaçando com palavras fortes.

— Pague pelos morangos que você comeu, moleque! Se não, acabo com você agora mesmo! — Seu revólver 38 estava apontado para a cabeça do menino.

Ao lado de seu pai, que curvava o corpo repetidamente pedindo perdão por causa de seu filho, Antônio encarava o japonês temperamental com olhar de desprezo.

— Está fazendo uma ameaça ridícula apenas por causa de alguns morangos? — desafiou Antônio. — Se quiser acabar comigo, então puxa logo o gatilho!

Diante da atitude rebelde do menino, Joji ficou completamente fora de si. Ele pensou em atirar em Antônio e, depois, em si mesmo. Família, casa, horta... Não importava mais nada.

Ao saberem da confusão, os colonos foram ao local correndo. Mas ninguém tinha colagem de interferir, pois viram a arma na mão dele tremendo de raiva. Todo mundo sabia do seu apelido, "fervedor de água elétrico instantâneo". Portanto, não duvidavam que fosse questão de segundos para ele puxar o gatilho.

Nesse exato momento de extrema tensão, chegou Momoe arquejando. Ela enfrentou Joji, cara a cara, virando suas costas para Antônio a fim de tirá-lo da mira do revólver. Sua voz estridente, quase um grito, surpreendeu a todos.

— Se quiser atirar nele, atira em mim primeiro!

Parece que as palavras saíram com sangue. Graças a sua intervenção corajosa, Joji voltou a si.

Posteriormente, ficou esclarecido que a invasão da horta de morangos não era uma traquinagem só de Antônio, pois Makoto Futabayashi e mais dois filhos de colonos também estavam junto. Logo depois daquele incidente, Joji destruiu seu revólver.

Mas tinham outros episódios desse menino arteiro, como o que aconteceu com Tomio.

Tomio Yamaguchi cavou um buraco numa área de oitenta metros quadrados em sua horta até chegar a uma profundidade de quarenta centímetros. Depois de enchê-lo com água, plantou mudas de lótus para colher uma raiz chamada *renkon* em japonês.

A raiz era comestível e muito apreciada entre os orientais. A tentativa era a primeira na Colônia, e Tomio já estava negociando a venda da primeira colheita com restaurantes japoneses e chineses de São Paulo.

Chegou o outono e o *renkon* ficou quase pronto para ser colhido. Muitas libélulas voavam sobre seu charco cheio de lótus. Encantado com as diferentes cores e tamanhos de libélulas, Antônio resolveu pegá-las. Entrou na água com uma rede e correu atrás delas distraidamente, até ser pego por Tomio. Ele apanhou tanto que seu rosto ficou com o dobro do tamanho. Uma parte das raízes, que Antônio pisou e quebrou, perdeu seu valor comercial e teve de ser jogada fora.

Depois de apanhar, o menino foi lavar seus pés sujos de lama na lavanderia da casa dos Sato. Fazia isso escondido, mas foi visto por Momoe. Imediatamente ela perguntou de quem ele havia apanhado.

— Não foi ninguém. Eu me machuquei sozinho!

Ele conseguiu dizer isso com muita dificuldade, pois sua boca não abria direito e os lábios não se moviam como ele queria. As palavras se formavam só com a manobra de língua. Então, para fingir que estava bem, ele tentou rir, mas não conseguiu. Sua boca e bochechas estavam duras e os olhos quase fechados por causa do inchaço das pálpebras. Todos os músculos de seu rosto estavam paralisados. Não tinha como rir.

Ela mandou Antônio escrever o nome do agressor no chão e foi à casa de Tomio Yamaguchi levando o menino junto para protestar. Desta vez, Masakazu, que era tímido e não gostava de se meter em briga, também se revoltou e acompanhou Momoe e Antônio.

Apesar do protesto, Tomio não cedeu. Pelo contrário, encorajado por seus familiares, exigiu a indenização pelo dano do *renkon*. A troca de acusações continuou sem parar. Irritada com a teimosia de Tomio, Momoe deu um ultimato:

— Não adianta continuar falando com um cabeça-dura como você. Já chega! Vou à polícia para denunciar. Quero ver todos em cana!

Ao ouvir a palavra "polícia", Tomio de repente retirou sua acusação, e concordou em pedir desculpas e pagar o tratamento de Antônio. Geralmente os colonos tendiam a evitar o máximo possível o envolvimento com a polícia.

Quase todos os colonos eram vítimas de Antônio. Mas, depois de passar tantos anos, eles contavam sobre suas travessuras até com certo saudosismo.

(5)

Já estava começando a escurecer. Eram quase cinco horas. O delegado decidiu ir embora deixando os colonos continuarem a reunião. Antes de se despedir, ele agradeceu as informações oferecidas pelos participantes e acrescentou:

— O Antônio de quem vocês estão falando sofreu uma agressão dos rapazes sem-terra ontem à noite e agora está na UTI do mesmo hospital do casal Sato. O estado dele é muito grave. Outra coisa: a polícia tem ele como suspeito do que aconteceu com o casal Sato, porém, a investigação está no começo. Portanto, peço o favor de não fazerem qualquer julgamento ou comentário precipitado.

* * *

Quando o Ford Escort de Carlos e Alemão passou em frente à casa dos Sato, eles não viram mais o carro da perícia. Kleber devia ter ido embora. Adriano e Mário haviam terminado a busca. Disseram que não acharam arma nem objetos que serviriam como prova do crime. Querendo voltar junto à delegacia, Carlos decidiu esperar até eles terminarem de guardar as ferramentas na Blazer. O semblante sombrio, o movimento lento, e especialmente o silêncio dos dois subordinados mostravam a decepção com o resultado sem êxito.

— Que tal soltar uma piadinha para levantar o astral deles? — disse o delegado ao Alemão. Todavia, a piadinha não saiu.

O Alemão ficou fortemente impressionado com os episódios sobre Momoe e Antônio. Em especial, o amor maternal de Momoe por ele e sua coragem. Ao mesmo tempo, o fato de que aqueles dois, por coincidência, estavam na UTI do mesmo hospital em quadro clínico gravíssimo o deixou muito triste. Ele era suscetível não somente a certos tipos de comida, mas também a sentimentos como afeição, alegria, humor, saudade, tristeza. Por essas razões, ele saiu da reunião com os colonos japoneses bastante sentido e não tinha a mínima condição psicológica para atender ao pedido de seu chefe.

* * *

Para Carlos, as visitas à Colônia e a Queimada foram úteis, sem dúvida, mas ao mesmo tempo decepcionantes. Úteis porque soube muitas coisas a respeito do casal Sato e de Antônio. No entanto, as dúvidas mais importantes estavam ainda sem resposta. O sumiço da arma do casal era uma delas, e a discrepância sobre o álibi entre Makoto e Irene era a outra. No fundo, esperava que alguns colonos japoneses falassem algo que reforçasse a suspeita sobre Antônio. Mas não houve ninguém que fizesse alusão ou insinuação que pudesse levá-lo ao crime.

Quanto ao álibi, ele queria acreditar nas palavras de Makoto, mas ele viu um homem parecido com Antônio debaixo da luz fraca de um poste. Além do mais, esse indivíduo sumiu num instante na escuridão. Se fosse verdade o que disse Irene, a esta hora o verdadeiro criminoso deveria estar rindo dele bem longe dali — foi o que o delegado pensou.

Já havia se passado mais de vinte horas desde que o crime acontecera, e o tempo estava voando sem piedade. Se o crime tivesse sido cometido por um forasteiro, não adiantaria mais continuar investigando. Já havia passado da hora crítica. E, se o caso não fosse resolvido, os japoneses da Colônia não ficariam quietos, tampouco os cidadãos de Bragança Coroada. A assembleia municipal começaria a caça aos responsáveis pelo fracasso. Carlos passaria de caçador a caça. Sentiu um aperto forte no estômago. Naquele momento, quem precisava mais da piadinha do Alemão era o próprio delegado. O vento frio vindo do lago fez o delegado tremer. Distraidamente, a mão dele foi à gola da jaqueta de couro.

(6)

Quando Koichi estava descansando em casa após a reunião, veio o casal Hidaka. O relógio de parede avisou às sete horas. Akie, esposa de Takanori Hidaka, trouxe uma conserva caseira de acelga com *konbu* (um tipo de alga marinha) num pote plástico, e disse:

— Senhor Koichi, experimente isso. O senhor vai gostar.

A conserva era uma retribuição ao pequeno reparo da máquina de lavar que Koichi fez para ela outro dia sem cobrar. Na Colônia, a troca de favores era frequente mesmo que fossem de valor irrelevante.

— Estamos pensando em ir ao hospital amanhã para visitar o casal Sato — disse Takanori com um semblante triste. Ele era o melhor amigo de Masakazu.

* * *

Takanori, Masakazu e Koichi tinham um ponto em comum: eram imigrantes que vieram para o Brasil porque gostavam muito do país.

Takanori queria emigrar para o Brasil desde sua infância. Formou-se em agronomia em uma faculdade de Tokyo, sonhando em aprofundar seu estudo de melhoramento genético na área de horticultura. Por longos anos ele trabalhou com um centro estadual catarinense de pesquisa agrícola para desenvolver experimentos científicos juntos.

Masakazu também estava decidido a vir ao Brasil desde pequeno. Gostava de mexer com terra e plantas. Tinha a mão verde. Depois de terminar o colegial de agronomia em Kyoto, veio para realizar o seu sonho de criar novas espécies de verduras e pôr o seu nome nelas.

O motivo que trouxe Koichi ao Brasil era bem diferente dos outros dois. Ele era um homem romântico e apaixonado por cinema. Quase quarenta anos antes, ele assistiu a um filme brasileiro numa pequena cidade no Japão, onde trabalhava como mecânico em uma mina de carvão, atividade que já estava decadente na época. No Japão, um filme brasileiro era muito raro na época. Koichi ficou fascinado pela cena exótica e a trilha sonora vibrante e, ao mesmo tempo, melancólica. O seu título era *O Cangaceiro*[3]. Ele se tornou um fã do Brasil e começou a colecionar fotos e discos de músicas. Soube, por acaso, que o governo japonês estava incentivando a emigração ao Brasil; não pensou duas vezes e veio para cá. Por sinal, ele era muito bom de samba, apesar de que quase ninguém da Colônia sabia disso.

* * *

Koichi preparou um quentão e ofereceu às visitas.

— Eu joguei *shogi* com o senhor Masakazu ontem até as seis horas — disse Takanori após tomar um gole do líquido escuro. — Nunca imaginei que aconteceria uma coisa tão horrível com eles apenas duas horas depois. Durante o xadrez, Masakazu revelou a ele que tinha ido ao consulado japonês em Porto Alegre havia dois meses, a fim de consultar sobre uma ajuda financeira do governo japonês para regressar ao Japão, pois, se não conseguisse vender os patrimônios, não teria dinheiro para pagar passagem, moradia, comida e outras despesas até conseguir emprego e continuar com a permanência deles no Japão.

---

3. *O Cangaceiro* (1953); direção de Lima Barreto. Vencedor dos prêmios de melhor filme de aventura e melhor trilha sonora no Festival Internacional de Cannes de 1953.

Na reunião da associação que terminara havia pouco, Koichi soube pela primeira vez que eles tinham dificuldade até de pagar a prestação da picape. Mas, de fato, a dificuldade do casal tinha começado quatro anos antes, quando Momoe foi diagnosticada com câncer e extraiu um tumor inicial do intestino grosso no Hospital de Câncer, em São Paulo. A partir de então, ela teve de ir a São Paulo duas vezes ao ano para exames. No exame de seis meses antes fora detectado um câncer no pâncreas em estado avançado. A notícia foi um impacto grande para o casal, não só pela gravidade da doença, mas também pela questão financeira: eles já haviam gastado muito por conta dos exames, tratamentos e cirurgia do primeiro câncer, além das despesas com viagens a São Paulo.

Só o casal Hidaka sabia do seu problema financeiro. Quanto à venda do carro, Momoe pediu para que eles não contassem aos outros colonos, pois estava morrendo de vergonha. Ela era sempre assim: se preocupava excessivamente com o que os outros pensavam dela.

Aliás, teve um episódio a respeito. Tratava-se de uma briga entre ela e um dos colonos. Isso aconteceu quando a Colônia vivia em euforia. Graças ao bom preço do alho, todos os colonos compravam o carro do ano e aparelhos eletroeletrônicos novos.

Alguns decidiram viajar ao Japão, e Kenichi Shoji foi um deles. A terra natal dele era Kyoto, a mesma do casal Sato. Para a família deles, foi a primeira viagem de volta ao Japão, e ele convidou o casal Sato para ir junto. As duas famílias tinham um bom relacionamento por terem a mesma cidade natal.

Kenichi era hábil em cultivo de hortaliças e também bom comerciante. Sempre mantinha duas ou três famílias brasileiras com moradia e alimentação.

O estilo do cultivo de Kenichi era não investir muito no cultivo. Por isso, o alho dele era menor, magro e de aparência não muito boa, mas podia vendê-lo mais barato devido ao baixo custo de produção. Nas cidades grandes, seria considerado quase como refugo, mas, na periferia de Bragança Coroada e em outras cidades vizinhas, o alho de Kenichi sempre tinha boa aceitação entre moradores de baixa renda. Ele ganhou muito bem durante o *boom* do alho.

Por outro lado, o estilo de Masakazu era de se dedicar ao cultivo com o máximo de cuidado em todos os sentidos, a fim de obter um alho de melhor qualidade. Esse tipo de trabalho trazia inevitavelmente um custo elevado. Muitos intermediários de São Paulo vinham para comprar seu produto todo ano. A negociação com eles era a tarifa de Momoe. Ela não era má negociadora, mas os atravessadores eram muito mais espertos. Após negociações cansativas, eles sempre saíam ganhando. Todo ano Masakazu sentia certa decepção ao saber que o lucro obtido era bem abaixo do esperado. Sobre outros produtos acontecia a mesma coisa. Mas ele nunca pensou em poupar esforços ou cortar despesas no cultivo. O orgulho não o deixava fazer isso.

Quando Kenichi convidou o casal Sato para a viagem ao Japão, eles recusaram, pois não tinham se recuperado bem do trauma causado pela perda trágica de Haruki e Sayuri. Ademais, apesar de estarem vivendo em pleno *boom* do alho, a situação financeira deles não era boa, visto que sua safra inteira de alho fora saqueada no acidente. Ainda tinha mais: precisavam pagar a prestação da picape nova totalmente destruída.

A família de Kenichi ficou um mês no Japão. Durante a estada em Kyoto, ele resolveu visitar os pais de Momoe. O endereço estava na lista telefônica. Ele não conhecia a família dela, mas pensou que, se levasse notícias recentes do casal Sato, seus familiares ficariam agradecidos. Pensou nisso por pura bondade. Quando Kenichi foi à casa onde Momoe nasceu, os pais dela já estavam em idade avançada, levando a vida de aposentados. O irmão mais velho de Momoe, que herdou a gráfica, o empreendimento da família, teve visão do futuro e trocou todas as máquinas fototipográficas por computadores. Sob o comando dele, o negócio evoluiu bastante e chegou a ter dez funcionários.

Kenichi deu as recentes notícias do casal e da neta deles, mas, contrariando a perspectiva dele, a família de Momoe ficou surpresa por saber que ela não estava bem no Brasil. Sua mãe, que amava muito Momoe, sentiu-se mal e foi levada ao hospital por uma ambulância. Até então, os familiares no Japão não se preocupavam com a filha, pois ela sempre dizia nas cartas enviadas que sua família estava passando muito bem. Ela nem tinha informado sobre a morte de seu filho.

O telegrama do irmão mais velho pegou Momoe de surpresa.

"Soubemos do senhor Kenichi que vocês não estão indo bem aí. Estamos muito preocupados. Mandaremos passagens aéreas esperando que vocês voltem imediatamente para cá."

Momoe ficou furiosa pelo ato intrometido de Kenichi. Quando a família dele voltou do Japão, ela foi à casa deles para soltar toda a sua raiva. Ele não ficou calado. Achou injusta a acusação, pois fez tudo isso por pura generosidade. Mas Momoe não quis ouvir nada do que ele dizia. Ela ficou tão brava que levou de casa um galão de gasolina e começou a jogar o líquido na porta e nas paredes de madeira da casa de Kenichi. Ela gritava chorando:

— Um metido fedorento como você deve morrer!

Todo mundo pensou que ela tinha pirado completamente. Enfim, ela foi levada para casa na marra por Masakazu, com ajuda de Koichi e Hiroshi Okamoto. O japonês mecânico soube mais tarde que Masakazu amarrou as mãos e as pernas dela e a pôs numa banheira cheia de água até ela se acalmar. A partir daquele dia, Momoe não cumprimentou mais Kenichi e cortou a comunicação com sua família no Japão.

— Será que ela é orgulhosa demais? — indagou Koichi.

— Não sei. Mas parece que ela dá muito valor a certos conceitos, como vergonha, reputação, virtude... — opinou Takanori.

* * *

De repente, Koichi lembrou do pacote de cinco quilos de soja que Momoe tinha pedido. Ele fazia uma viagem de ida e volta entre a Colônia e Bragança Coroada todo dia, exceto no domingo. Portanto, os colonos pediam a ele para fazer as compras na cidade. Em primeiro lugar vinha a soja, porque os japoneses faziam missô (pasta de soja fermentada), *tofu* (queijo de soja) e *natto* (soja fermentada) em casa. Os produtos importados do Japão, como *curry*, alga marinha e *wasabi* (raiz picante), também eram bem requisitados. Ele comprava soja na loja de atacado de cereais que ficava na mesma rua de sua oficina. Quanto aos produtos importados, comprava na loja de produtos japoneses de Tomé da Conquista. Nesse caso, ele cobrava 5% do valor da mercadoria para cobrir o gasto com combustível.

Quanto à soja de Momoe, ela havia ligado para a oficina dele na tarde do dia do crime pedindo a sua entrega para as oito e meia da noite. Ele ainda não tinha entendido por que ela havia feito aquele pedido marcando a hora da entrega. Foi a primeira vez.

* * *

O casal Hidaka se levantou para ir embora. Koichi os acompanhou até a porta. Do lado de fora da casa, a escuridão dominava totalmente, exceto as luzes tênues dos barracos de Queimada.

— Olha! Os balões! — Akie exclamou de repente, emocionada com as muitas luzes alaranjadas flutuando no céu da cidade de Bragança Coroada. Era como uma cena de conto de fadas. Os três ficaram olhando os balões completamente fascinados.

TUMULTO NA DELEGACIA

(1)

A Delegacia de Polícia de Bragança Coroada ficava a quinhentos metros do terminal rodoviário, numa área residencial perto da praça municipal. Era antes uma residência onde morava uma idosa, mas ela doou sua propriedade para a prefeitura bragantina antes de morrer, pois não tinha família nem parentes para herdá-la.

A prefeitura usou a casa como biblioteca por um tempo, mas, com o crescimento da cidade, os crimes também aumentaram, e o povo começou a pedir o reforço da segurança pública. A prefeitura, para atender à solicitação, decidiu fazer a troca: a biblioteca foi para o prédio da delegacia e a delegacia para o prédio da biblioteca. A troca era boa para ambas. A delegacia, além de ficar mais perto do centro, ganhou um espaço bem maior. A biblioteca, que tinha problemas sérios por causa do barulho de carros e motos, adquiriu tranquilidade afastando-se do centro da cidade.

Ao entrar na delegacia, via-se a sala de espera. Nela havia um banco de concreto de quatro metros de comprimento. À esquerda ficava a saleta do escrivão, separada da sala de espera pelo balcão. O quarto do delegado ficava depois da saleta do escrivão. No lado oposto da entrada da sala, havia um corredor de cinco metros de comprimento que saía para o pátio. No corredor, havia duas portas no lado direito, uma para o banheiro e outra para a copa. A porta que ficava ao lado esquerdo era a da sala de interrogatório.

O pátio estava sendo usado como estacionamento de viaturas policiais. No fundo, ao longo da divisa com o terreno do vizinho, havia uma edícula que tinha doze metros de fachada e quatro metros de profundidade. Ela era dividida em duas celas e um depósito. Tanto as celas quanto o depósito tinham quatro metros de largura.

Às sete horas, Carlos autorizou a liberação de todos, exceto Anselmo, o escrivão, e Adriano, o plantonista do dia. Desde algumas horas antes, ouvia-se o som intenso de fogos de artifício do lado de fora. Os subordinados estavam esperando a liberação ansiosamente para levar a família à praça. O delegado torceu para que não chovesse. A praça devia estar cheia de gente. A festa alcançaria seu clímax à meia-noite. Enquanto passava o olhar pela papelada, o relógio de pulso mostrou oito horas. Ele decidiu ir embora. Abriu a porta e atravessou a saleta do escrivão. Quando saiu para a sala de espera, viu quatro jovens sentadas no banco. Elas vestiam, cada uma, um suéter com decote profundo debaixo de diversos agasalhos. Os quadris e as pernas eram cobertos por minissaia, *jeans*, meias altas e botas. As vestimentas eram imitações de marcas famosas. As meninas eram prostitutas que ganhavam a vida em boates e discotecas da periferia. Duas delas eram menores.

Sentada na ponta do banco, Natalia, a moça de cabelo loiro, sorriu quando cruzou o olhar com Carlos. Ele viu seus seios opulentos balançarem ligeiramente. Todas estavam com saquinhos de supermercado no colo. Deviam ser para os quatro delinquentes liderados por Luizão. Eles estavam na cadeia desde a sexta-feira anterior por causa de uma briga. Eram os capangas delas e, ao mesmo tempo, ganhavam a vida extorquindo comerciantes pequenos, principalmente camelôs.

No banco, além delas, estavam sentados um casal de velhinhos e uma mulher magra, loira, de meia-idade. A loira estava entre as prostitutas e o casal. Todavia, quando viu Carlos, deslocou apressadamente seu traseiro para o lado do casal.

Ele passou pelo corredor e saiu para o pátio. Deslizou seu corpo opulento dentro do Chevrolet Astra, ainda com cheiro de carro novo.

Quando ligou o rádio, uma canção romântica entrou suavemente no seu ouvido. Estava na lista das dez mais populares da MPB do momento:

Ei, Mr. Today! Deixe de ser ostentoso! Mesmo que fosse o dono da alegria hoje, quando chegar o Tomorrow, tua euforia será apenas um passado.
Um passado somente para ser esquecido.
Ei, Mrs. Widow! Deixe de ser chorona! Mesmo que fosse a dona da tristeza hoje, quando chegar o Tomorrow, teu desconsolo será apenas um passado.
Um passado somente para ser esquecido.

"Quando chegar o amanhã... apenas um passado." Para ele, que ficou atormentado o dia inteiro por causa do álibi de Antônio, essa frase serviu como um consolo. Ao terminar a música, estendeu a mão para ligar o motor. Foi então que Natalia veio correndo e bateu no vidro lateral do banco do motorista. Carlos acionou o botão automático. Nem metade do vidro havia descido e ela enfiou seu rostinho na cabine. De repente, o ar que estava entre os seios dela saiu e bateu direto na cara do delegado, e aquela mistura de odor de corpo feminino com aroma de perfume fez seu coração disparar num instante.

— O que você quer? — ele perguntou da maneira mais seca possível para que ela não percebesse sua agitação emocional.

— Anselmo não autorizou a entrega de comida para os rapazes alegando que já passou das oito horas. Chegamos antes, mas esperando na fila a hora passou. Não temos culpa. É tudo maldade dele! Faça alguma coisa, Carlinhooo!

Natalia implorou com voz de mel e os seios balançando diante dos olhos do delegado. O seu lobo frontal imediatamente o ordenou a dizer um "não" maiúsculo. Mas o coração derretido já havia declarado rendição incondicional.

Ele desceu do carro resmungando. Imediatamente o braço de Natalia agarrou a sua cintura. Ele tentou tirar, mas ela, como cola instantânea, não quis desgrudar de jeito nenhum.

Assim, enroscados, os dois entram na sala de espera.

— Hoje é a noite de São João. Abra uma exceção e receba as encomendas delas para os rapazes.

Carlos deu a ordem para o escrivão. A mulher magra e loira no banco fixou o olhar crítico nele.

Quando ele voltou ao carro, Natalia veio até o final do corredor. Antes de subir a rampa, ele viu a moça no retrovisor, abrindo e fechando a palminha da mão direita alçada na altura do seio. Parecia uma miniatura de gatinha *made in China*, cheia de graça, que decorava a vitrine da loja de *souvenirs* do terminal rodoviário.

Ele sentiu que toda aquela cisma do maldito álibi desapareceu de vez, sem precisar esperar até *tomorrow*.

* * *

Quando chegou em casa, Olívia estava lavando a louça na cozinha. Ela já devia ter terminado de comer. Em cima da mesa de jantar, viu pratos só para ele; de arroz, feijão, salsicha frita e couve-manteiga refogada. Ele detestava couve. Era o recado dela, sinalizando que estava emburrada. O motivo era o cancelamento do jantar da noite anterior naquele restaurante italiano, sem dúvida.

Ele juntou todas as comidas num prato só e colocou no micro-ondas. Não viu Júlio, seu filho. Ele estava no terceiro ano do Ensino Médio. Mas, já que era domingo e, ademais, Dia de São João, ele devia estar na praça, o palco da festa, com a namorada.

Depois de comer, ele se sentou no sofá da sala pensando em como recuperar o bom humor de Olívia.

— E se a convidasse para ir à festa, comer churro quente e dançar lambada?

Ele se levantou e foi à cozinha.

De súbito, tocou o telefone da sala. Era Adriano. Com a voz trêmula, disse que na frente da delegacia havia um grupo incitando o linchamento dos sem-terra que estavam na cadeia. Carlos mandou seu subordinado "segurar a onda" até ele chegar.

— Vou à delegacia para resolver um probleminha! — ele avisou Olívia e, em seguida, saiu correndo para a garagem.

(2)

Carlos viu uma aglomeração em frente à delegacia e achou que não seria bom se aproximar muito. O carro poderia ser apedrejado ou quebrado a socos. As prestações ainda não tinham terminado. Ele entrou no posto de gasolina da esquina, a cerca de trinta metros da delegacia.

Apareceu Marcos, dono do posto; branco, baixinho, com cabelo ruivo. Carlos sempre fazia travessuras com ele na adolescência.

— Não vim para abastecer. Só deixar o carro... — Ele viu o cigarro aceso na boca do ruivo. — Marquinho! Quando você vai aprender que não deve trabalhar com cigarro na boca! Pode perder seu patrimônio todinho num piscar de olhos!

Sem dar a mínima atenção ao conselho de Carlos, Marcos disse:

— Não seria melhor o senhor olhar lá para a sua delegacia do que se preocupar com meu posto? A sua explosão está mais iminente que a minha!

O ruivo usou o termo cortês "senhor" para caçoar o seu amigo.

Segundos antes, Carlos só via um aglomerado, mas naquele momento a situação tinha se tornado bem mais perigosa. No meio da multidão, viu um clarão. Em seguida, voou uma bola de fogo, parecida com uma estrela cadente, traçando o arco e caindo em frente à delegacia. Era um coquetel molotov! Houve gritaria. Em seguida, foi lançado mais um.

— Deixa a gente acabar com os sem-terra desgraçados!

— Solte nosso Luizão!

Carlos viu os frequentadores de discotecas e boates gritando. Todos com copos de pinga e cerveja. Muitos curiosos também estavam no tumulto.

Ele avançou na turba e chutou forte o traseiro de um rapaz que estava agachado para pôr fogo num pano enfiado numa garrafa de cerveja. A garrafa pulou uns dois metros e a gasolina se espalhou no chão com manchas escuras. Ouviu o rapaz gemendo — era um delinquente, "frequentador" da delegacia.

Dando um empurrão nos agitadores, pinguços e curiosos, Carlos chegou à frente da delegacia, onde Adriano e Anselmo estavam com bastões na mão para impedir a invasão. Ao se juntar a eles, Carlos disse à multidão:

— Se querem se divertir, vocês estão no lugar errado. A delegacia é lugar para prender e botar na cadeia os que fazem bagunça à toa em uma zona residencial como esta, gritando alto, quebrando objetos públicos, botando fogo etc. Portanto, melhor irem embora antes que a situação piore.

Quando surgiram vaias hostis contra ele, Carlos gritou:

— Vocês estão acabando com minha paciência! — E disparou com seu revólver 38 duas vezes para cima.

Os seus dois olhos debaixo da testa larga estavam fixos na cara dos agitadores e a ponta do seu revólver também.

Eles ficaram assustados com o disparo repentino. Porém o que amedrontou ainda mais foi a cara dele, prestes a explodir de raiva. Todos sabiam que ele não estava blefando. Não se devia brincar com esse delegado meio pirado.

Veio silêncio total. Imediatamente Adriano e Anselmo adentraram a multidão:

— Vá para paquerar moçada na praça. Bem melhor que aqui...

Eles tentaram persuadir os indecisos dando tapinhas nos ombros ou empurrando suavemente as costas. Em poucos minutos, a multidão se dispersou.

Como foi mencionado antes, Luizão, de quem os agitadores exigiam soltura, era o líder dos capangas e estava na cadeia após uma briga com os sem-terra.

Tudo começara assim:

Dois dias antes, quatro dirigentes dos sem-terra do acampamento perto do bar Magrão foram se divertir na discoteca à noite. Depois de dançar e beber, eles foram com as prostitutas para o hotel atrás da discoteca. Quando chegou a hora de acertar as contas, eles começaram a discutir com as meninas, que pediram socorro aos seus capangas. A discussão entre os homens engrossou rápido, e logo partiram para uma luta corporal. Recebendo um telefonema anônimo, Alemão e mais dois policiais foram ao hotel e os prenderam e trouxeram até a delegacia. Um total de oito detidos. A delegacia tinha duas celas. Em cada cela cabiam três. Mas uma já estava ocupada por três moradores de rua alcoólatras — a delegacia os recolheu a fim de protegê-los contra o frio da noite. Agora, com mais oito pessoas, um total de onze tinha que dividir as duas celas, que eram para, no máximo, seis pessoas. Essa situação colocou Carlos em alerta.

Como já foi dito, a delegacia era uma biblioteca; seus depósitos foram transformados em celas apenas colocando portas de ferro no lugar das de madeira quando houve a mudança do prédio. Se sacudissem com força, elas se desprenderiam facilmente. O número de policiais também não era suficiente.

Preocupado, Carlos ligou para o subdelegado da Delegacia de Tomé da Conquista, mas ele tinha saído de férias fazia poucos dias; quem atendeu o telefone foi Ronaldo, o mandatário da delegacia. Ele era o superior de Carlos quando a Delegacia de Bragança Coroada era subordinada à delegacia tomense. Os dois não se entendiam muito bem e sempre brigavam como cão e gato. Portanto, quando Carlos precisava da ajuda da delegacia tomense, pedia ao subdelegado, com quem tinha um bom relacionamento.

Quando ouviu a voz de Ronaldo, as palavras saíram da boca de Carlos quase que involuntariamente:

— Que merda!

Ele não esperava que o delegado atendesse o telefone. Fechou a boca, mas já era tarde. Explicando o motivo do telefonema, pediu a transferência de quatro presos para a cadeia de Tomé da Conquista. Porém, depois de ouvi-lo, Ronaldo somente disse:

— Não.

Se fosse o subdelegado, daria autorização na hora.

— Então mande para cá policiais de reforço imediatamente — insistiu Carlos.

— Vou pensar...

Ronaldo desligou o telefone na cara dele e não deu mais resposta. Carlos o conhecia bem. Ele não era o tipo que agradava qualquer um. Pensava só em seus superiores e no alto escalão da hierarquia. Em poucas palavras, era o típico puxa-saco.

Para improvisar, Carlos mandou colocar quatro sem-terra e dois moradores de rua numa cela e quatro capangas e um morador de rua na outra. Essa divisão visava evitar uma briga entre grupos rivais. A fragilidade da cela em termos de segurança ainda permanecia. Aí veio o tumulto na frente da delegacia. A preocupação de Carlos tornou-se real. Devia ter sido Luizão quem mandou sua turma fazer isso lá fora. Se Adriano e Anselmo, policiais veteranos, não estivessem, a delegacia seria invadida, saqueada e incendiada na certa.

(3)

Depois de ver que as coisas se acalmaram, Carlos saiu da delegacia. A intenção era tirar o seu carro do posto do Marcos e colocá-lo no pátio da delegacia. Não queria que o posto explodisse com seu carro por causa de uma bituca de cigarro. Viu alguns que participaram do tumulto ainda vadiando perto do bar da esquina. Fixando o olhar neles, vagarosamente encostou o carro na entrada da garagem. Naquele exato momento, o portão metálico da garagem se abriu e de lá saiu alguém. Era Luizão, com mais três capangas que deveriam estar na cela! Por impulso, Carlos pisou no pedal do acelerador. O para-choque bateu no portão. Depois de descer do carro, ele viu dois dos capangas caídos entre o carro e o portão.

Adriano veio correndo ao ouvir o barulho do choque. Deixando os capangas machucados com ele, Carlos desceu correndo a rampa até o pátio. As duas portas metálicas das celas estavam arrancadas e jogadas no chão. Ambas as celas estavam escuras. Ele viu dois homens no telhado das celas, mas eles sumiram em seguida. Mandou Anselmo trazer a lanterna. Escutou gemidos dentro de uma das celas — aquela onde foram detidos os quatro sem-terra. Quando iluminou dentro, viu os corpos deitados no canto. Foram os capangas que fizeram aquilo, sem dúvida. No chão, inúmeros cacos de vidro estavam cintilando à luz da lanterna. Eram da lâmpada desnuda pendurada no teto. Os cacos estavam também nos casacos, jaquetas e *jeans* dos sem-terra. Parecia que os capangas não haviam tocado nos moradores de rua.

Já não era possível controlar a situação só com Adriano e Anselmo; Carlos ligou para Alemão e Mário e pediu que viessem para a delegacia.

Adriano apareceu com Luizão e outro chamado Leo, ambos mancando. Os sem-terra deveriam ser levados para o hospital tomense, porque o posto de saúde bragantino não estava preparado para atender pacientes com ferimentos graves. Carlos decidiu levar os dois capangas em seu carro para o mesmo hospital. Anselmo chamou a ambulância e Carlos mandou Adriano arrumar um abrigo para colocar os três moradores de rua.

A ambulância recolheu os quatro sem-terra machucados e partiu da delegacia. O Astra de Carlos a seguiu com Luizão e Leo.

O para-choque batido fazia barulho contra o vento sem parar. Cada vez que o carro entrava em um buraco da estrada fazia um barulho bem maior. O Astra estava sem seguro. Carlos tentou não pensar no custo do conserto, pois isso faria mal ao coração.

Meia hora depois, a ambulância subiu a rampa do hospital lentamente.

A primeira coisa que Carlos fez no hospital foi perguntar a Caio sobre a situação de Antônio. Ele respondeu em voz baixa que os médicos comentavam que o rapaz não ia longe. Carlos explicou ao seu subordinado rapidamente o que aconteceu na delegacia e mandou que vigiasse os quatro sem-terra, em vez de ficar com Antônio. Ele, por sua vez, resolveu olhar os capangas machucados pessoalmente. Eles estavam com contusões e escoriações, mas aparentemente nada de grave. Luizão estava drogado. Carlos sentia isso pela cara meio grogue e pelo bafo dele enquanto dirigia o carro até o hospital. Fazia frio lá fora, mas foi preciso abrir a janela várias vezes para a troca de ar.

Luizão tinha vinte e nove anos, com altura de um metro e oitenta e cinco centímetros. Devia ter pesar mais de cento e dez quilos. Ele era o delinquente que estava perambulando pelas cidades do nordeste do estado de Santa Catarina. Em Bragança Coroada, chegou fazia três anos com outros criminosos. Tratava-se de um psicopata com tendência violenta. Diziam que já havia matado mais de dez pessoas.

Como se sabe, o Brasil não tem pena de morte, nem prisão perpétua. Além disso, sempre há um jeitinho para se livrar da cadeia. Nunca se ouviu que ele foi condenado, cumpriu sua sentença ou foi internado no manicômio. Diziam que tinha costas quentes. Além disso, as cadeias e manicômios estavam sempre superlotados.

Enquanto Luizão estava na sala de tratamento, Carlos indagou Leo para saber o que houve na cela da delegacia. Ele tinha um metro e setenta centímetros, quase a mesma altura de Carlos, o corpo bem proporcionado, cabelo preto e olhar agudo. O carro de Carlos bateu no seu quadril, mas ele disse que estava bem.

O que ele contou foi mais ou menos o que Carlos já imaginava:

Depois de dois dias na cela, a turma estava morrendo de tédio.

"Hoje é o Dia de São João! Todo mundo está se divertindo na praça, enquanto a gente está apodrecendo aqui. Isso é justo?!" Com esse desabafo de Luizão, a turma começou a elaborar um plano de fuga. Usaram as prostitutas para dar um recado aos amigos da zona de diversão da periferia, instruindo-os a fazer bagunça na frente da delegacia. Enquanto os policiais tentavam acalmá-los, a turma daria no pé, saindo por trás. Era fácil arrombar a porta de ferro da cela.

Mas antes de fugir, eles não se esqueceram dos sem-terra. A briga de duas noites antes não tinha acabado por conta da intervenção da polícia. Seria o melhor momento para mostrar quem era o mais forte. Eles avançaram para a cela dos sem-terra, que, por sua vez, gritaram alto para chamar a atenção dos policiais, mas Adriano e Anselmo estavam ocupados contendo a multidão barulhenta e não ouviram nada. A porta da cela foi arrancada e a turma de Luizão foi para cima dos sem-terra.

Os capangas odiavam os sem-terra devido à ostentação de *status* de liderança no movimento ruralista, mostrando maços de dinheiro para as meninas. Eles estavam com vontade de quebrar a cara daqueles camponeses marginais assim que houvesse uma chance.

Duelo de quatro contra quatro. No entanto, os capangas eram superiores. Os sem-terra, apanhados e chutados, se arrastaram e rolaram no chão cheio de pedaços de lâmpada que Luizão havia quebrado para que os policiais não percebessem o que estava acontecendo na cela.

Ao ficarem satisfeitos depois de castigarem os sem-terra, os quatro dirigiram-se ao portão. Contudo, quando o abriram, Luizão e Leo esbarraram no Astra de Carlos. Os outros dois que se esquivaram do carro voltaram para o pátio e fugiram subindo no telhado das celas, pulando para o terreno vizinho.

Enquanto Carlos estava indagando Leo, o celular tocou. Era Alemão. Ele recebera a chamada de Carlos quando estava com a família no bazar filantrópico da praça municipal. Por isso, primeiro levou a família de volta para casa, e depois foi à delegacia.

O Alemão perguntou o que devia fazer. Carlos, que estava precisando de um carro para deixar com Caio, pediu-lhe que levasse o Ford Escort ao hospital.

Ele estava decidido a levar de volta Luizão e Leo no seu carro quando terminassem o curativo e, depois de chegar à delegacia, deixá-los na sala de interrogatório algemados. Já os moradores de rua poderiam ficar numa das celas. Estava sem porta, porém eles não ofereciam perigo.

Dr. Sebastião estava vindo. Ao ver Carlos, perguntou:

— O que está acontecendo na cidade pacata de Bragança Coroada? Guerra civil, por acaso? Somente nesses dois dias, chegaram nove feridos, inclusive dois em estado gravíssimo.

Vendo o jaleco amarrotado e a barba crescida do médico, Carlos não tinha palavra para refutar. Sebastião acrescentou:

— Agora há pouco, minha mulher ligou de novo reclamando por não ter voltado para casa esses dias. Se eu dissesse o porquê, ela não ia gostar que eu fosse amigo do delegado bragantino.

Ele deu um tapinha nas costas de Carlos com um leve sorriso nos olhos atrás das lentes fundo de garrafa de seus óculos.

Os quatro sem-terra, conforme ele, sofreram contusões, mas nada atingiu ossos ou órgãos internos. Quanto ao casal Sato, Momoe continuava em coma induzido. O estado dela era muito preocupante. Mas seu marido, Masakazu, estava se recuperando bem e poderia sair da UTI em breve.

— E Antônio? — perguntou o delegado.

Depois de tossir com pigarro, o médico respondeu:

— Quanto ao rapaz, o estado dele já era gravíssimo quando chegou aqui. O hospital vem fazendo o máximo, mas...

Devido ao fato de o seu paciente estar à beira da morte, só falar nele já fazia o médico se engasgar, impedindo-lhe de continuar falando.

INVESTIGADOR DA POLÍCIA FEDERAL

(1)

Já passava das dez horas da noite. Quando Carlos saiu do banheiro, notou um rapaz branco e alto vindo pelo corredor. Ele ficava bem de terno cinza. O diretor do hospital estava com ele, lado a lado. O delegado Ronaldo e o perito Kleber, ambos da Delegacia de Tomé da Conquista, também estavam acompanhando o moço. Não só isso, havia até uma equipe da TV! Ele viu a marca famosa da emissora no microfone do repórter e na filmadora do cinegrafista. Quem seria aquele jovem? Ronaldo viu Carlos e o chamou para apresentá-lo a essa figura misteriosa. O nome dele era Alex Abreu, investigador da Polícia Federal! Disse que havia acabado de chegar de Brasília para se encarregar do caso dos Sato por ordem do Ministério da Justiça, diante da solicitação da Embaixada do Japão no Brasil ao Itamaraty. Quando Carlos ia abrir boca, Ronaldo interveio, e disse com a cara cheia de orgulho:

— A Delegacia de Tomé da Conquista dará todo o apoio necessário. Você deve estar ocupado. Pode ir.

Carlos ouviu a risadinha irritante dele.

— O crime ocorreu dentro da jurisdição do meu município. Por que a Delegacia de Tomé da Conquista se intromete no assunto alheio? A delegacia de Bragança Coroada não é mais a subdelegacia de vocês. — Era o que Carlos ia dizer. Estava disposto a brigar com Ronaldo. No entanto, ficou com a boca fechada devido ao respeito que tinha por investigadores federais; além do mais, sabia que sua revolta não adiantaria nada para reverter a situação, pois a decisão devia ter sido tomada não pelo delegado tomense, mas pelo nível mais alto da hierarquia.

Ser investigador da Polícia Federal era o sonho dele. Não havia mais possibilidade em virtude da idade e da baixa escolaridade. Todavia, o delegado jurava que, em outra vida, faria o máximo esforço para ser investigador. Na vida atual, para consolar a si mesmo, se divertia toda noite na cama, antes de dormir, com uma fantasia secreta, na qual ele atuava como um investigador da Polícia Federal resolvendo mil coisas heroicamente. Pela vergonha, não contou sobre isso nem para Olívia, nem para ninguém. Era um segredo para levar com ele a sete palmos do chão.

Na fantasia, ele não era o delegado da polícia baixinho e gordinho do interior. Tratava-se de um investigador de primeira linha da Polícia Federal, alto, charmoso, poliglota, que dominava perfeitamente o inglês, o francês e o espanhol. Sempre se vestia impecavelmente com um terno cinza-escuro e gravata de seda importada da Itália. Sua qualidade profissional também era fora de série. Com excelente capacidade dedutiva, força física imbatível, habilidade extraordinária em manuseio de arma de fogo, resolvia todos os problemas difíceis.

Porém Carlos tinha de admitir, com grande decepção, que Alex Abreu, o jovem investigador da Polícia Federal, era irrefutavelmente superior àquela figura que ele mesmo criou em sua fantasia, usando toda a sua imaginação. O moço tinha uma elegância natural, a mesma daquela pessoa criada em uma família boa e rica. Educado em uma escola particular tradicional, com juventude deslumbrante, olhar cheio de autoconfiança e aura radiante. Diante dele, seu investigador de fantasia não passava da cópia de um velho herói de cinco décadas atrás, que, hoje em dia, não passava de uma figura estereotípica obsoleta.

Carlos, que brigava com todo mundo em Bragança Coroada, fosse prefeito, fosse vereador, não conseguiu nem abrir a boca na frente de Alex, enfeitiçado pela maldição chamada "complexo de inferioridade".

De repente, uma forte luz bateu na sua cara. Era a filmagem da TV. Ele tentou rir para disfarçar seu abalo emocional, mas o rosto ficou durinho, como se fosse acém de vaca velha assado na brasa. Parecia estar rindo e chorando ao mesmo tempo. O repórter estendeu o microfone perguntando alguma coisa, mas, com a cabeça totalmente fora do ar, ele não entendia nada. Alex olhava a cena tragicômica, franzindo as sobrancelhas com pena, mas, ao mesmo tempo, estava lutando para não deixar escapar uma gargalhada.

— O senhor acha minha cara engraçada? Se quiser, pode rir à vontade! — ia dizer Carlos, mas a voz entalou na garganta e inesperadamente as lágrimas subiram aos olhos. Ele tentou retê-las, mas não conseguiu.

(2)

Alex foi conduzido pelo diretor do hospital à UTI, cercado por Ronaldo, Kleber e pela equipe da TV.

Carlos viu inúmeros raios passando dentro de seus globos oculares. Em seguida, veio a tontura; não conseguia ficar de pé. Então, encostou suas costas na parede do corredor e começou a dobrar as pernas até seu traseiro chegar ao chão. Ficou sentado esperando o mal-estar passar. O seu rosto estava cheio de gotas miúdas de suor frio. Imaginou todas as piores consequências possíveis, como derrame cerebral, enfarte do miocárdio, cegueira aguda etc. Ele tinha pressão arterial alta e LDL (colesterol ruim) bem acima do normal.

Um médico jovem o viu sentado e perguntou se estava tudo bem. Se dissesse que não, ele seria levado imediatamente para a sala de exame! O investigador de Brasília e Ronaldo poderiam vê-lo sendo levado na maca. Não queria expor a eles sua fraqueza, nem ouvir deles palavras de falso consolo.

Carlos respondeu que não era nada. Mas o médico estava com uma cara meio desconfiada. Se continuasse sentado, ele não acreditaria. O delegado decidiu se levantar e tentar andar. As pernas amolecidas dificultavam que ele se erguesse. Enfim conseguiu ficar de pé e começou a andar. Sentiu como se tivesse na corda bamba. Precisava de muito esforço para caminhar reto sem levantar suspeita do médico. Os passos eram lentos, mas deu para voltar à sala de tratamento. Luizão e Leo já tinham terminado de receber os curativos.

Ele não queria ficar nem um minuto a mais no hospital. Com os dois capangas, saiu de lá como se fosse um fugitivo. Viu Alemão no estacionamento encostado no carro que trouxera. Carlos mandou-lhe entregar a chave do carro para Caio e disse:

— De agora em diante, Caio deve vigiar os quatro sem-terra. Diga isso a ele e peça para nos manter informados.

O Alemão foi entregar a chave e dar o recado a Caio. Quando voltou, o delegado deixou o hospital apressado com ele, Luizão e Leo em seu carro. Alemão viu que o seu chefe estava com uma cara esquisita. Ia perguntar se tinha acontecido alguma coisa no hospital, mas ele, segurando o volante com os dois braços esticados ao máximo e com o olhar estranhamente fixado no escuro da noite, não o deixou puxar conversa.

Cerca de dez minutos depois, Carlos quebrou o silêncio e começou a xingar Alex e Ronaldo:

— O investigador da Polícia Federal disse na minha cara: "Vou me encarregar do caso dos Sato por ordem do Ministério da Justiça". Quem ele pensa que é? Não passa de um mauricinho recém-formado, mas já está bancando o investigador de elite. Para ele sou apenas um delegado velho de cidade do interior, esperando o tempo passar para se aposentar.

Ronaldo também não escapou do desabafo de Carlos.

— E aquele metido do Ronaldo! Se quiser aparecer em lugar público, que venha pelo menos depois de cobrir a ponta vermelha do seu nariz com fita crepe! Ele raramente aparece na delegacia porque está sempre de ressaca, mas, quando um VIP chega, ele sempre está lá, grudadinho na pessoa. Só ele não sabe que na sua delegacia todo mundo o chama de "escovinha tira-caspa de VIP".

Mas o que lhe deu mais raiva foi sua própria atitude de não dizer nada ao investigador de Brasília. Sentiu revolta e, ao mesmo tempo, uma pena profunda de si mesmo.

O carro entrou em Bragança Coroada. Primeiramente, deixou Alemão em sua casa, depois foi para a delegacia. Ele decidiu que, em vez de voltar para casa, passaria a noite na delegacia acompanhando Adriano no plantão, pois não queria que Olívia percebesse a mágoa profunda que ele estava sentindo em razão do seu afastamento do caso Sato.

Depois de descer do carro no pátio da delegacia, colocou Luizão e Leo, algemados, na sala de interrogatório. Ouviu gritos e barulho de fogos de artifício bem mais fortes vindos da praça. Centenas de balões começaram a subir para se juntar aos que já estavam flutuando no céu. A festa chegou ao seu ponto culminante!

O clímax durou mais ou menos dez minutos. Depois, os gritos cheios de alegria e esperança foram diminuindo de força, como se fosse a maré refluindo. O som estrondoso dos fogos de artifício também foi reduzindo sua intensidade e os balões foram se deslocando lentamente em direção ao lago.

Quando a escuridão e o silêncio voltaram no imenso vácuo do céu, Carlos sentiu como se estivesse sozinho no mundo. A saudade de Olívia apertou em seu peito. Queria voltar para casa correndo e receber o abraço carinhoso dela.

Era por volta de meia-noite e meia. Luzes no bar e no posto de gasolina apagadas.

— Não vai ter mais bagunça — pensou ele. Deixou Anselmo e Mário irem para casa. Mandou Adriano trazer quatro jogos de colchão e cobertor até a sala de espera, pois ali seria o dormitório para os dois. Levou dois jogos para Luizão e Leo na sala de interrogatório. Depois de dividir os outros jogos com o plantonista, se jogou, exausto, em cima do colchão surrado com forte cheiro de mofo.

* * *

Quando o delegado acordou com o barulho de chuva forte, viu o relógio marcando cinco horas da manhã. Foi à copa, com vontade de tomar café. Esquentou água no fogão a gás. Assim que pôs a água quente no coador de flanela cheio de pó de café, aquele aroma penetrante subiu direto ao nariz. Sem perder tempo, apareceu Adriano. Ao ouvir a tosse seca vindo da sala de interrogatório, convidou os capangas também.

Os quatro, sentados no banco da sala de espera, tomando café, escutavam a canção melancólica de "Luar do Sertão" no rádio. Depois veio o bloco de notícias das seis horas. Logo na abertura o locutor anunciou que a Polícia Federal e a Delegacia de Tomé da Conquista apontaram Antônio como autor do latrocínio ocorrido na Colônia com o casal Sato. A arma usada por ele no crime já havia sido recolhida pela delegacia. Ademais, Antônio, depois de cometer o crime, foi atacado por um grupo não identificado nas imediações da Colônia e faleceu às duas horas daquela madrugada no Hospital Santa Casa de Tomé da Conquista.

— Viva a Polícia Federal! — Adriano exclamou com admiração pelo rápido trabalho.

Carlos, dominado pela fúria, levantou-se do banco e, diante do rádio, começou a xingar o investigador e o delegado Ronaldo sem parar.

— Como esses caras inventam as coisas! Depois de a gente procurar tanto e não achar, eles dizem que já recolheram a arma. Nem procuraram! Será que usaram aquele truque de tirar o coelho da cartola? Ou acharam a arma na gaveta do delegado, por acaso? Sei que Ronaldo sempre deixa alguns revólveres ou pistolas guardadas exatamente para atender eventuais necessidades como essa.

Ele virou para Adriano e os dois capangas sentados no banco, e continuou sua crítica:

— Ele é um gênio de se aproveitar da situação! Por que um alcoólatra como ele conseguiu chegar ao topo da delegacia de uma cidade com duzentos mil habitantes? A resposta é simples. Ele tem a habilidade incrível de tornar o balanço negativo em positivo, porém usando truques sujos sem ninguém perceber. — Carlos não parou seu discurso. — Agora eu entendi melhor o comportamento de Ronaldo no hospital. O casal Sato é japonês. Isso quer dizer que eles são estrangeiros. Por isso a Polícia Federal mandou o rapaz para cá com incrível rapidez. Queria resolver tudo o mais rápido possível para evitar que o assunto ganhasse repercussão negativa no decorrer do tempo. Depois de me tirar do caso, Ronaldo inventou um plano para incriminar Antônio. Ele deve ter convencido Alex a aceitar sua ideia. Antônio, naquele momento, já estava à beira da morte. Ninguém se importava se ele era realmente o autor do crime ou não. O coitado apenas estava na hora errada no lugar errado. Se ele for para o cemitério carregando toda a culpa, o caso terminaria bem para todos, especialmente para aqueles dois safados, porque o morto não fala. Eu presumo que Ronaldo pensou assim.

Carlos tomou um gole do café amargo que restava na xícara e prosseguiu:

— Na minha opinião, Ronaldo devia ter recomendado ao investigador federal que me incluísse na investigação. Afinal de contas, o crime aconteceu no meu município. Mas ele não o fez, pois tinha receio de que eu contrariasse seu plano sujo. Ele sabe bem que eu detesto esse tipo de falcatrua.

Carlos finalizou seu desabafo com a seguinte declaração:

— O que passou, já passou. Porém, se ele acha que este caso está encerrado, está redondamente enganado. Eu não vou me esquecer nem do caso nem da humilhação que sofri diante do rapaz de Brasília, nunca! Juro por Deus que não desistirei de perseguir aquele nariz vermelho safado até desmascarar uma falsidade grosseira como esta!

O espanto estava visível nos rostos de Adriano, Luizão e Leo.

O delegado telefonou para o Dr. Sebastião e confirmou a morte de Antônio. O médico disse que ia transferir Masakazu Sato para a enfermaria em breve. Carlos desligou o telefone sem comentar sobre isso, porque o caso não estava mais com ele.

(3)

No Terminal Rodoviário do Tietê, em São Paulo, Kanna Sato embarcou no ônibus interestadual com destino a Florianópolis. Em Lages, trocou de ônibus e chegou a Tomé da Conquista às sete e meia da manhã de 25 de junho, segunda-feira. Imediatamente ligou para Akie, a esposa de Takanori Hidaka. Akie disse que visitaria seus avós no hospital à tarde com seu marido. Quando Kanna perguntou sobre sua casa vazia na Colônia, ela disse que não deveria ficar preocupada, pois os colonos japoneses vinham se revezando na vigilância dela. Em seguida, Kanna ligou para Koichi avisando a sua chegada.

Tomé da Conquista era mais fria do que São Paulo. Havia um mercado municipal próximo ao terminal rodoviário, e se viam carroças indo e vindo, com seus puxadores gritando para chamar a atenção dos transeuntes. Kanna estudou no colégio da cidade; portanto, a cena era familiar para ela. No bar, dentro do terminal, a japonesa pediu uma coxinha, seu salgadinho preferido, mas ela sentiu dificuldade de engolir cada pedaço. Só com a ajuda de um pingado conseguiu terminar de comer. Talvez isso tenha acontecido porque a moça sentia um tremendo aperto no peito pela aproximação do momento de encontrar com seus avós, que, segundo Koichi, estavam gravemente feridos.

Em seguida, pegou o táxi e foi ao hospital. O velho prédio de três andares não mudou, exceto a área de estacionamento, que quase dobrou de tamanho.

Esse também era um lugar familiar para ela, porque vinha frequentemente com sua avó para a checagem regular do câncer. Isso trazia a ela lembranças melancólicas.

Na recepção do hospital, apresentou seu RG e pediu permissão para visitar os avós internados. A recepcionista a mandou aguardar até que o médico fosse chamado. Logo Kanna viu um homem negro, alto e magro, com jaleco amarrotado. Parecia ter cerca de quarenta anos. As lentes meio escuras de seus óculos com arrumação preta refletiam a luz da janela, o que dava à sua fisionomia um ar de frieza. Ele se apresentou como Dr. Sebastião Cardoso.

Kanna não tinha coragem de perguntar sobre o estado de seus avós, pois sentia medo de receber a pior resposta possível.

O médico, ao perceber o nervosismo dela, começou a falar tentando acalmá-la.

— Será que seu avô adivinhou a sua visita? Ele voltou a si há algumas horas. O pior já passou. — Sua voz era doce.

— E a minha avó? — criou coragem e perguntou.

— Ela também deve melhorar com sua chegada. Porém, precisará de um pouco da ajuda de Deus. Podemos ir ao quarto deles?

Ela não conseguiu dar o passo, pois estava muito emocionada, com os olhos lacrimejados.

"O que quer dizer com isso?", perguntou a si mesma. "Meu avô vai bem, mas minha avó não?" Estava confusa, e não sabia se deveria se alegrar ou lamentar.

Dr. Sebastião colocou sua mão nas costas de Kanna levemente e os dois começaram a andar pelo corredor. Até chegar à UTI, ele explicou brevemente o quadro clínico dos dois.

Os seus avós estavam no mesmo quarto, separados só pela cortina. Kanna correu para Momoe e beijou-lhe a bochecha. Ela estava deitada, com um tubo de respiração artificial na boca. Havia também dois tubos finos, um no nariz e outro no ouvido.

Sua cabeça estava raspada e uma gaze grossa envolvia o queixo e a garganta. Kanna, em seguida, foi à cama de Masakazu. Quando se curvou para beijá-lo, os olhos dele se abriram de repente, assustados com alguma coisa. Ao mesmo tempo, saiu de sua boca um murmúrio sem nexo.

Ele estava sonhando. Alguma coisa fofa pressionou sua barriga. Pensou que fosse a Pinta, *pet* do casal. Sentiu de repente um choque no peito, uma dor terrível. Ele pensou: "Isso não poderia estar acontecendo, pois já havia tido a mesma sensação antes. Então, esse deve ser um sonho".

Ele se esforçou para abrir os olhos. Quando conseguiu, viu o rosto preocupado de sua neta. "Por que Kanna está aqui...?" Ele flutuava por segundos entre sonho e realidade.

— Parece que seu avô está sofrendo de afasia. Entende o que a gente fala, mas não consegue falar o português. Só o japonês. Por acaso você fala a língua dele? — perguntou o médico.

— Sim!

— Que bom! Quando eu soube que seu avô estava com afasia, fiquei desesperado, porque é duro começar a aprender japonês com a minha idade!

A brincadeira do Dr. Sebastião não ajudou Kanna a se animar.

— É um distúrbio temporário. Logo seu avô voltará a falar o português — continuou o médico. — A propósito, estou pensando em levá-lo à enfermaria ainda hoje, pois está se recuperando bem.

Ele pôs sua mão no ombro de Kanna para encorajá-la. Depois deu algumas instruções à enfermeira e saiu do quarto.

Kanna viu o rosto de Masakazu. Era a primeira vez que olhava o avô deitado numa cama de hospital. Sentiu estranheza. Parece que ele também teve a mesma sensação e riu para Kanna acanhadamente.

— Vovô! Sofrimento e tanto, hein? Ainda bem que vai sair da UTI logo... — disse Kanna em japonês.

— Vou sair não porque estou melhorando, como o médico disse, mas porque já tem outro esperando... — Masakazu respondeu com uma pitada de humor.

Kanna e seu avô conversaram muito, porém ela evitava ao máximo falar sobre o estado de saúde de Momoe. A conversa não tinha fim, mas Kanna resolveu se despedir para não cansar seu avô. Na recepção, avisou que voltaria mais tarde, e deixou o número de seu celular para o caso de alguma urgência.

Fora do hospital, fracos raios de sol se infiltravam entre as nuvens. Quando passou em frente à banca de jornal, Kanna comprou a *Gazeta Matinal* de Santa Catarina, que tinha um caderno com fartas notícias regionais.

Havia muitos hotéis e pensões ao redor do hospital para pacientes, seus familiares e amigos. Ela escolheu uma pensão onde já havia se hospedado algumas vezes, quando vinha com sua avó para os exames de câncer.

* * *

Por volta das 11 horas, vieram ao quarto de Masakazu a enfermeira encarregada e dois assistentes trazendo a maca. Ela disse que o levaria à enfermaria. Enquanto passavam pelo corredor, ela cochichou a Masakazu:

— Vou falar uma coisa para o senhor. Acontece que o rapaz que assaltou o senhor e a sua esposa estava também internado neste hospital. Porém não suportou o ferimento que sofreu e morreu cedo esta manhã...

(4)

Carlos estava com péssimo humor em virtude do encontro desastroso com o investigador da Polícia Federal na noite anterior no hospital e, além disso, tinha dormido apenas três ou quatro horas em duas noites seguidas.

Pior foi a noite anterior, quando teve de dormir em cima do colchão fino no chão de concreto da delegacia, tão gelado quanto uma pista de gelo.

Sentia dor na coluna, como se fosse uma picada de seringa, a cada meia hora, por enquanto, mas o intervalo ficava cada vez mais curto. Com certeza, esse era um alerta para a vinda de um grande *tsunami* de dores. Pensando no dia longo que estava por vir, o delegado ficou desanimado. Se pudesse voltar para casa, tomar um banho quente e tirar uma soneca na sua cama fofa e limpa, tinha certeza de que se recuperaria, teria plena disposição para trabalhar e até poderia esperar o sumiço completo da dor.

Passou os olhos rapidamente nas correspondências em cima da mesa, mas não achou a autorização de entrada no acampamento dos sem-terra para investigar os casos de Lucas e José. Luizão e Leo não poderiam ficar muito tempo na sala de interrogatório. E não era só isso. Precisava pensar mais nos moleques que agrediram Antônio, pois o caso não era mais só de agressão e lesão corporal, mas de homicídio também. Com tantas coisas pendentes, sua cabeça também começou a doer.

Chegaram os serralheiros para recolocar a porta de ferro nas celas e reparar o portão de metal do pátio. Carlos mandou que Adriano olhasse bem para não permitir desleixo no trabalho deles.

Visto que não havia assunto urgente para resolver, ele decidiu voltar para casa a fim de descansar um pouco. Quando abriu a gaveta para tirar a chave do carro, apareceu Anselmo:

— Chefe, tem um advogado que quer falar com você sobre os dirigentes dos sem-terra que estão no hospital!

— Que saco! — Quando ele chiou, o advogado já estava na soleira da porta.

— Vim a pedido do Movimento dos Trabalhadores Rurais Sem Terra.

O visitante tinha uma cara mais cansada que a do delegado. Devia ter vindo no ônibus noturno. Carlos olhou de relance o cartão de visita que ele deu. Dr. Fernando Carneiro Silva. Veio de Florianópolis. Não era preciso perguntar o motivo: a libertação dos sem-terra, sem a menor dúvida.

— Prendemos os sujeitos em flagrante por agressão e lesão corporal. Temos o BO das vítimas. Devo levar o caso para o juiz.

— Se falar em regra, tu estás correto. Mas houve apenas um mal-entendido com as prostitutas e seus capangas. Estão na cela há mais de três dias. Já basta...

Carlos não gostou de o cidadão falar desse caso como se fosse uma simples briga de casal.

— Se basta ou não, quem julga sou eu — disse ele friamente, amassando o cartão dele na mão. — Liga daqui a dois ou três dias para ver se posso dar alguma notícia.

O advogado não se intimidou e continuou a pressionar.

— Como tu sabes, a organização que me enviou tem um respaldo político muito poderoso. Não vale a pena complicar tua posição apenas por causa dessas marafonas baratas.

No entanto, o tiro saiu pela culatra. Carlos detestava esse tipo de pressão.

— Das marafonas baratas que você disse, uma é menor de doze anos e a outra tem dezessete anos. Os sem-terra devem ser penalizados por, além de agressão, estupro de vulnerável e prostituição infantil. Se eu soltar esses sujeitos, aí, sim, minha posição ficará bastante complicada.

O advogado não tinha sido informado de que as envolvidas eram menores. Assim, ele mudou de tática descaradamente.

— Doutor Carlos! Posso te chamar assim? Eu não sabia sobre as menores. Eu juro! Não me leve a mal. Mas pense um pouco sobre a minha situação. Eu tenho cinco filhos ainda pequenos. Não posso voltar com a mão vazia, entende?

Carlos encarou o advogado cara de pau com aquele olhar desconfiado de corretor de imóveis ao avaliar um imóvel usado. Julgando pela flacidez e pelas rugas no rosto, ele teria entre quarenta e três e quarenta e cinco anos. Ainda sobrava cabelo suficiente, entretanto nas costeletas aparecia muito mais cabelo branco do que marrom. A combinação entre as bolsas de gordura penduradas debaixo dos olhos e os cantos dos olhos declinados em quarenta e cinco graus tornava a cara dele meio cômica. Ademais, ele tinha uma barriga típica da síndrome metabólica.

Todos os advogados que Carlos conhecia tinham cara de inteligente, corpo de atleta e se vestiam com óculos de armação dourada. Portanto, Fernando estava longe da imagem do advogado que Carlos possuía. Ele desamassou o cartão do advogado, que ia jogar na cesta de lixo. No verso, achou letras miúdas impressas.

Atendemos às seguintes consultas:
Divórcio, aposentadoria, emprego, demissão, cobrança, dívida, processo criminal, acidente de trânsito, multas, violência doméstica, pensão alimentícia etc.

Em poucas palavras, ele era um advogado "topa-tudo", cuja clientela era quase totalmente pertencente à camada de baixa renda.

O delegado mexeu um pouco sua cintura sem deixar o advogado perceber. A coluna parecia estar bem, se não forçasse muito.

— Quando é que vai sair a "alta" dos sem-terra? — gritou alto para Anselmo, que estava no outro quarto batendo na tecla da velha máquina de escrever Olivetti.

— Hoje à tarde! — respondeu o escrivão, também gritando.

Carlos decidiu negociar com esse advogado barrigudo.

"A WHITER SHADE OF PALE"

(1)

Durante a transferência da UTI para a enfermaria, Masakazu caiu no sono. Era perto do meio-dia. Ele estava sonhando com acontecimentos passados. O primeiro sonho foi com a gráfica, seu primeiro e único emprego no Japão.

O empreendimento era da família de Momoe. A casa ficava no andar superior, e a gráfica, no térreo. Na época contava com cinco ou seis empregados.

Masakazu começou a trabalhar ali como aprendiz de operador de máquinas fototipográficas depois de terminar o ginásio. Um ano mais tarde, conseguiu uma vaga noturna em um colégio especializado em agronomia. Ele fazia hora extra na gráfica durante a noite nas férias escolares de verão e inverno. Momoe estudava em um colégio regular. De vez em quando, ela descia de seu quarto para a sala de operação à noite, batendo nas teclas das máquinas, ajudando na correção das letras do texto ou na revelação do filme. Foi quando os dois começaram uma amizade, que depois se transformou em namoro. Eles tinham a mesma idade. Depois de namorar por cerca de um ano, ele revelou sua intenção de emigrar para o Brasil após o término do colégio. Momoe pediu para que ele a levasse junto. Era exatamente o que ele sonhava, mas, sendo tímido, não tinha coragem de propor.

Em 1967, os dois anunciaram para seus pais o desejo de se casar e mudar para o Brasil. Na casa de Momoe, quase todos os familiares foram contra a emigração, mas a decisão dela foi firme. Os dois partiram do porto de Kobe, Japão, na última semana de setembro daquele ano.

Foi em meados de novembro que o navio *Sakura Maru*, com o casal Sato a bordo, chegou ao porto de Santos, após uma longa viagem de quase cinquenta dias. Os recém-casados estavam se preparando para o desembarque. A partida para uma fazenda de café em Minas Gerais que os contratou estava marcada para o mesmo dia. Porém, um funcionário do escritório local da agência de imigração japonesa veio avisar que o seu patrão iria buscá-los só no dia seguinte. Ele levou os dois em uma Kombi até a pousada perto da praia. Ganhando um dia livre inesperado, eles desfizeram as malas apressadamente e saíram correndo para a praia.

Céu azul-índigo, sol forte, palmeiras verdes, praia de areia sem fim, guarda-sóis coloridos. O panorama tropical que eles viram em sonho inúmeras vezes estava bem à sua frente.

— Valeu a pena! — Foi o que os dois acharam, do fundo do coração.

Masakazu teve vontade de fumar. Entraram num bar. A vitrine estava cheia de cigarros de várias marcas. Era a primeira vez que eles viam aquelas marcas. Ele olhou curiosamente por alguns segundos e, depois, apontou para um de embalagem vermelha e disse para a moça do bar, em português, sílaba por sílaba:

— Dê-me es-te ci-gar-ro.

A moça pôs um maço de cigarros no balcão. Era exatamente o que ele pediu.

— Conseguimos! Conseguimos! — Eles se alegraram como crianças. A marca do maço era Hollywood.

Andando de mãos dadas sob o sol, suas camisas logo ficaram molhadas de suor, grudando nas costas. Como sentiram muita sede, eles entraram em outro bar para tomar água de coco.

— Dê dois cocos gelados. — Desta vez, quem pediu foi Momoe. Imediatamente, o rapaz trouxe um coco furado e dois canudos.

— Eu pedi dois... — murmurou ela muito decepcionada. Pensou que o garçom não tivesse entendido seu português.

Eles tomaram a água, dividindo o mesmo coco, e a testa de um quase tocava a do outro. No mesmo instante que a água acabou, o rapaz trouxe outro coco com dois canudos novos. Momoe ficou admirada com a esperteza dele.

— Como se diz em português "você é muito atencioso"? — perguntou a Masakazu.

— Não sei. É difícil. Mas se der uma boa gorjeta, ele deve perceber nossa admiração.

— Eu nunca dei gorjeta para ninguém — disse Momoe encolhendo os ombros.

Nem Masakazu deu. No Japão, geralmente, não havia esse costume.

Enquanto discutiam sobre o montante da gorjeta, chegou aos seus ouvidos uma canção acompanhada de órgão. A música tinha uma forte batida e ao mesmo tempo um tom melancólico. Era a primeira vez que eles ouviam essa música. Tinha algo para encorajar os dois, que deram o primeiro passo no desafio de uma nova vida longe de sua pátria.

— Essa música é muito boa. Toca no coração da gente. Vamos fazer dela a nossa música favorita número um.

Emocionada, Momoe beijou Masakazu. Mais tarde, eles souberam que o nome da música era "A Whiter Shade of Pale", de Procol Harum.

De repente, entrou no bar um casal com quatro crianças, passando ao lado deles. Todos estavam com panelas, frigideiras e pratos amarrados no pescoço com barbante. Os utensílios de cozinha eram de aço e alumínio e o barulho que eles faziam quando tocavam um no outro era horrível. No momento em que o rosto de Masakazu se franziu por causa desse som irritante, seu sonho foi interrompido.

(2)

Masakazu estava num quarto grande com dez camas. Todas ocupadas, e os pacientes estavam conversando com seus familiares, acompanhantes ou visitantes. A cama dele estava ao lado da janela. Estranhamente, a melodia de Procol Harum ainda estava no ar. Logo ele descobriu que a música vinha do rádio portátil do paciente ao lado.

Parece que havia chegado a hora do almoço. As funcionárias puxavam o carrinho e distribuíam as bandejas e os pratos metálicos para os pacientes. Toda vez que o carrinho andava, fazia um barulho desagradável. Foi ele que interrompeu o sonho de Masakazu.

Logo veio uma enfermeira jovem, negra e sorridente:

— Bem-vindo à enfermaria. Meu nome é Carolina. Consegue se sentar sozinho?

Ele tentou usando cotovelos e calcanhares. Conseguiu. Doeram um pouco o peito e os braços, mas não era insuportável. Em seguida, a moça abriu e fechou suas mãos e lhe mandou fazer o mesmo. Ele fez sem problema.

— Muito bem! — Ela sorriu contente e, olhando os papéis, dava ordens para as funcionárias sobre a comida.

Uma tigela de mingau e um copo de suco foram colocados em cima de sua bandeja, na cama. Já que ele sentia muita sede, pegou o copo de suco e tomou de uma vez. Era de maçã. Achou que nunca havia tomado um suco tão gostoso antes!

A enfermeira, sorridente, observava Masakazu:

— Do jeito que o senhor tomou o suco, já dá para comer churrasco, né? — Ela piscou o olho para ele e deu um riso largo. Tinha o rosto oval, com olhos e nariz pequenos. Toda vez que ela sorria, aparecia um conjunto de dentes brancos bem alinhados.

O que parecia mingau era purê de abacate. Também era muito bom.

Depois de a funcionária retirar a mesa, o paciente do lado, o dono do rádio portátil, veio conversar.

— Meu nome é Elias. Estou esperando por uma cirurgia de vesícula. Hoje é apenas o exame. Amanhã será a extração e, depois, o dia de repouso.

Ele perguntou qual era problema de Masakazu. O japonês tentou responder, mas não saiu o português. Elias desistiu e virou as costas. Entrou nos ouvidos de Masakazu uma canção sertaneja em baixo volume.

Ele ficou decepcionado porque o seu português, que pensava que fazia parte de si, desapareceu de vez, como se todas as folhas secas na calçada fossem embora apenas com um sopro de vento. Isso deixou um vazio enorme em seu coração.

(3)

— Três dias de internação para tirar a vesícula...

Masakazu sabia que, no Brasil, geralmente o período de internação era bem mais curto comparado ao do Japão. Ele tinha pedras vesiculares e, por isso, pesquisou sobre o assunto certa vez em um *site*. No Japão, incluindo a etapa anterior à operação, o hospital retinha o paciente por pelo menos sete ou oito dias.

Operação de vesícula à parte, ele começou a se preocupar com seu amanhã. Não ia demorar muito para lhe darem alta, pois já estava na ala da enfermaria. Teria as mesmas condições físicas de antes ou ia ficar com alguma sequela grave?

O que mais o preocupava era o estado de Momoe. Ouvira dizer que a bala acertou o queixo dela. Não houve danos no cérebro? E a sequela? Nem médico nem enfermeira deram detalhes. Quanto mais ele pensava, mais sua imaginação se tornava pessimista. Se a força física dele não ficasse como antes e Momoe não conseguisse sair da cama, seria o fim da linha.

Masakazu se lembrou das muitas discussões que teve com ela. O assunto era sempre o câncer dela. Tentou convencê-la de que, se fizesse tratamento no Japão, seria mais seguro. Quanto às despesas de internação dela, ele garantiu que arranjaria dinheiro suficiente para pagá-las trabalhando em algum emprego que desse comida e moradia. Mas Momoe não concordou, alegando que não poderia voltar para o Japão doente e pobre, dado que veio ao Brasil enfrentando fortes objeções de seus pais, irmãos e parentes e, ao mesmo tempo, com muitas felicitações por parte de professores, colegas da escola e amigas.

Para eliminar a preocupação dela, Masakazu repetiu várias vezes que eles poderiam voltar sem avisar ninguém e que, se ficassem em Tokyo, a cidade mais populosa do Japão, poderiam permanecer completamente anônimos. Mas isso não era o suficiente para convencê-la. Ela não parou de teimar que o mundo era pequeno e que com certeza encontrariam em Tokyo algum conhecido de Kyoto, sua cidade natal, e que, por causa dessa pessoa, Kyoto inteira saberia no mesmo dia onde eles estavam.

Para Masakazu, a alegação de sua esposa era muito infantil, mas, para Momoe, era questão de vida ou morte. Ela pensava que seria melhor morrer do que voltar ao Japão expondo sua figura arruinada diante do olhar humilhante de quem a conhecia. Seria uma vergonha insuportável.

Na vida do casal, quem dava a palavra final era sempre Momoe. Mas, no que se referia à volta ao Japão, Masakazu não recuou nem um passo.

Na discussão que ocorreu um dia antes da tragédia, Momoe disse histericamente que preferiria morrer se ele não parasse de insistir mais no assunto.

No dia da tragédia, eles não trocaram olhares. A discussão do dia anterior ainda pesava muito. Masakazu foi à reunião do Clube dos Colonos na parte da manhã. Quando voltou para almoçar, Momoe quebrou o silêncio.

— Posso arrumar o depósito e o galpão de secagem de alho com Antônio?

— Hum...

Ele apenas murmurou, sem parar de desfiar com pauzinhos o pedaço de frango assado, nem desviar o olhar da página do jornal velho que segurava na mão esquerda. A resposta era nem sim nem não. Ele ainda estava emburrado.

Por que não respondeu de forma menos rude? Talvez ela quisesse se reconciliar... Ele se arrependeu profundamente e, ao mesmo tempo, sentiu muita pena dela.

Naquele dia, depois do almoço, ele foi à casa de Takanori Hidaka para jogar xadrez japonês. Voltou às seis horas. Tomou um banho, jantou e assistiu à televisão durante alguns minutos; foi dormir às sete horas. Momoe costumava ir para a cama às oito horas, depois de arrumar a cozinha.

Enfim, os dois passaram o dia sem se olhar ou falar, exceto aquela conversa curta na hora do almoço.

Enquanto Masakazu dormia, recebeu um impacto forte e quente. Não sabia precisar quantas horas ou dias passaram depois. De repente, ele viu que estava flutuando num espaço cor de laranja. Sentia-se muito bem. Quando seus olhos se abriram, viu o olhar sério de uma enfermeira que observava seu rosto bem de perto. Não entendia por que ela o olhava assim. Logo suas pálpebras ficaram pesadas e seus olhos se fecharam. Sentiu o corpo descendo para o fundo do espaço alaranjado de novo. A mesma coisa se repetiu por duas ou três vezes. Quando seus olhos abriram pela última vez, não viu mais a enfermeira, e o espaço cor de laranja também tinha sumido. Foi informado de que ele havia chegado ao Hospital Santa Casa de Tomé da Conquista fazia dois dias.

(4)

Masakazu recebeu a visita do casal Hidaka por volta das três horas da tarde. Ele os vira dois dias antes, mas parecia que fazia muito mais tempo. Logo chegou Kanna e a conversa ficou animada.

Masakazu sentiu vontade de urinar. Tinha um penico debaixo da cama, mas ele criou coragem para ir ao banheiro do corredor. Takanori o acompanhou. Arrastando o suporte de soro, ele atingiu seu objetivo, o que lhe deu um pouco de alívio e autoconfiança. Na volta à enfermaria, Takanori disse:

— Estou pensando em me arriscar no cultivo de *blueberry*!

A fruta estava chamando a atenção dos hortifrutigranjeiros devido à onda de produtos saudáveis. Ninguém da Colônia havia tentado ainda.

— Que tal fazer junto?

O convite comoveu muito Masakazu.

Havia pouca gente na enfermaria naquele momento, que estava cheia de visitantes e acompanhantes até uma hora antes. A cama do vizinho estava vazia. Ele devia ter ido para o exame. Depois de o casal Hidaka ter partido, Kanna e Masakazu ficaram sozinhos. Ela mostrou para o avô o jornal que comprou pela manhã:

— Comprei este jornal hoje de manhã para saber das notícias sobre o acontecimento com vocês. O que me surpreende é que a polícia aponta Antônio como suspeito da tentativa.

— Bobagem! — disse Masakazu, indignado.

— Pode ser algum equívoco — disse Kanna.

De repente, passou um clarão na cabeça de Masakazu. Ele se lembrou das palavras que a enfermeira cochichou quando estava sendo transferido da UTI para a enfermaria.

— Kanna! Parece que ouvi de uma das enfermeiras que o rapaz que nos atacou morreu neste hospital hoje cedo. Por acaso...?

— Tem certeza, vovô?

Ele não podia afirmar. O que a enfermeira falou no corredor poderia ser apenas um sonho.

Ela saiu correndo da enfermaria para conferir. Masakazu sentiu o tempo passando muito devagar. Até que, enfim, ela voltou. Sentou-se no banquinho sem dizer nada. Ele ouviu o choro dela. Alguns minutos depois, Kanna perguntou:

— O que houve com ele, vovô? Por que ele morreu?

Masakazu não soube responder. A última vez que vira Antônio foi sábado à tarde, quando ele chegou com Lucas para arrumar o depósito e o galpão de secagem de alho. Masakazu conversou com ele por alguns minutos e foi, em seguida, à casa de Takanori Hidaka. Portanto não sabia o que aconteceu com ele depois.

(5)

Às três e meia, quando o casal Hidaka estava com Masakazu e Kanna no hospital, Carlos saiu da delegacia, com o advogado Fernando, na Blazer. O destino era o hospital. Quando chegou, Caio, que vigiava os sem-terra, estava esperando com a alta na mão.

Os quatro sem-terra estavam na sala de reunião pequena, e Fernando entrou nela para conversar com eles. Depois de mais ou menos quarenta minutos, ele saiu e acenou para Carlos com os olhos. O delegado então mandou que Caio voltasse à delegacia. O que ele estava fazendo naquele momento com o advogado era um trato secreto, e queria que ninguém soubesse, exceto os envolvidos. O delegado, o advogado e os quatro dirigentes dos sem-terra saíram do hospital na Blazer.

Na estrada estadual, Fernando, assobiando, olhava curiosamente os pastos, eucaliptos e araucárias.

— Você está vendo a terra preta? Ela já está semeada e logo vão aparecer brotos de milho, feijão, batata... Por aqui tudo vai ficar como um enorme tapete verde — Carlos explicou a Fernando.

— Aaaah... — o advogado bocejou e, em seguida, desabafou: — Estou com vontade de largar a maldita profissão e morar num lugar como este, sossegado.

Cunha, o líder dos sem-terra, não perdeu tempo e disse de brincadeira:

— Então se junta com a gente. Você ganha terra de graça e pode viver o resto da sua vida bem tranquilo.

Todo mundo deu risada.

A perna dos óculos de Cunha estava enrolada com fita crepe, talvez por ter se quebrado durante a briga com os capangas na cadeia. Ele e os outros três tinham esparadrapos colados na cabeça ou no rosto, mas estavam de bom humor por trilharem o caminho de casa.

A entrada do acampamento ficava a quarenta metros do bar Magrão. A bandeira vermelha, símbolo do movimento, agitava-se ao vento. Numa faixa de cinco ou seis metros entre a estrada estadual e o terreno de eucaliptos da empresa de papel, cerca de cinquenta famílias estavam acampadas ao longo do cinturão de cento e cinquenta metros, com barracas de lona, vinil ou tábua de pinho. Conforme os sem-terra alegavam, o terreno, que pertencera ao governo estadual, foi vendido à empresa quase a preço de banana. Em troca, uma grande soma de dinheiro ilícito foi passada para um funcionário que tinha um alto cargo no governo. Portanto, a empresa devia devolver o terreno ao governo, que, por sua vez, devia distribuí-lo entre os sem-terra. Se não o fizesse, eles estariam dispostos a tomá-lo à força. Vinha subindo a tensão entre a empresa de papel e os sem-terra cada vez mais.

Só o advogado e Cunha entraram no acampamento. Passaram-se trinta minutos. O nervosismo de Carlos aumentava a todo instante. Pensou em ir ao bar Magrão e tomar um café para acalmar um pouco. Mas desistiu. Não queria ser visto por ninguém. Depois de passar quase uma hora, ele viu os dois retornando com três rapazes. E tinha mais! Viu uma bicicleta vermelha com Fernando. O trato deu certo!

Ele colocou a bicicleta no bagageiro e mandou a molecada algemada sentar-se no banco traseiro da Blazer. Depois de se despedir dos quatro sem-terra, entrou no carro com o advogado. Pegaram a estrada estadual com destino ao terminal rodoviário de Tomé da Conquista. Depois de ver Fernando embarcando no ônibus de longa distância, ele voltou a Bragança Coroada. Deixou a bicicleta na oficina de Koichi e, em seguida, dirigiu-se à delegacia.

* * *

Começou o interrogatório dos rapazes. A suspeita era sobre o assassinato de Antônio. Não demorou muito para obter a confissão. Eles queriam dinheiro para ir à festa da véspera de São João. Por isso atacaram Antônio. O montante roubado foi de cinquenta reais. Os interrogados afirmaram que a vítima não estava armada.

Restava fazer o reconhecimento. Carlos pensou em chamar o Bocão, aquele marceneiro que pagou um copo de pinga para os moleques no Magrão. Mandou Anselmo deixar um recado no bar solicitando que o marceneiro comparecesse à delegacia com urgência, e também orientou que avisasse José e Irene sobre a captura dos agressores de seu filho. Todos os rapazes eram menores de idade. Por isso, sairiam da Fundação Casa (a antiga Febem) em um ano e pouco. Maldita lei, mas lei é lei.

Carlos se lembrou do advogado Fernando "cara de cão São Bernardo". Ele conseguiu o que queria. Devia estar contente, assobiando no ônibus.

— Vou soltar Luizão e Leo. Isso é que se chama de "tratamento igual" para todos — falou sozinho.

O relógio marcava seis horas. Ele achou que o dia passara muito rápido. Aí se lembrou da dor nas costas que o incomodava tanto pela manhã. Ela sumiu! Talvez a ansiedade ou o nervosismo que ele sentia durante a "operação bicicleta" e o sucesso que veio em seguida tivessem-no feito esquecer o problema de coluna. Ele concluiu assim.

(6)

Mais ou menos na mesma hora em que Carlos terminou o interrogatório dos rapazes, Kanna saiu do hospital e voltou à pensão. Sentiu um desânimo total e, assim que entrou no quarto, jogou-se na cama. Não conseguia acreditar na morte de Antônio. Teve um desejo forte de que, de repente, um buraco enorme abrisse no chão e a engolisse com cama, travesseiro, colchão, lençol, tudo. Não sentia medo. Nada mais importava.

Os avós contrataram a família de José logo após a morte dos pais de Kanna. Antônio tinha oito anos, quatro anos a mais que ela. No entanto, os avós foram obrigados a demiti-los em razão da piora do mercado de horticultura na região. A família foi para Queimada e montou um barraco. Antônio ia quase todo dia à casa dos Sato, como se fosse membro da família. Momoe e Masakazu o tratavam como tal. Kanna também gostava muito dele.

Ele nunca respondeu a Momoe. Muitas vezes Kanna reclamava que sentia vergonha quando ia a Bragança Coroada com sua avó, porque as pessoas riam ou caçoavam dela, gritando "Japa Louca, Japa Louca". Porém, em vez de concordar, ele sempre defendia Momoe. Kanna chorou várias vezes de raiva por Antônio ter ficado só ao lado dela. Fora isso, ele era sempre carinhoso e gentil com Kanna.

Quando ela tinha doze anos, houve o escândalo por causa da gravidez de Yumiko Okamoto, e, em seguida, ele sumiu da Colônia e de Queimada. Para Kanna, ele foi para o mundo dos adultos. Sentia muita falta dele. Depois de terminar o colégio, ela foi trabalhar em São Paulo. Num quarto de pensão, sozinha, sempre recordava os bons momentos que passara com ele. Isso a ajudou muito a se distrair da sua solidão.

Ela devia muito a ele, razão pela qual lamentava profundamente que ele tinha partido antes de ela manifestar o seu agradecimento. Antônio era como um irmão. Ela não podia imaginar que ele fosse capaz de fazer tamanha atrocidade contra seus avós, como o estavam acusando.

Sua lembrança passou de Antônio para Momoe. Nunca poderia esquecer o choque que levou ao receber o telefonema de Koichi no domingo de manhã. Ela era sua avó e, ao mesmo tempo, sua mãe. A pessoa mais importante do mundo para Kanna.

Momoe era o alicerce da família Sato. Praticamente era ela quem tomava conta da casa, pois Masakazu era introvertido e, além do mais, tinha interesse só no cultivo de hortaliças. Quando seu câncer foi descoberto, Momoe não se abalou. Pelo contrário, enfrentou a doença corajosamente e, por fim, a superou. Por causa de sua agressividade, teve atritos com alguns colonos, e também no posto de saúde e no banco. Em casa, porém, ela era sempre a vovozinha boazinha, exceto na questão da disciplina. Durante a infância de Kanna, a frase predileta dela era: "Com você, Antônio e Pinta, não quero mais nada da vida".

A última vez que Kanna conversou com sua avó foi dois dias antes do crime. A primeira coisa que Momoe dissera foi:

— Hoje briguei feio com ele de novo... — E começou a explicar o porquê da briga.

Enquanto ela anotava as despesas do mês no caderno, percebeu que Masakazu ainda não havia dito em que havia gastado os duzentos reais que ela lhe dera. Quando perguntou, ele tentou desconversar, mas, no fim, confessou que pagou ao funcionário da prefeitura por uma cópia autenticada da planta da casa, cujo original estava no arquivo da prefeitura.

Apareceu um interessado na compra do imóvel; um feirante que morava em Bragança Coroada. Ele impôs uma condição para fechar negócio: pagar uma parte da compra com um empréstimo bancário, pois sua poupança não chegava ao valor que Masakazu propôs. O banco, conforme ele disse, estava exigindo uma cópia autenticada da planta da casa com protocolo da prefeitura.

— É de praxe do banco. Faz parte dos anexos que vão com o pedido de empréstimo — disse o feirante.

Masakazu procurou na casa inteira, mas não achou a planta de trinta anos antes. Aí ele soube por acaso que a própria prefeitura fornecia uma cópia do original guardado no arquivo de lá. Para confirmar a informação, ele foi ao guichê da repartição de construção da prefeitura.

A resposta do encarregado foi:

— Vai demorar pelo menos um mês para achar o original, e se tiver sorte, porque a planta é velha demais.

Masakazu, que estava com muita pressa, perguntou se não poderia antecipar a entrega. O funcionário da prefeitura o chamou para mais perto e falou baixinho no seu ouvido:

— Se pagar duzentos reais, posso procurar pessoalmente. Uma vez achado o original, eu tiro a cópia na hora para você. Pode crer.

Ele pagou a quantia que o encarregado pediu e a cópia saiu em trinta minutos.

Momoe ficou brava com a ingenuidade do marido. Porém sabia que não adiantaria reclamar. Não foi a primeira vez. Era um defeito dele.

O que ela não podia perdoar era a teimosia dele de insistir na ideia de voltar ao Japão, apesar da forte recusa dela. Ele negociava com o feirante escondido, sem falar com ninguém. Ambos começaram a criticar e xingar um ao outro e a briga não tinha fim.

No telefone, Momoe disse:

— Cansei daquele homem.

Estranhamente, o tom de sua voz era muito calmo, como se tivesse desistido de tudo.

Ela começou a chamá-lo de "aquele homem" fazia algum tempo, em vez de "ele" ou "seu avô", como costumava dizer. A expressão "aquele homem" dita naquele momento era a mais fria que Kanna já tinha ouvido.

No telefone, seus assuntos oscilavam muito, como um pêndulo de relógio de coluna antigo. Num momento, mostrando muita disposição, disse:

— Não vou morrer de jeito nenhum antes de ver seu casamento!

Porém, em outro momento:

— Próximo sábado seria aniversário do seu pai. Se estivesse vivo, faria quarenta anos. Estaria no auge da vitalidade de um homem. Estou ficando fraca e com muita saudade dele.

Ela não era mais aquela que bancava a durona.

— Sinto que minha vez está chegando. Quero terminar minha vida aqui na Colônia, onde estão as cinzas dos seus pais — Kanna escutou o choro abafado do outro lado da linha.

— Vá em frente, minha neta. Sempre torcerei por você.

Essa última frase ainda estava ecoando nos ouvidos de Kanna.

DÚVIDA SOBRE O NATTO

(1)

Carlos enfim dormiu bem, após duas noites seguidas de curto sono. Levantou-se antes de a calopsita começar a gritar por comida.

Conseguiu sair da cama sem hesitação. Quando esticou a coluna, não sentiu dor. Fazia tempo que não tinha uma manhã tão boa. Todavia, quando entrou na cozinha atraído pelo cheiro do café, toda a euforia se esvaiu ao ouvir o que disse Olívia:

— O rádio acabou de avisar que vai ter corte de água a partir de quarta-feira.

— Mas quarta-feira é amanhã, não é? Se fosse no verão, tudo bem. Mas estamos no inverno! Não dá para entender! — disse olhando para Olívia, como se a culpa fosse dela.

Ela encolheu os ombros:

— Não me olhe assim. Não sou da companhia de saneamento.

O reservatório de quinhentos litros da casa acabaria em dois ou três dias. No verão daquele ano, houvera um corte de água por uma semana em razão da seca da fonte, o lago Dois Corações. Carlos lembrou do tremendo incômodo causado por aquela anomalia climática.

* * *

Ao chegar à delegacia, primeiramente ligou para a oficina de Koichi a fim de saber a que horas ficaria pronta a bicicleta de Lucas. Quando o delegado a tomou de volta no assentamento dos sem-terra, um dos retrovisores estava quebrado e a armação, pintada de vermelho, toda riscada. Além disso, alguns adesivos de heróis de animação japonesa tinham sumido. Koichi prometeu que tentaria recuperar a bicicleta o quanto pudesse; tinha pena de Lucas, pois o brinquedo era novinho quando foi tomado dele.

O mecânico japonês respondeu que às duas horas da tarde o delegado poderia passar lá para pegar. No telefone, assuntos sobre a saúde do casal Sato e a morte de Antônio também foram abordados.

Ele disse que a neta Sato havia chegado de São Paulo no dia anterior. O caso foi transferido à Delegacia de Tomé da Conquista, mas Carlos estava preocupado com a saúde do casal.

— Não seria mau passar agora no hospital para ver como eles estão e, à tarde, ir à oficina mecânica para pegar a bicicleta e levá-la a Lucas — ele falou sozinho, confirmando a agenda do dia consigo mesmo. Depois de avisar Anselmo de sua saída, foi ao pátio para pegar o carro.

(2)

Quase na mesma hora em que Carlos saía do pátio da delegacia, Kanna comprou o jornal perto do hospital e procurou a matéria sobre Antônio. Na primeira página, ela viu que estava publicada uma notícia mais detalhada sobre o caso:

A Polícia Federal, em ação conjunta com a Delegacia da Polícia Civil de Tomé da Conquista, determinou Antônio Alves Pereira como autor do crime contra o casal Sato. Depois de uma procura intensa, as autoridades acharam o criminoso no Hospital Santa Casa de Tomé da Conquista. Ele estava internado devido a um ferimento causado por agressores não identificados na imediação da bifurcação da estrada estadual com a Estrada Coronel Durval Ramos de Souza Alcântara, mais conhecida como a "Estrada da Colônia". Porém não resistiu aos ferimentos e morreu às duas horas da madrugada de ontem. A arma do crime estava em sua mochila e foi recolhida pela polícia.

Para Kanna, quem estava no jornal seria um outro Antônio que ela desconhecia totalmente.

* * *

Quando chegou perto da cama de Masakazu, já na enfermaria, ela ouviu Elias explicando ao seu avô, gesticulando muito com as mãos, sobre a operação da vesícula. De acordo com ele, a cirurgia de extração seria feita por meio de uma laparoscopia, que não deixaria uma grande cicatriz, como no caso de uma operação convencional.

Masakazu pediu a Kanna que dissesse que ele também tinha problema de vesícula. Quando ela fez o que o avô pediu, o vizinho respondeu:

— Ora, ora! — Seu rosto brilhou. — Depois de terminar a operação, vou te contar tudo tim-tim por tim-tim. Espere até lá.

O vizinho só não sabia que, em razão de a cirurgia ser feita sob efeito de anestesia geral, ele não se lembraria de nada depois de acordar.

Parece que chegou a sua hora. Sendo levado pela maca, ele deu "tchau" para os dois. De repente, Masakazu respondeu "Boa sorte!", em português! Kanna ficou surpresa, e o próprio Masakazu parecia não acreditar no que havia saído da sua boca. Elias acenou para eles com um sorriso largo.

(3)

Meia hora mais tarde, Carlos estava na recepção do hospital perguntando onde estava Masakazu Sato. Quando chegou à enfermaria, viu, entre muitas camas e pessoas, uma japonesa com cabelo preto e bochecha fofa conversando com um paciente deitado numa cama perto da janela. Ele se aproximou e se apresentou. Kanna estava com um pulôver longo bege, decote em V, sobre um suéter laranja com estampa de flores. Seus olhos pretos e amendoados impressionaram Carlos.

— Meu avô não está falando muito bem o português em virtude do choque que recebeu. Apenas fala o japonês. O médico nos explicou que é uma afasia temporal. Contudo, ele entende o que falamos, portanto o senhor pode fazer as perguntas para ele que eu traduzo as respostas.

Carlos achou a maneira de falar dela muito formal. Ela devia estar pensando que ele veio para interrogar o seu avô.

— Não vim para interrogatório. Quem está tomando conta do caso é a Delegacia de Tomé da Conquista. Minha visita é só para ver como seus avós estão — Carlos esclareceu.

— Ele está se recuperando bem. A enfermeira disse que a comida será normal a partir de hoje — contou Kanna.

De repente, Masakazu gritou "pinga não!" e balançou o dedo indicador para a direita e para a esquerda, fazendo Carlos e Kanna rirem.

Carlos tinha uma dúvida que o incomodava já fazia tempo. Um dia, queria esclarecer isso com algum japonês.

"Hoje a visita é particular, portanto seria uma boa oportunidade para isso", o delegado monologou.

A dúvida tinha a ver com o cunhado *nisei* dele, que morava ao lado de sua casa. Chamava-se Tadashi, marido da irmã de Olívia. Cinco anos antes, o bazar que tocava com sua mulher começara a ter prejuízo, e ele não achou outra saída a não ser o seu fechamento. Até pensou em sumir de Bragança Coroada para se livrar dos credores. Mas, quando apostou no negócio da informática, abrindo uma lojinha de computadores, *games* e acessórios, sua vida deu uma grande guinada. Desde então, o negócio estava indo de vento em popa.

Então Carlos contou que, no começo do ano, Tadashi fizera uma festa de aniversário para o seu filho em estilo japonês, quer dizer, com comida e bebida japonesa. Na ocasião, Carlos dissera na frente de todos:

— Não há ninguém que goste de comida japonesa mais do que eu! — A declaração saiu meio exagerada, devido à grande quantidade de saquê que ele havia tomado, já que era de graça.

Ao escutá-lo, Tadashi levara uma tigela de soja podre com cheiro horrível e dissera:

— Se você comer tudo isso, *brother*, vou acreditar que você é realmente um grande amante da comida japonesa.

Assim, ele fora obrigado a engolir a tigela inteira de soja podre que soltava baba.

Kanna disse ao pé do ouvido de seu avô que o delegado estava falando de *natto*, e Masakazu acenava com a cabeça.

Carlos continuou:

— Eu engoli com os olhos fechados, mas logo senti meu estômago embrulhando todinho. Fingindo que não viu a minha agonia, Tadashi começou a propaganda de *natto*, dizendo que os japoneses gozam de longevidade porque comem aquela soja fermentada todo dia, e que, ela, além de fortalecer o sistema imunológico, ajuda a regulagem das funções do intestino, diminui o colesterol ruim, fortalece os ossos etc. Para completar, ainda disse que tinha colocado um ovo cru a pedido de Olívia, minha esposa, por ter efeito afrodisíaco. Aí eu entendi. Aquela coisa parecida com muco de nariz era o ovo cru! Minha esposa e a irmã dela estavam dando gargalhadas na porta da cozinha. Foi o maior vexame para mim!

Kanna e Masakazu também tentavam conter a vontade de rir.

— Quando eu comprei dele uma maquininha de *game* para o meu filho, ele garantiu sua qualidade. Mas a porcaria não durou nem uma semana. Eu pedi para trocar por outra, mas ele recusou, alegando que o produto quebrou em consequência do mau uso do meu filho. Desde então, não estou acreditando nele. É um enrolão! Por isso queria perguntar para vocês se a soja podre é mesmo boa, como ele disse, para viver muito e para diminuir o colesterol ruim.

— A sede da empresa em que eu trabalho — disse Kanna — fica no Japão e convida todo ano os brasileiros novatos para treinamento. Quando perguntamos a eles, depois de voltarem do Japão, de qual comida japonesa gostaram mais, geralmente eles respondem que foram *sushi*, *sashimi* (peixe cru) e *tempura*. Quando perguntamos se não gostaram de alguma comida, a maioria responde: *natto*.

A informação dela animou Carlos porque não era só ele que não gostava de soja podre.

— Ouvi dizer que o resultado de uma pesquisa científica provou o efeito do *natto* para conter o colesterol ruim — completou ela.

— Tadashi cria galinhas no quintal. A mulher dele disse que ele come arroz com ovo cru todo dia. Isso é normal? — perguntou o delegado.

— No Japão, muita gente gosta de arroz quente com ovo cru.

— Não dá para crer!

Carlos balançou a cabeça repetidamente.

Masakazu estava com os olhos fechados. Talvez o aquecedor embutido na parede perto de sua cama tivesse feito que ele caísse no sono.

Kanna disse que trabalhava como secretária da diretoria de uma firma durante o dia e estudava numa faculdade à noite em São Paulo. A firma fazia parte de uma empresa japonesa que fabricava produtos eletrodomésticos. Carlos tinha comprado um secador de cabelo desse fabricante fazia vinte e cinco anos; Olívia usava o produto ainda todos os dias.

O delegado disse à Kanna que, para uma moça como ela, jovem, bonita, trabalhando numa firma de primeira linha e estudando numa faculdade, a vida seria cor-de-rosa. Disse isso sem exagero, mas ela respondeu:

— Não é como o senhor pensa. É muito difícil uma jovem inexperiente do interior morar sozinha em uma cidade grande como São Paulo, convivendo com diversos tipos de pessoas; cada um tem sua própria história, seus pensamentos, seu hábito e caráter etc.

Ela contou, citando como exemplo, a dificuldade que sentia no relacionamento interpessoal.

Carlos ficou admirado com seu português, que era como se fosse de uma âncora da TV; preciso, fluente e sem sotaque.

Quando chegaram o médico e a enfermeira para a inspeção de rotina, ele se levantou do banquinho para se despedir:

— Qualquer coisa que precisar, é só chamar.

Ele deixou um de seus cartões com Kanna e foi embora.

(4)

O médico disse que Masakazu teria alta dentro de dois dias, já que estava se recuperando bem. Quando avô e neta estavam festejando, chegou Koichi. Ele disse que tivera muito trabalho nos últimos dias, pois tinha recebido um grande número de máquinas agrícolas para reparo durante o período de festas juninas. Só naquele momento achou tempo para visitar o casal. Kanna pediu desculpas por tê-lo incomodado bastante em razão do acontecido com seus avós.

Masakazu fez Koichi e Kanna rirem, contando o que tinha acontecido na noite anterior.

Por volta das onze horas, ele acordou querendo urinar, talvez por causa do suco de laranja servido na janta e da garrafa *pet* de água mineral que Kanna havia deixado com ele. Masakazu saiu da enfermaria com o corpo quente e, até chegar ao banheiro, não sentiu frio. Contudo, quando urinava, seu corpo começou a tremer. O ar gelado trinchava sua pele. Ele estava vestindo só o roupão fornecido pelo hospital. Se não voltasse logo ao quarto, poderia morrer congelado ali mesmo. Seria a manchete do jornal do dia seguinte, sem dúvida! Procurou desesperadamente alguém para pedir socorro, mas não achou ninguém. Arrependeu-se de não ter usado o penico. Apesar do susto, finalmente conseguiu chegar de volta à enfermaria.

Depois de Masakazu contar o ocorrido, Koichi sugeriu a Kanna que fosse à casa dos avós na Colônia a fim de trazer pijamas e roupas íntimas para Masakazu e Momoe. Ele disse que, se fosse na moto com ele, ela poderia voltar antes do almoço. Kanna aceitou a sugestão. Seu avô então pediu o CD *player*, um CD de Procol Harum, o aquecedor de água, a chaleira, as xícaras e o chá japonês; o CD era para Momoe ouvir quando melhorasse.

Ao chegar à Colônia, Kanna viu os filhos de Yasuhiko Koketu jogando bola com Pinta no quintal da casa. Deviam estar vigiando. Pinta veio correndo que nem louca pedindo seu abraço e carinho, e fez Kanna chorar. Ela tinha ouvido que a família Futabayashi estava tomando conta da cachorra. Para não deixar Koichi esperando por muito tempo, pegou só as roupas e o que seu avô pediu.

Ela não sabia, até seu avô lhe contar, do grave acidente de Lucas com o fio de pipa e da agressão sofrida por José no acampamento dos sem-terra, pois Momoe não lhe contara para não a preocupar. Kanna, aproveitando a carona na moto de Koichi, pediu-lhe mais informações. Eram chocantes os detalhes que o mecânico contava durante as viagens de ida e volta. Ainda por cima, a morte de Antônio! A família de José devia estar abalada e Irene devia estar precisando de consolo! Kanna ficou com o coração apertado.

Voltando à enfermaria do hospital, ela organizou a mesa de cabeceira, pondo o aquecedor de água, a chaleira e as xícaras em cima; as roupas, o CD e o CD *player* no armário; e o chá japonês na gaveta.

Koichi se despediu dos dois para fazer as compras de produtos japoneses que os colonos haviam pedido.

(5)

Depois de almoçar no Carlito e tirar uma soneca na poltrona velha de seu quarto na delegacia, Carlos sentiu que a vida voltara a ser como antes. Saiu da delegacia às duas horas rumo à oficina de Koichi.

Deixou a Blazer no estacionamento do terminal rodoviário. Quando entrou na oficina, o japonês estava comendo nos fundos, no escuro.

— Já está jantando? — brincou Carlos.

— Não. Eu estou tomando café da manhã.

O mecânico disse com um sorriso amigável. A resposta dele não foi de brincadeira. Chegara cedo à oficina para trabalhar na bicicleta de Lucas, mas tinha tanta coisa para arrumar que esqueceu de tomar o café da manhã. Quando terminou a pintura, aproveitou o tempo que levaria para secagem da tinta e foi visitar Masakazu no hospital. Depois, fez compras na loja de produtos japoneses e, ao voltar à oficina, já eram quase duas horas.

Koichi caprichou na restauração da bicicleta, que estava encostada na parede. Parecia novinha.

— Bem trabalhada! Lucas vai adorar!

Quando Carlos agradeceu, o mecânico japonês riu acanhadamente.

O delegado não conseguiu conter a sua curiosidade.

— A propósito, você é casado?

— Minha mulher morreu faz tempo — respondeu Koichi catando a comida no canto do marmitex.

O delegado perguntou quantos anos ele tinha. Pensava que o mecânico japonês teria uma idade mais ou menos igual à dele. Contudo, ele respondeu ter sessenta anos.

— Não vai se casar novamente? Para poder comer sempre uma comida quentinha?

— Com a idade que tenho, ninguém quer se casar.

— Quem sabe? As estatísticas dizem que uma relação verdadeira entre homem e mulher entra na fase mais gostosa a partir dos sessenta anos.

Koichi riu alto por achar muito engraçada a expressão "na fase mais gostosa". Vendo a boa aceitação de sua piada improvisada, Carlos sintonizou com a gargalhada do japonês.

(6)

À tarde, Masakazu recebeu a visita das esposas de Tanji Shimizu e Sadawo Watanabe. Elas trouxeram um vaso de azaleia e uma embalagem de um doce chamado *sakura mochi*, feito de arroz tipo *mochigome*, recheado de massa de feijão açucarada e embrulhado em folha de cerejeira. As duas mulheres disseram que capricharam muito na confecção do doce na noite anterior, sabendo que ele o adorava. Diga-se de passagem, Masakazu era muito querido entre a mulherada da Colônia.

Em frente ao prédio da Associação da Cultura Nipo-Brasileira, havia oito pés de cerejeira de duas espécies: uma se chamava *somei-yoshino*, e a outra, *yamazakura*. A folha que se usava no *sakura mochi* era da segunda espécie. A esposa de Tanji disse que naquele ano a floração chegaria mais cedo, já que estava nítido o sinal de brotamento em algumas cerejeiras. O curso natural da conversa os levou ao assunto da tradicional Festa Colonial de Cerejeira. Kanna fez um chá japonês com a chaleira que havia trazido da casa na Colônia. Eles se divertiram, comendo doces, batendo papo e rindo à toa, sem fim. Quando as duas se levantaram com as palavras de despedida, Masakazu e Kanna agradeceram a sua visita e disseram:

— Gostaríamos de pedir que continuassem a vigiar a nossa casa por mais um tempo, por favor.

— Pode deixar. Um tem que ajudar o outro na dificuldade. Não liga, não.

Depois de elas irem embora, Masakazu comentou:

— Ontem a visita foi do casal Hidaka e hoje foram o senhor Koichi e as esposas dos senhores Shimizu e Watanabe. Quanto mais as pessoas da Colônia vêm, mais forte fica a saudade da nossa casa. Sua avó tem razão de não querer sair de lá.

Aproveitando a fala de seu avô, Kanna contou sobre a última conversa que teve com sua avó ao telefone.

— A vó disse algo estranho antes de desligar o telefone.

— O que ela disse?

— Vá em frente. Sempre torcerei por você.

Masakazu manteve o silêncio.

— Na hora, eu achei que ela tinha mudado de ideia e resolvido voltar ao Japão para o tratamento. Porém, pensando bem, o que ela queria dizer não era isso. — Kanna deu uma olhada discreta para o rosto do avô.

Masakazu, por sua vez, entendeu bem o que a sua esposa quis dizer.

— Pois é... Ela disse para mim um dia antes do acontecimento que seria melhor morrer do que voltar ao Japão e seus familiares, parentes e conhecidos verem-na arruinada.

O rosto dele ficou desfigurado de angústia. Kanna não aguentou ver seu avô daquele jeito e desviou o olhar para a cama vazia do vizinho.

Logo depois de voltar do coma induzido, uma suspeita que nascera dentro de Masakazu vinha se tornando cada vez mais forte e ele não podia segurá-la mais dentro de si. Já que a conversa com sua neta chegou exatamente naquele ponto, ele decidiu contar:

— Eu estava pensando sobre o que aconteceu conosco. Pensando mais, fica mais forte a suspeita de que foi ela quem atirou em mim e nela.

Inconscientemente, Kanna espremeu o jornal que estava em suas mãos.

Masakazu continuou, tentando se lembrar daquele momento:

— Lembro-me do aroma de água-de-colônia que entrou no meu nariz quando alguém ficou em cima de mim. Aroma de lavanda, o preferido de sua avó.

Kanna estava cabisbaixa.

— Pensei que o agressor usava a mesma água-de-colônia por coincidência, pois é vendida em qualquer farmácia ou supermercado. Mas até agora não consigo me convencer — continuou ele. — A propósito, Antônio não tem nada com o caso. Tenho absoluta certeza. Para mim, não há outro suspeito a não ser a sua avó.

— Vovô, você está errado! Ela não seria tão fraca escolhendo a morte para fugir das dificuldades. Ainda mais levando você junto! Não seria capaz de fazer uma coisa tão cruel!

Kanna protestou contra a dedução de seu avô, porém, logo percebeu que só as palavras estavam rolando, sem sintonizar com seu coração.

Masakazu pregara os olhos no vaso de azaleia sem falar mais nada.

TALISMÃ

(1)

Carlos pegou a bicicleta vermelha na oficina de Koichi e a levou até o estacionamento para colocar na Blazer. O coração dele ficou cheio de alegria só de pensar em entregá-la a Lucas. Quando se fala em bicicleta, o delegado tinha uma lembrança muito especial ligada à sua infância.

Ele nascera numa família de extrema pobreza, numa comunidade quilombola a vinte e oito quilômetros de Bragança Coroada. A família tinha quinze pessoas no total, ou seja, os pais, os avós, cinco irmãos — incluindo ele — e seis irmãs. A única fonte de renda era os dez ares de terra, e, por isso, muitas vezes a família passava o dia sem comer nada. Ficavam longe de serviços públicos, como água potável, esgoto, eletricidade, hospitais e transporte coletivo, e também completamente alheios a diversões, como festas, televisão ou cinema. Enfim, viviam longe da civilização.

A pobreza o privou de tudo, menos do sonho de, um dia, ganhar um presente, mesmo que fosse só uma vez na vida. Sabia que não podia contar com seus pais nem com os parentes. O único salvador era Deus. Não se sabe a partir de quando, mas ele começou a imaginar que, um dia, Deus se transformaria em pastor ou padre e apareceria na porta de sua casa perguntando o que ele queria receber de presente. A resposta estava sempre na ponta da língua: uma bicicleta!

A bicicleta imaginária ia sempre com ele, onde quer que ele fosse. Já havia viajado o mundo inteiro com ela. À medida que Carlos crescia, porém, a vontade de ter uma bicicleta verdadeira ganhava força.

Mas a vida aqui na terra não era doce como no céu. O dia que Carlos esperava nunca chegou. Quando aparecia um pastor na sua porta, não era para dar presentes, mas para pedir a contribuição. Seus pais diziam que não havia dinheiro, então o pastor levava mandioca e milho: alimentos para a sobrevivência da família. Era assim com todos os pastores ou padres que os visitavam.

Depois de ver essa cena repetidas vezes, que envergonharia até um cobrador impiedoso de dívidas, sua esperança em Deus foi diminuindo e, em seu lugar, tomava conta a resignação. Enfim, o sonho da bicicleta nunca se realizou. Só ficou cravado no fundo do coração como um trauma inesquecível.

Em razão dessa triste lembrança, o delegado compreendia muito bem como Lucas se sentia. Devia estar chorando toda noite pensando na sua bicicleta roubada. O fato pesava ainda mais na consciência de Carlos, pois ele sabia onde ela estava. Tinha de fazer alguma coisa. Por isso, usou os quatro sem-terra como meio de troca.

* * *

A Blazer começou a subir a ladeira de pedras e rochas expostas. Pisava fundo no acelerador, mas as rodas patinavam e o carro não subia. Sentiu cheiro de algo queimado — poderiam ser os pneus desgastados, tanto que já mostravam feixes da cinta. Ou problema com as sapatas de freio, se ainda as tivesse! O disco de embreagem seria outro suspeito. Com as costas molhadas, ele começou a se preocupar seriamente: "Será que terei de voltar a Bragança Coroada a pé?".

Chegou ao terreno de José com muita manobra e sacrifício, mas o barraco não estava mais lá. Havia só dois pés de manga queimados. No chão, um amontoado de barro que fazia parte da parede e pedaços de tábua de madeira carbonizados. Ele imaginou que a família tivesse voltado para sua terra natal por causa da mágoa com tantas tragédias, uma após a outra. Mas precisava queimar a casa? Ele se lembrou daquele bar onde o Alemão perguntara sobre a localização da casa de José quando foram pela primeira vez. O dono do bar devia saber o que tinha acontecido com a família de José.

Desceu a ladeira e encostou o carro no bar. Quando entrou, o dono estava escondendo botijões de gás apressadamente debaixo da lona de vinil. Carlos franziu a testa. Todos os bares nessa área trabalhavam sem autorização. O próprio barraco ou casa usado como bar foi construído clandestinamente em terreno do governo estadual. Mesmo assim, até então, as autoridades não haviam tomado nenhuma providência. Ainda por cima, faziam vista grossa a respeito da venda de bebidas com alto teor de álcool. O botijão de gás se encaixava na mesma situação. Era preciso ter autorização do órgão fiscalizador, cuja exigência era mais severa do que a da venda de bebidas alcóolicas. Contudo, nenhum bar que vendia os botijões tinha essa autorização em Queimada.

Carlos deixou o assunto de lado, visto que sua preocupação no momento era com a família de José.

— O que aconteceu com o barraco de José? — interrogou ele.

— Alguém ateou fogo na madrugada da segunda-feira passada. Os vizinhos tentaram apagar, mas as chamas se espalharam muito rápido. Não sobrou nada.

— José não estava com dificuldade para andar? E a mulher e o neto?

— Todos estão bem. Mas saíram só com a roupa do corpo. José foi levado para fora pelos vizinhos. Eles ficaram até de manhã, mas não sei para onde foram depois.

— Quem fez isso? Você não sabe?

O dono sinalizou um "não" com a cabeça.

O delegado logo pensou que os primeiros suspeitos seriam os colonos japoneses. Eles deviam ter ateado fogo na casa dos pais de Antônio em retaliação ao crime do rapaz. Ele se lembrou do rosto dos japoneses que vira na reunião. Podia ser aquele nervosão que tinha ameaçado Antônio com um revólver por causa de uns morangos ou o cultivador de lótus que batera feio no menino, provocando a ira de Momoe. O ex-*sushiman*, que afirmou taxativamente que o autor do crime só podia ser um brasileiro, também seria bem capaz.

Mas, pensando bem, o autor poderia ser um morador de Queimada que, depois de encher a cara na Festa de São João, fez isso para se vingar de José em razão de uma provável rixa antiga. Ou isso foi simplesmente o ato de um imbecil qualquer que queria aquecer o corpo porque estava muito frio naquela noite.

— Vou perguntar mais uma vez. Você não sabe mesmo para onde eles foram?

Quando viu o dono do bar balançando a cabeça negativamente, a paciência do delegado atingiu seu limite.

— Me deixa perguntar uma coisa. Por acaso, esse terreno é seu ou do governo estadual? E a casa tem alvará da prefeitura? O bar precisa ter licença. Você tem? A venda de gás precisa de autorização. Cadê ela? E as bebidas alcoólicas...

O dono do bar não aguentou mais a rajada de perguntas do delegado.

— Chega, chega! Me deixe falar... — O pavor o fez engasgar. — Não sei o que eles fizeram de errado. No entanto, ultimamente estão sofrendo demais. Você não poderia deixá-los em paz por ora? — o comerciante disse, com muita cautela e modéstia, para não provocar mais a ira do delegado.

— Espere aí! Eu não vim para pegar ninguém. Estou aqui só para devolver a bicicleta roubada de Lucas.

O dono percebeu o seu equívoco e tentou disfarçá-lo com um sorriso amarelo.

— Peço desculpas. Foi um mal-entendido. Eles foram para a Colônia. Estão escondidos na casa do japonês, aquela que eles estão tomando conta.

— Onde fica essa casa?

— Dizem que fica bem no começo da Avenida Ginza. A casa de sobrado, no outro lado daquela que foi assaltada recentemente.

— Você disse que eles escaparam do fogo, mas ficaram só com a roupa do corpo? Sem nadinha mesmo?

— Pois é... Os amigos estão ajudando e eu também. Hoje mesmo, veio Irene e levou saquinhos de leite e farinha de mandioca.

— E o pagamento?

— Vou cobrar de Deus.

O dono simpático disse que se chamava Patrício e era da mesma vila de José no Sertão do Nordeste.

— A propósito, você pode fazer um favor para mim? — pediu o delegado.

De repente, o sorriso do comerciante sumiu e o olhar desconfiado apareceu. Ele não queria amizade com policiais. Era melhor manter certa distância, senão seria prejudicial para seu comércio.

— Eu queria saber o nome do cara que se atreveu a queimar o barraco de José. Não posso deixá-lo solto, porque a família não poderá ter sossego nunca se tiver de se esconder na casa do japonês para sempre. Tenho que pegar esse sujeito. Você entende o que estou falando?

— Entendo, mas não sei de nada. Juro por Deus! — disse Patrício soltando um suspiro profundo.

— Você conhece muita gente por aqui. Pode perguntar para seus fregueses bem informados.

Ele ficou sem saber o que deveria fazer com o abacaxi.

— Pode esperar dois ou três dias? Preciso pensar um pouco.

Depois de dar uma desculpa tão ridícula, o comerciante não tinha coragem de encarar o delegado.

Como temia, imediatamente veio a reação violenta de Carlos.

— Você deve estar brincando comigo! Se o cara descobrir o esconderijo de José, vai atear fogo nele também. Aquilo lá é uma casa. Não é como queimar um barraco mixuruca. Se isso acontecer, juro por Deus que vou investigar os quatro cantos de Queimada e, aproveitando a ocasião, darei uma varredura total em atividades ilegais praticadas por aqui! Fique preparado! O seu bar será o primeiro e, se for autuado, ficará fechado e toda a mercadoria será confiscada!

Carlos estava apenas blefando, mas Patrício não percebeu, e ficou apavoradíssimo. Como sobreviver se o bar fosse fechado?

Carlos fixou o pôr do sol do dia seguinte como prazo para que o dono do bar entregasse o nome do ateador. Não o deixou protestar. Encurralado, não teve outra escolha a não ser aceitar. Com a cabeça confusa, ele tentou se lembrar dos fregueses que tomavam cachaça ou cerveja no seu estabelecimento. Mas eles não vinham toda noite, e nem todos eram bem informados. E se não viesse ninguém? Ele resolveu fechar o bar mais cedo para sair batendo à porta da casa dos fregueses, uma por uma, até conseguir o nome do ateador.

(2)

Carlos saiu do bar e entrou na Avenida Ginza. Parecia que a Blazer tinha recuperado o bom humor, já que não sentiu mais aquele cheiro de queimado nem ouviu ruídos esquisitos. Devia ter sido tudo por causa da maldita subida cheia de pedras e rochas.

As nuvens escuras cobriam o céu, e ele sentiu a queda de temperatura.

Parou o carro em frente à casa de Okamoto. Abriu o portão da cerca de madeira e entrou no terreno. Eram quase quatro horas da tarde.

Não havia ninguém. A porta da casa estava trancada. Viu o depósito e o galpão de secagem de alho no fundo. Foi até o depósito.

— Tem alguém aí?

Não houve resposta. Esperou alguns segundos. De repente, ele sentiu alguma coisa atrás de si. Quando se virou, viu Lucas tapando a boca com as mãos para segurar o riso! Parecia que o menino estava fazendo xixi atrás do depósito, porque o zíper de sua calça estava aberto.

— Como vai, meu guri?! Tudo bem?

Carlos pegou o pequeno homenzinho e o pôs no colo. Lucas abraçou o seu pescoço grosso e disse a meia-voz, como se contando um segredo especial para um amigo íntimo:

— Eu já posso falar, tio Carlos.

Sua voz ainda era áspera, porém a atadura enrolada no pescoço era bem mais fina que a anterior. A notícia deixou Carlos tão contente que ele deu dois beijões na bochecha do menino.

— Trouxe para ti um presente. Vamos até o carro?

Ele pôs Lucas no chão e deu um tapinha no seu traseiro. O menino foi voando para o portão da cerca.

— Olhe aqui! Eu trouxe de volta teu tesouro!

Ao tirar a bicicleta pela porta traseira da Blazer, Lucas gritou como louco. Em seguida, começou a tocar a campainha da bicicleta chamando Irene.

— Vovó, vovó! Vem cá, vem...

Irene não apareceu.

Lucas pegou um pequeno objeto em formato de estojo, que estava pendurado em seu pescoço por um cordão, e tentou amarrá-lo no suporte do retrovisor.

— Deixe que eu faço — Carlos o pegou. A peça era feita de pano com fios de várias cores, como ouro, prata, vermelho, preto, marrom etc. O tamanho era um pouco maior que o de uma caixinha de fósforos, com formato perpendicular e espessura de menos de um centímetro. Estavam escritas em fio de ouro palavras orientais. Ele viu um parecido no para-brisa do Corolla, que Tadashi comprara recentemente. Lembrou disso porque seu cunhado deixava o carro na frente da sua casa quase todo dia para ostentar. Podia ser um talismã japonês.

— Lucas, que coisa bacana que tu tens! É um talismã? Quem te deu isso? — Carlos perguntou por curiosidade.

— Foi tia Momoe. Ela me disse para pendurar isso no pescoço para me proteger da maldade dos outros. Mas eu quero colocar isso na minha bicicleta para não ser roubada nunca mais.

Após terminar de colocar o talismã, Lucas montou na bicicleta e perguntou:

— Tio, posso dar uma voltinha? Só pouquinho?

Lucas não duvidava que o delegado dissesse um "sim". Todavia, Carlos não largou o guidão.

— Quando tua tia deu isso?

— No dia em que fui com meu pai na casa dela para arrumar as coisas. Fiz um balão bem grande com meu pai e minha tia.

— Então, tu também foste à casa da tia naquele dia. E o que fizeste com o balão? Soltou junto com tua tia?

— Não. Só olhava do quarto de cima dessa casa com meu pai.

— Tu vieste para essa casa para ver o balão?

— Não para isso. Vim para falar com minha mãe no telefone.

Carlos tentou entender o que Lucas disse; o menino veio a essa casa com Antônio no dia do crime. Não entendeu bem sobre o telefone com a mãe dele, mas o menino viu Momoe soltar o balão. Devia ser de noite. Então ele poderia ter visto algo a mais sobre o que aconteceu com o casal!

O coração dele começou a bater acelerado. Se Antônio estivesse vivo... Mas não adiantava querer quem não estava mais... O delegado decidiu tentar a sorte com Lucas para saber mais:

— Lucas. Tu sabes a que horas veio aqui com seu pai?

— Já era de noite, mas não sei dizer a hora.

Irene ainda não lhe ensinara a ler as horas. Além do mais, ele estava doido para dar uma volta com a bicicleta; na sua cabeça não tinha mais espaço para pensar em outra coisa.

— Vai demorar — falou Carlos para si mesmo. Pensou em deixar Lucas brincar com a bicicleta à vontade e depois perguntar sobre aquela noite.

Foi aí que veio um lampejo! Depois que a voz de Lucas voltou, Irene devia ter conversado muito com o menino, inclusive sobre a vinda dele para esta casa com seu pai.

Ele não era bom em lidar com mulheres como Irene. Contudo, não havia outra escolha.

—A bicicleta é tua, mas, antes de montar nela, é melhor perguntar aos teus avós se pode ou não.

Puxando a bicicleta, ele foi com Lucas, relutante, para o depósito.

Quando o menino chamou Irene, ela abriu a porta. Parecia uma pessoa desprovida de todos os motivos para viver. Coberta de farrapos e bem mais magra que no domingo anterior. Ela evitava olhar para ele. Julgando pela idade de Antônio, devia ter quarenta e poucos anos. No entanto, sua aparência dava a ela quase sessenta.

Ignorando Carlos e a bicicleta, ela se sentou em um toco para cortar lenha, olhando longe.

— Vovó, posso montar na bicicleta? Só um pouquinho?

Lucas encostou nela, carente, mas ela não respondeu.

Carlos abriu a boca:

— Sinto muito sobre Antônio. Já terminou o enterro?

Não houve resposta. Contudo ele sabia. O rapaz morrera às duas horas da manhã do dia anterior. Pegando o atestado de óbito pela manhã, o enterro devia ter terminado no mesmo dia, antes de escurecer. Diferente dos ricos, funeral de pobre era simples e rápido.

— Não adianta nada dizer para vocês, porém pegamos ontem os autores do assassinato de seu filho. Vocês devem ter recebido o aviso da delegacia. Foi coisa dos moleques sem-terra. Eles confessaram que queriam dinheiro para ir à festa de véspera de São João.

Irene permanecia calada.

—A propósito, que bom que voltou a voz de Lucas. Ele me mostrou o talismã dado por Momoe. Por acaso ele não falou para você se viu algo sábado passado em relação ao casal Sato? Pode me contar o que ele viu?

Ela olhava longe sem responder. Houve silêncio.

* * *

Irene odiava a polícia pela seguinte razão: assim como muitas outras jovens das regiões de extrema pobreza do Nordeste, ela fugiu de casa cedo e zanzou a esmo por um tempo. Ficou detida na delegacia não poucas vezes. Nunca se esqueceu de que foi abusada muitas noites pelos policiais de plantão. Certa vez um policial a deixou na cela para os homens e se divertiu com a garrafa de pinga na mão, vendo o que os detidos faziam com ela. Todos os policiais que ela conhecia eram lixos humanos.

Lucas cochichou ao pé do ouvido de Irene. Já que ela não o deixava montar na bicicleta, ele estava pedindo leite. Os dois entraram no depósito. Através da brecha entre as tábuas, podia-se ver no chão uma lata de tinta com inúmeros furos e a chama de fogo dentro. Alguns minutos depois Lucas apareceu com a mamadeira abastecida.

— Quantos aninhos tu tens? Dois? — Carlos perguntou. Lucas escondeu a mamadeira, imediatamente, com vergonha. — O tio estava apenas brincando.

Apareceu um sorriso acanhado no rosto do menino.

Irene voltou e se sentou no toco com a cara fechada.

Já que a sua paciência estava chegando no limite, Carlos decidiu agir antes que sua raiva explodisse:

— Se ele ainda não falou nada para você, melhor eu perguntar direto. Mas não aqui. Vou levá-lo até a delegacia! — atacou o ponto fraco dela.

Irene ficou apavorada. José estava de cama imobilizado e a ajuda dela era indispensável. Lucas também dependia dela. Não podia deixar seu neto ir sozinho. Contudo, esse delegado com cara de parente de *pitbull* era capaz de levá-lo na marra.

Lucas, no colo de sua avó, estava tomando seu leite, mas, quando ouviu o que Carlos disse, largou o bico de sua mamadeira e olhou para Irene. O menino adorava sua avó, mas também gostava muito do delegado. Carlos era o seu ídolo. Toda vez que ele estava em perigo em seus sonhos, quem o salvava era o "tio Carlos". Por isso, vendo o clima tenso entre eles, Lucas ficou triste.

Irene estava procurando um meio de se livrar do delegado desesperadamente.

"Mesmo falando a verdade, os policiais não acreditam ou distorcem tudo. Não dá para confiar. O que é que devo fazer?", perplexa, ela perguntou para si mesma, mas a resposta não veio. Aí percebeu o seu neto olhando-a com olhos cheios de lágrimas. Ela pensou que viu a resposta. "Desta vez, em razão do amor que tenho por meu neto, vou atender ao pedido desse maldito delegado, e deixarei tudo que vier depois nas mãos de Deus", murmurou e fez o sinal da cruz.

— Lucas. Tu vais ficar com o vovô. Ele deve estar sentindo tua falta.

Depois de ver Lucas entrando no depósito, ela começou a falar.

(3)

Na tarde de sábado, Antônio foi à casa dos Sato com Lucas para ajudar Momoe a arrumar o depósito. Depois, voltou para a casa de seus pais e jantou junto com eles. Ele estava alegre. Quando Irene lhe perguntou o porquê, disse que recebera de Momoe cem reais pelo serviço, bem mais do que esperava. Ele deu cinquenta reais para sua mãe.

Depois da janta, Irene perguntou:

— Hoje é dia do telefonema do Japão. O que vamos fazer?

Desde que Lucas chegou a Queimada, Yumiko, sua mãe, vinha conversando com ele pelo telefone às oito horas da noite de todos os sábados. Essa hora correspondia às oito da manhã no Japão. A casa de José não tinha telefone, portanto, Lucas conversava com ela pelo telefone da casa de Okamoto. Assim foi combinado entre Hiroshi Okamoto e os avós de Lucas quatro anos antes.

Houve o acidente com a pipa na segunda-feira da semana anterior. Portanto, no sábado da mesma semana, Lucas ainda estava internado no hospital. Para não deixar Yumiko preocupada, José foi à casa de Okamoto, e disse para ela que Lucas não viera porque estava resfriado.

Ela ficou preocupada, pensando que o problema respiratório tinha voltado. José a acalmou dizendo que não era nada grave.

Mais uma semana se passou e chegou novamente o dia do telefonema. A garganta de Lucas melhorou e ele até podia falar, se se esforçasse, mas, desta vez, José estava acamado devido à agressão no acampamento dos sem-terra.

Lucas podia ir com Irene, mas ela não queria deixar o marido sozinho em casa. Ele nem ao menos conseguia ir ao banheiro sem a ajuda dela. Ademais, ela não sabia montar na bicicleta. Estava fora de cogitação deixar Lucas ir sozinho até a casa de Okamoto. Porém, se ninguém atendesse a chamada, Yumiko imaginaria que alguma coisa grave pudesse ter acontecido.

— Que tal eu ir? — sugeriu Antônio.

— Se alguém vir você à noite na Colônia, pode causar um mal-entendido.

— Não tem problema. Estarei com Lucas.

Não houve outra ideia melhor. Irene entregou a chave da casa de Okamoto, proibindo seu filho de falar sobre o ferimento de Lucas e de José. O que aconteceu com os dois não havia sido contado a Yumiko. Além da chave, ela deu ao seu filho um pano novo para limpar a boca de Lucas. Sua garganta ainda não havia se recuperado completamente e a saliva saía de sua boca de forma involuntária.

Antônio montou em sua bicicleta com Lucas atrás e se dirigiu à casa de Okamoto. Não viu quase ninguém na ladeira de Queimada. Muitos moradores deviam ter ido à praça de Bragança Coroada para se divertir. Na Avenida Ginza, a maioria das casas estava mergulhada na escuridão.

Ao chegar, os dois entraram na casa pela cozinha, que ficava no fundo. Lucas levou seu pai para cima, puxando-o pela mão. Era a primeira vez que Antônio entrava na casa de Yumiko. Depois de subir a escada, os dois foram ao dormitório que tinha vista para a avenida. Era o quarto dela. As estantes fixadas na parede estavam repletas de bonecas e bichos de pelúcia. Lucas disse que sempre usava o telefone desse quarto.

Antônio sentiu o quarto meio abafado e abriu a janela que dava para a avenida. O telefone tocou às oito horas em ponto. Ele atendeu.

— Oi, Yumi. Sou eu. Tudo bem com você? — disse Antônio.

Ele ouviu um pequeno grito e, em seguida, um choro abafado. Esperou pacientemente até ela se acalmar e continuou:

— Vim com Lu porque meu pai tinha outra coisa para fazer. Vou passar o telefone para ele.

Yumiko continuou chorando baixinho.

— Mamãe, te amo muito.

Lucas tentou falar o mais alto possível, mas só saiu uma voz rouca, como um disco de vinil desgastado. Fez uma careta devido à dor na garganta e devolveu o telefone para seu pai.

Ela não conseguiu ouvir direito o que seu filho disse. Pensou que ele ainda estava resfriado.

Depois de limpar a saliva que escapou da boca de Lucas, Antônio começou a falar com Yumiko. Fazia mais de sete anos que não falava com ela. Os dois conversaram apaixonadamente, confirmando o amor mútuo por repetidas vezes. Ambos prometeram um ao outro lutar o máximo para poderem viver juntos o mais rápido possível.

Quando terminou a conversa ao telefone, Antônio olhou da janela para fora.

O ar úmido e frio fez suas narinas doerem. A temperatura devia ter baixado até perto de 0 °C. No entanto, por causa da conversa calorosa com Yumiko, ele estava suando levemente nas costas. Os pássaros e os insetos mantinham silêncio, prevendo a chuva.

— Lu! Vamos embora antes que comece a chover.

Ele apagou a luz do abajur posto em cima do criado-mudo. Quando ia fechar a janela, viu Momoe saindo da casa dela. Em seguida, a Pinta também. Parecia que ela estava esperando alguma coisa, pois olhava fixamente na direção da mata de onde vinha a Estrada da Colônia.

Quando viu uma luz pequena entre as árvores e ouviu um baixo ruído de motor, ela entrou em casa.

Lucas, que esperava seu pai na escada, olhou como se perguntando:
— Pai! Vai ou não vai?

Exatamente naquele momento eles ouviram dois tiros vindos da casa de Momoe. Assustado, Lucas correu e agarrou a cintura do pai. Quando Momoe reapareceu, estava com um balão aceso. Lucas viu e pulou de alegria, pois tinha ajudado Momoe a fazê-lo. Como se tivesse esquecido de ter ouvido tiros, ele puxou a mão do pai pedindo para descer e se juntar a Momoe para soltar o balão. Antônio pegou Lucas no colo e acariciou as suas costas. Contudo, seus olhos ficaram fixos no movimento de Momoe.

Ela começou a andar para a frente lentamente e parou a alguns metros da porta da casa. Ficou sem se mover durante alguns segundos.

— O que ela está fazendo? Pedidos para o balão levar para o céu? — Antônio tentou entender o que estava acontecendo. — Mas para que foram aqueles tiros?

Lucas, no colo de seu pai, escutava ele falando sozinho.

Da mata, a luz e o barulho do motor vinham chegando cada vez mais fortes. De repente, eles ouviram um novo tiro. Momoe caiu e o balão que estava em sua mão se soltou. Antônio, com Lucas no colo, desceu correndo a escada. Deixou o menino junto da bicicleta na porta da cozinha.

— Espere aqui até papai voltar. Entendeu?

Ele foi correndo em direção à casa dos Sato. Em seguida, chegou uma motocicleta. Lucas, agachado atrás da bicicleta, viu Koichi entrando no terreno de Momoe e, alguns segundos depois, saiu correndo na avenida, no sentido de Queimada. Vendo a cara séria de seu pai e o jeito muito afobado como o japonês corria, Lucas entendeu que algo muito grave tinha acontecido. Logo viu um rapaz alto chegando com Koichi. Quase ao mesmo tempo, seu pai voltou e cochichou:

— Vamos embora, Lu.

Antônio e seu filho voltaram para casa, pegando uma trilha chamada "atalho das raposas", que passava no fundo do loteamento paralelo à avenida. Era uma vereda velha onde a molecada da Colônia e de Queimada costumava se aventurar.

— Antônio não falou nada para você, apesar de ter acontecido uma coisa tão grave?

— Não disse nada. Acho que ele não queria deixar a gente preocupado.

* * *

Irene aprendeu como lidar com a polícia através de sua experiência. Em primeiro lugar, não devia mentir. Em segundo lugar, devia responder apenas o que fosse perguntado, e nada mais.

Na verdade, ela não contou duas coisas ao delegado, simplesmente porque ele não perguntou. Uma era o comportamento inexplicável de seu filho depois de voltar da casa de Okamoto. Desde seus sete ou oito anos, ele nunca chorou diante de ninguém, mesmo quando apanhava muito do pai ou se machucava feio em alguma briga com outras crianças. Mas naquela noite foi diferente. Ele voltou da Colônia aos prantos e não disse o motivo.

Outra era o pano que deixara com ele antes de ir à casa de Okamoto com Lucas. Ela tinha dado um pano lavado e limpo, porém, quando o achou mais tarde no tanque da área de serviço, estava sujo de terra e sangue, com um leve aroma de água-de-colônia. O sangue que sujou o pano não era de Lucas. O sangue misturado na saliva dele tinha forma de grão miúdo, mas desta vez molhava uniformemente quase metade do pano, e seu volume era bem maior.

Na manhã seguinte, Irene soube o que aconteceu com o casal Sato. Pela hora em que seu filho foi à casa de Okamoto, coincidindo com a do crime, e também pela proximidade entre as duas casas, ela pensou se, por acaso, seu filho teria visto algo relacionado ao que aconteceu.

Mesmo assim, ela não entendeu por que Antônio chorava tanto. Ele não chorou nem quando o seu pai quase morreu pela agressão dos sem-terra. A dúvida sobre o sangue no pano também inflamou sua preocupação.

A ansiedade fez com que Irene criasse dezenas de pensamentos negativos, que, por sua vez, levaram-na a centenas de obsessões. Quando seu estado delirante chegou ao máximo, ela até cogitou que podia ser seu filho que tinha feito aquela atrocidade com o casal.

O que lhe devolveu seu juízo foi o fato de que Antônio estava com Lucas. Praticar um crime com seu filho de seis anos não seria algo que um ser humano faria. Ainda mais, as vítimas eram seus avós, como ele costumava dizer. Ela queria acreditar na inocência de seu filho. Mas a angústia não parava e o delírio continuou. A partir daquele dia, todo dia era um inferno para ela.

No domingo em que Carlos aparecera para interrogá-los, ela disse que seu filho estivera em casa entre as cinco e meia e as nove horas na noite do acontecimento, mas não disse que, nesse ínterim, seu filho e seu neto foram à casa de Okamoto. Ela não mentiu. Apenas deixou de dizer, porque Carlos não perguntou.

Só depois de Lucas recuperar a sua voz, ela soube o que eles viram da janela da casa de Okamoto. Aí ela entendeu por que seu filho chorava tanto quando voltou de lá.

Antônio era uma criança muito teimosa, mas leal a quem ele amava do fundo do coração. Momoe era uma dessas pessoas. Ele faria qualquer coisa por ela, que o amava muito desde pequeno. Vendo, contudo, que ela estava partindo desse mundo sozinha, sem se despedir de ninguém, ele devia ter ficado bastante triste e magoado. Ao mesmo tempo, devia ter se sentido impotente por não poder fazer nada para salvá-la. Por isso chorava tanto. Foi o que Irene pensou.

Ele se foi e ela sentia muita falta dele.

Como se quisessem estragar o sentimento profundo de Irene por seu filho, as palavras indelicadas de Carlos invadiram seus ouvidos, sem cerimônia.

— Logo depois do acontecimento, eu cruzei com ele não muito longe daqui, na Estrada da Colônia. Não entendo por que ele não contou para mim o que ele viu.

A paciência de Irene se esgotou e ela começou a gritar histericamente:

— Você perguntou por que meu filho não te contou? Está brincando! Para um negro não apanhar, tem que se fingir de cego, mudo e surdo. Mesmo que não tenham feito nada, a polícia joga toda a culpa em cima dos negros, seja roubo, seja homicídio. Quem disse que o latrocínio na casa dos Sato foi cometido pelo meu filho? Quem?

A voz de Irene subiu uma oitava e seu peito fino ondulava convulsivamente.

— Você não entende nada do sofrimento dos negros por causa do distintivo que carrega!

Ela cuspiu escarro junto com as palavras na direção de Carlos.

— Não estou inventando desculpas — tentou se defender Carlos.
— Mas quem incriminou seu filho não fui eu. Foi a Delegacia de Tomé da Conquista.

— Chega de papo furado! Isso é conversa mole para boi dormir!

Ela fechou a porta com violência.

(4)

Quando Carlos saiu da casa de Okamoto, já estava bem escuro. O depoimento bombástico de Irene não parava de retumbar nos ouvidos do delegado. Momoe não fora vítima de uma tentativa de latrocínio; ela não tentara somente cometer suicídio, mas também tinha atirado em seu marido. Não havia dúvida! A sala e o dormitório do casal estavam desarrumados. Mas televisão, computador, fogão, micro-ondas, CD *player* e outros aparelhos estavam intactos. Ela mesma devia ter revirado os armários e as gavetas para simular um latrocínio.

— Não entendo por que ela tentou se matar de maneira tão complicada. Seu apelido, Japa Louca, faz muito sentido agora.

Carlos sacudiu sua cabeça várias vezes.

A arma devia ser a tal da Beretta que Momoe usava para caçar jararacas. Não conseguiu achá-la nem na casa, nem na horta. O balão também não. Ela devia ter amarrado a ponta de um fio ao balão e a outra ponta à pistola para voarem juntos. O truque não era original. Devia ter sido copiado de algum filme ou novela da TV.

Ele se arrependeu de ter suspeitado só de Antônio. O suicídio não estava na sua cabeça.

Pensando em Antônio, surgiu uma dúvida: se ele não era o autor do crime, por que fugira do local? Queria evitar que a suspeita caísse sobre ele, como Irene disse? O coitado devia ter pensado que, mesmo falando tudo o que tinha visto, ninguém acreditaria nele, já que tinha histórico de encrenqueiro e "frequentador" da delegacia no passado. No mínimo ficaria um bocado de tempo na cadeia até aparecer o verdadeiro criminoso. Não tinha sido uma mera briga na discoteca. Tratava-se de um provável latrocínio no qual foi ferido gravemente um velho casal japonês inocente. Naquela noite, a cidade estava agitada festejando a aproximação do Dia de São João. Todo mundo enchia a cara. Bêbados adoram bagunças. Se eles soubessem que estava na cadeia um criminoso perigoso que assaltou e quase matou dois bons cidadãos, não deixariam que o sujeito ficasse numa boa, sem dúvida. Imediatamente invadiriam a delegacia para linchá-lo. E não parariam por aí. A delegacia seria incendiada também. Eles fariam isso porque seria bem mais divertido do que soltar balões.

De fato, ainda não haviam passado nem dois dias desde a tentativa de invasão à delegacia para linchar os sem-terra. Antônio tinha agido certo. Uma vez enterrado a sete palmos, sua vida não voltaria mais, mesmo recebendo mil desculpas quando a verdade viesse à tona.

Surgiu mais uma dúvida: por que ele deixara sua bicicleta no bar Magrão e fora ao ponto de ônibus com destino a Tomé da Conquista?

Na noite do crime, Carlos ainda pensava que Antônio estivesse com o dinheiro da venda da casa do casal Sato e que o rapaz iria para Tomé da Conquista a fim de pegar um ônibus interestadual e fugir para São Paulo ou Rio de Janeiro. Baseando-se nessa hipótese, ele estava no ponto de ônibus correto. Porém, mais tarde ficou esclarecido que ele só tinha cinquenta reais no bolso (dos cem reais que ganhou ajudando Momoe a arrumar o depósito). Com essa quantia não dava nem para comprar a passagem para São Paulo. Se ele quisesse fugir mesmo assim, deveria voltar à pensão em Bragança Coroada para pegar algumas mudas de roupas. Não seria lógico esperar o ônibus no ponto do outro lado da estrada. O que ele queria fazer em Tomé da Conquista? O que ele tinha de importante lá?

Demorou um pouco, mas o raciocínio de Carlos encontrou a resposta. Antônio estava indo ao Hospital Santa Casa! Devia ser isso! Logo depois de ver Momoe cair, ele havia corrido para saber o que aconteceu com ela. Mas Koichi chegou e o rapaz provavelmente se escondeu na sombra até o japonês sair apressado para pedir ajuda. Devia ter ficado mais um tempo ao lado de Momoe sem saber o que fazer. Quando percebeu alguém se aproximando de novo, resolveu ir embora, mas, vencido pela preocupação sobre a saúde do casal Sato, decidiu ir para o hospital. Naquela altura, ele devia ter suspeitado que os primeiros dois tiros foram dirigidos a Masakazu. A distância até a cidade tomense era de vinte quilômetros. Não era fácil ir de bicicleta na chuva em plena noite. Por isso ele escolhera o ônibus.

Essa foi a dedução de Carlos, baseada no depoimento de Irene. Pode ser que as coisas não tenham acontecido exatamente assim. "Mas também não estaria muito longe do fato ocorrido", Carlos pensou.

Depois de ouvir Irene, a convicção de Carlos sobre a inocência de Antônio se tornou absoluta. A questão era como prová-la. O único meio seria a confissão de Momoe. E se ela não se recuperasse? Quanto a Lucas, o seu testemunho não teria validade. Do ponto de vista etário, por exemplo, o testemunho de uma criança seria válido somente se fosse maior de catorze anos. Lucas tinha apenas seis. A prova incontestável seria a Beretta. No entanto, a arma devia estar longe, talvez no fundo do oceano Atlântico. Carlos sentiu a esperança inflamada murchando e o ânimo efervescente esfriando rapidamente dentro de si.

* * *

Quando chegou à delegacia, já eram quase seis horas. Anselmo disse que a neta do casal Sato tinha telefonado. Teria ocorrido alguma mudança no quadro clínico de Momoe? Ele ligou para o celular de Kanna. O assunto não era esse. Ela queria um conselho dele sobre o relatório a respeito do crime que um policial da Delegacia de Tomé da Conquista deixara com seu avô, pedindo o visto dele ou de alguém da família. O delegado prometeu ir ao hospital na manhã seguinte, às oito horas.

(5)

Em casa, Olívia estava assistindo à sua reportagem favorita na TV. Não viu Júlio. Devia ter terminado de comer e ido ao campo para jogar pelada com seus colegas.

Olívia devia estar contente porque, até que enfim, Carlos tinha a levado ao restaurante italiano na noite anterior. Ela gostou muito; o ambiente era muito chique e romântico e a comida, boa.

No entanto, ela estando contente ou não, não sairia a janta antes de terminar o programa de televisão. Portanto, ele se sentou no sofá quietinho ao lado dela.

* * *

A reportagem era sobre a saga de Luiza, uma mulher valente cheia de sonhos, do interior da Bahia. Ela se casou cedo e logo foi com o marido para São Paulo, esperando ter uma casa de alvenaria e dar uma boa educação aos filhos que pretendia ter. Mas a época que São Paulo acolhia os nordestinos com farto emprego já tinha acabado fazia tempo. O casal procurou um trabalho com carteira assinada, mas não conseguiu. Não podia ficar só procurando emprego. Tinha que comer. Decidiram trabalhar como catadores de lixo; só para quebrar o galho até conseguirem um emprego melhor. Uma vez acomodados, porém, foi difícil de largar. Numa favela da periferia, Luiza teve três filhos, um após o outro. Não tinha dinheiro para pagar alguém que cuidasse deles, e a creche estava sempre cheia. Então, o casal os levava ao trabalho. Assim, sete anos se passaram rápido, e o filho mais velho estava chegando à idade escolar. Acostumada a ficar sempre com os filhos, o coração de Luiza doía muito só de pensar em deixá-lo ir para a escola sozinho. As ruas cada vez mais violentas e as escolas não tão seguras como antes. Aí veio uma fatalidade. Num dia de vento forte, perto do domingo de Páscoa, um curto-circuito causado pelo "gato" acabou com a favela onde eles moravam. A família foi recolhida num abrigo improvisado da prefeitura.

Diante da dura realidade e sem perspectiva positiva do futuro, Luiza teve de reconhecer que aquele seu sonho era mera ilusão. Ela disse para seu marido que queria voltar à Bahia. Visto que não podia se livrar da miséria, melhor conviver com ela, mas não em São Paulo, e sim em sua terra natal, com seus pais, irmãos, irmãs e parentes. A saudade da caatinga vinha crescendo e não podia aguentar mais.

Ela então escreveu uma carta ao programa de TV pedindo ajuda e, com muita sorte, fora escolhida entre milhares de candidatas para ser a protagonista do quadro "História da Cinderela Moderna".

Depois de uma longa viagem de avião e de *van*, com todas as despesas pagas pela emissora e pelos patrocinadores, ela, seu marido e os três filhos chegaram ao lugar onde ela tinha nascido. A casa ainda estava de pé no meio do deserto, mas as dos vizinhos que ela costumava ver na sua infância não estavam mais lá. A única paisagem familiar, além da sua casa, eram os arbustos torcidos e espinhosos, espalhados esporadicamente na terra semiárida. A casa com parede de barro e chão de terra batida estava inclinada pelo peso do telhado. Luiza não podia ver tudo isso porque seus olhos estavam cheios de lágrimas. Abraçando forte seus filhos, ela, emocionada, exclamou repetidas vezes: "É a minha terra!".

Os pais dela não foram avisados sobre a sua chegada. Quando a *van* com a família se aproximou, mais ou menos a vinte metros, o repórter desceu sozinho e foi até a casa — fez isso para não assustar os pais com a volta repentina de sua filha. Logo em seguida, uma velha apareceu na porta com uma cara desconfiada. Luiza, que observava isso de dentro da *van*, não aguentou mais. Pulou do carro gritando "mãeee!", e foi correndo em direção à senhora. As duas se abraçaram. Não saíam palavras, só soluços.

Em seguida, o pai, os irmãos e as irmãs apareceram. As crianças também. A família cercou a mãe e a filha. O marido e os três filhos desceram da *van* para se juntarem. Formou-se um cerco grande da família.

* * *

Quando terminou a reportagem, Olívia levantou-se do sofá e foi correndo para a cozinha limpando as lágrimas.

Carlos perguntou às suas costas:

— Já posso comer?

— Daqui vinte minutos — voltou a resposta de Olívia com a voz meio anasalada.

— Então vou tomar um banho. Hoje fiquei fora tanto tempo que sinto até coceira.

Quando ele entrou no banheiro e tirou a jaqueta de couro, ouviu a voz dela no corredor:

— Não demore, Carlos!

— Uai, por quê? — perguntou ele tirando o par de meias.

— Tem pouca água no reservatório...

— Não vai dizer que o racionamento já começou? Está chovendo todo dia — reclamou ele, pendurando sua calça no gancho.

— O rádio das seis disse que o problema é técnico. Parece que a entrada de água da estação de tratamento ficou entupida por causa do lixo. Agora estão tentando desobstruí-la. Mas, já que o volume de lixo é muito grande, vai demorar para tirar tudo. O Corpo de Bombeiros também está lá.

Carlos, que tirava a última peça do corpo, estalou a língua e disse:

— Problema técnico que nada! Tudo culpa da companhia que deixou o lixo acumular até chegar a esse ponto!

Quando ele ia estender a mão para a torneira do chuveiro elétrico, Olívia disse:

— Mas parece que o problema não é só esse. Não tivemos várias festas este mês? Milhares de balões foram soltos e muitos deles caíram no lago por causa da chuva.

Ao sentir um choque tremendo no corpo inteiro, a mão de Carlos se afastou da torneira por reflexo. Ele pensou que havia tomado uma descarga elétrica do chuveiro. Mas era engano. O que causou o choque foi a notícia que Olívia acabara de dar! Depois de se atrapalhar bastante ao tentar tirar a calça do gancho e vesti-la, saiu correndo para a sala, seminu.

Olívia, que não entendeu nada do que estava acontecendo, olhava seu marido boquiaberta.

Ele pegou o telefone e ligou para o Alemão.

— Sou eu! Amanhã a gente vai checar o lixo acumulado na boca de captação de água da companhia de saneamento. Vamos procurar a arma usada no crime do casal Sato. Você pode começar sem mim, porque eu tenho outro compromisso às oito horas.

— Chefe! Aquele caso já não foi resolvido?

Ignorando a pergunta, Carlos explicou o procedimento de busca.

— A previsão do rádio disse que amanhã vai cair neve!

— Para de resmungar!

(6)

Durante a janta, Olívia, preocupada, disse:

— Você parece diferente esses dias...

Ele tinha cancelado a reserva do restaurante italiano. Era para comemorar o dia do aniversário de casamento deles. Não a levara à Festa de São João, passando aquela noite na delegacia. E ainda o telefonema para o Alemão há pouco. Acostumada com a rotina tranquila do dia a dia, ela sentia os recentes acontecimentos um pouco fora da linha. Não era costume dela perguntar sobre o trabalho de seu marido. Mas não podia mais ficar quieta.

— Para que checar o lixo? O que quer dizer com "arma do crime"?

Carlos entendeu a preocupação dela e decidiu contar sobre o caso do casal Sato. Quando Carlos chegou à cena do suicídio de Momoe, Olívia ficou comovida. Mas, ao mesmo tempo, mostrou certa compreensão sobre a atitude da japonesa.

— Uh! Você não acha horrível o que ela fez? — perguntou Carlos.

— Horrível, sim. Mas os japoneses são um dos povos que mais cometem suicídio no mundo. Portanto, não estou muito surpresa.

Olívia, professora do Ensino Fundamental, tinha bom conhecimento sobre essas coisas. Ela falou que a Coreia do Sul, o Japão, a Suíça e a França eram os países que tinham índices mais altos de suicídio, enquanto o Brasil ficava entre os últimos.

— Se não me falha a memória, o Japão tem cerca de trinta mil suicídios por ano — disse Olívia.

— Tanto assim?! Mas não se preocupe, querida. Nós temos mais de cinquenta mil homicídios por ano. O número mais que cobre a falta de suicídios — Carlos disse orgulhosamente.

Olívia riu do raciocínio esquisito de seu marido.

Depois de terminar o jantar, Olívia trouxe alguns livros escolares e, folheando-os, explicou a ele sobre o suicídio baseado em dados estatísticos. Por exemplo, em termos de raça, os brancos e os asiáticos estavam liderando o *ranking* e, pela faixa etária, os idosos tendiam a se suicidar mais do que os jovens. Independentemente de raça ou idade, o suicídio de pessoas com problemas psiquiátricos, como estresse, depressão, neurose, distúrbio psicótico, entre outros, sempre apresentava tendência mais alta do que as pessoas ditas "normais". O Japão era um país asiático e tinha muitos idosos. Ademais, o povo estava vivendo forte estresse devido à concorrência acirrada. Isso significava que a Terra do Sol Nascente tinha todas as condições para ser um dos países com maior número de suicídios.

Momoe era japonesa, idosa, com aparentes sintomas de distúrbios mentais que a fizeram ganhar o apelido de Japa Louca, além de ter problemas conjugais e financeiros. Carlos ficou convencido de que ela se encaixava perfeitamente no perfil dos suicidas.

A conversa do casal passou de Momoe para a família de José. Quando Carlos contou que eles estavam vivendo só com a roupa do corpo, escondidos no depósito de uma casa na Colônia, Olívia disse que sentia muita pena e que, pensando neles, não poderia dormir bem à noite.

— Opa! Esse é um problemão para mim! Ouvindo suspiros e choros com soluços a noite inteira não vai dar para eu dormir direito — resmungou Carlos.

— Com certeza eles devem estar precisando de comida e roupa — Olívia disse já com os olhos cheio de lágrimas. Carlos captou sua mensagem.

* * *

Pouco após as oito horas da noite eles já estavam na estrada estadual. O porta-malas do Astra estava com comidas que eles tinham na despensa, como arroz, feijão, farinha e óleo, além de produtos de limpeza, cobertores, roupas velhas e brinquedos que seu filho não usava mais. Quando Olívia foi avisar a irmã sobre sua ida a Queimada, ela simpatizou com a situação da família de José e doou roupas novas. Sua loja de computadores e *games* estava indo muito bem; ela tinha tantas roupas, calçados e bolsas que nem cabiam mais em seus armários e gavetas. Olívia comprou leites, frutas e biscoitos para Lucas no mercadinho antes de pegarem a estrada estadual.

Ao chegar à casa de Okamoto, o delegado deixou Olívia com Irene e trabalhou como carregador das mercadorias. Lucas ajudou com muita disposição.

Carlos entregou um rádio portátil para José:

— É duro ficar na cama dia e noite. Isso ajudará a passar o tempo.

O rádio era novo. Foi Tadashi que deu o que estava na vitrine da loja ao saber da dificuldade da família de José.

— É seu — acrescentou Carlos. — Não precisa devolver.

No caminho de volta, Olívia disse:

— Irene estava muito preocupada porque todos os documentos foram queimados, inclusive os RGs deles. Eu vou ver amanhã com minha amiga que trabalha na repartição de assistência social da prefeitura.

— Não tiveram tempo nem para levar pelo menos o RG?

— Se a gente chamasse isso de "engraçado", seria uma ofensa para eles. Mas Irene saiu do barraco em chamas tão apavorada que ficou de pé com uma mão segurando a de Lucas e com outra agarrando a mamadeira vazia. Não é engraçado? Não sabia que a gente ficava assim quando entra em pânico.

— A propósito, eles não falaram nada sobre o que estão pretendendo fazer, por exemplo, voltar à terra natal? Ficar em um depósito é algo muito incômodo, não acha?

— Eu também pensei nisso, e disse para eles que, se quiserem, posso falar com o encarregado, porque a prefeitura tem um alojamento para pessoas em situação semelhante. Mas eles disseram que só queriam voltar a Queimada e nada mais.

O carro saiu da estrada estadual e entrou na avenida de Bragança Coroada.

— Graças a Deus! Agora você pode dormir tranquila e eu também!

— Não vai, não — disse Olívia.

Carlos sentiu a mão dela em sua coxa.

RÉQUIEM

(1)

No dia seguinte, Carlos chegou ao hospital depois das nove horas. Kanna esperava na escada em frente à entrada. Ela vestia uma jaqueta acolchoada de cor creme, suéter de tricô vermelho com decote redondo, chapéu de lã grossa e cachecol listrado vermelho e azul no pescoço. Carlos, vendo como ela estava vestida, percebeu que não havia sido engano seu quando sentiu um forte frio ao se levantar da cama.

— Hoje está bem mais frio que ontem. Devia ter vestido um suéter extra debaixo da jaqueta — ele murmurou arrependido.

Quando Kanna o viu, olhou de relance para o relógio de pulso. Uma hora de atraso! A pontualidade não estava no DNA do delegado.

— Esse hospital tem solário no terraço — disse Kanna. — Acho melhor conversarmos lá.

— E seu avô?

— Já conversei com ele e sei o que ele pensa. Por isso não precisamos dele agora.

Ela parecia estar um pouco tensa. Subiram de elevador até o segundo andar e depois foram a pé ao terraço. O solário era feito quase todo de vidro grosso, com armação de alumínio. Não viram ninguém lá. Havia uma mesa com seis cadeiras e eles se sentaram em posições opostas.

— Sobre o assunto que falei pelo telefone — começou Kanna. — Antes de vir aqui conversei com meu avô sobre o caso. Ele não concorda com a conclusão da polícia que identificou Antônio como o autor do crime.

— Quem incriminou Antônio foi o delegado da delegacia daqui. Não fui eu. — Carlos quis deixar bem claro esse ponto. — Por acaso, seu avô tem outro suspeito?

Kanna fez que "sim" com a cabeça, evitando o olhar do delegado.

— Se não foi Antônio, quem seria?

— Conforme ele — Kanna deu uma pequena pausa e seguiu —, poderia ser minha avó. — Desta vez ela disse encarando Carlos com determinação.

Ele achou bom ter ido conversar com Irene na tarde do dia anterior sobre o caso. Senão, ao ouvir o que Kanna acabou de dizer, ou ele ia cair de costas pela surpresa, ou daria gargalhadas por pensar que a dedução de Masakazu era totalmente maluca.

Ela explicou por que seu avô havia cogitado Momoe como a autora do crime, citando alguns indícios, como as discussões cada dia mais acirradas entre eles sobre o retorno ao Japão para o tratamento da doença dela, as palavras de sua avó dirigidas ao seu avô durante a discussão: "Melhor morrer do que voltar ao Japão", e, por último, o fato de que o aroma da água-de-colônia que seu avô sentira antes de receber os tiros era o mesmo daquela que Momoe costumava usar.

Para Carlos, essas provas circunstanciais que incriminariam Momoe, na verdade, tinham apenas uma importância secundária, pois ele já contava com Lucas, que havia visto tudo com seus próprios olhos. O que o delegado queria saber era o motivo do crime, que não entendia bem ainda. Kanna poderia ajudar no esclarecimento de sua dúvida. Contando com isso, ele perguntou:

— Por que sua avó não queria voltar ao Japão? Não iria ficar o tempo todo confinada no hospital: teria tempo para se divertir em passeios turísticos durante o tratamento. Ouvi que o Japão tem muitos lugares bonitos.

— Minha avó veio para o Brasil ignorando uma objeção muito forte da família. Ela desafiou a todos declarando que não voltaria ao Japão antes de fazer grande sucesso no Brasil. Por isso estava morrendo de vergonha de retornar para lá pobre e doente.

— Seja como for, voltar à terra natal depois de tantos anos de ausência não seria bom?

Carlos se lembrou da reportagem do "História da Cinderela Moderna" que vira na TV na noite anterior.

— Minha avó pensava em voltar ao Japão só depois de ser bem-sucedida. Se voltasse arruinada, eles a receberiam com certa frieza. No mundo sempre tem aquele tipo de pessoa que diz na sua cara "Viu, eu não te avisei?".

— Sucesso ou fracasso. Quem define isso é Deus! Os outros não têm direito de se meter no assunto alheio — Carlos enfatizou a importância de Deus como se fosse um cristão fiel, apesar de sua falta constante na missa de domingo. — A propósito, o Japão também tem Deus, não?

Em geral, os japoneses não falam muito sobre religião, seja em casa, seja no trabalho. A maioria dos japoneses é budista, mas muitos não têm interesse nos princípios do budismo, tampouco sabem responder a qual ramificação pertencem.

Kanna também não era muito chegada a esse assunto. Visto ser um tema delicado, ela simplesmente apresentou sua opinião sem entrar em detalhes.

— Parece que os japoneses não são muito ligados a Deus...

"Te peguei!", pensou Carlos, comemorando, porque ela respondeu exatamente como ele queria. Assim, apresentou a piada guardada para fazê-la rir:

— Acho que o Japão não tem Deus porque aqui todo mundo diz que Deus é brasileiro!

Carlos segurou seu riso para rir com Kanna. Porém, ela o encarou com o olhar ressentido. Ele não tinha maldade. Apenas queria animá-la, pois a moça parecia muito triste.

Já que a piada não funcionou, ele voltou ao assunto de seu interesse:

—Ainda não estou entendendo bem. Por que ela precisou envolver o seu avô? Não queria morrer sozinha?

—Ela acha que o suicídio é a saída para os fracassados, e não queria que os outros a vissem como tal. Queria que acreditassem que ela foi assassinada porque tinha muito dinheiro.

—E por causa disso ia levar seu avô também?

—Ela tentou simular um latrocínio. Portanto, não ficaria bem se o meu avô saísse ileso. Ele, por sua vez, defende a atitude dela, dizendo que não atirou nele para matar. Recebeu dois tiros, mas eles não atingiram órgãos vitais, como o coração ou os pulmões. Isso prova que ela queria que ele vivesse por muito tempo.

—Você e seu avô concordam com esse raciocínio?

—Sim, eu concordo, porque sou a neta dela. Meu avô também. Ele disse que não está zangado com ela nem um pouco. Pelo contrário, tem muita pena.

—Não dá para entender! Seu avô quase morreu, pois perdeu muito sangue!

Carlos, confuso, sacudiu a cabeça. Pensando bem, o Japão era um país muito esquisito. Cheio de contradições. Por um lado, os japoneses tinham uma filosofia autodestrutiva, como o *haraquiri* e os *kamikazes*. Para ele, essas palavras eram sinônimas de suicídio! Por outro lado, tinham uma garra extraordinária para se levantar após sofrerem destruições devastadoras, como terremotos, tufões, guerras etc.

"Onde há um país esquisito, há um povo esquisito", ele sacudiu a cabeça mais uma vez.

* * *

Na verdade, a resposta que Kanna deu a Carlos não era aquilo que ela tinha pensado. Momoe sempre ensinara Kanna sobre a importância da virtude, honestidade e honra. "Viver com honra e levar uma vida honesta e virtuosa" era seu lema. Mesmo assim, ela simulou um latrocínio para esconder um suicídio. Esse ato era desonesto e contra a virtude. Desde o dia anterior, quando Masakazu mencionou a suspeita sobre sua avó, Kanna repetia várias vezes, dentro de si mesma, uma pergunta para sua avó:

— Por que você cometeu um erro tão grave, contrariando seus princípios?

Já que sabia que a resposta de sua avó não viria, ela mesma começou a procurá-la na expectativa de achar algo que ajudasse a justificar o seu ato.

A busca era como juntar os cacos de um vaso de cerâmica quebrado. Os cacos, no caso, seriam os fragmentos de informações sobre Momoe contidas nas conversas com seu avô, o casal Hidaka e Koichi. O conteúdo de sua última conversa no telefone com a própria avó também ajudara. Kanna juntou-os pacientemente. Difícil no início, mas, com o tempo, começaram a aparecer os resultados. Todas as informações colhidas indicavam que sua avó vivia, nos dias que antecederam aquela tragédia, sob uma forte pressão psicológica, por causa do ressurgimento do seu câncer, da dificuldade financeira e das brigas sérias com seu marido em torno da volta ao Japão. Estava à beira de um colapso mental, e seu juízo de valor já não funcionava direito. Quando chegou no auge da crise, ela pensou na morte para acabar com os problemas de uma vez por todas. Porém havia um empecilho. Para ela, o suicídio era um ato vergonhoso, portanto tinha de ser evitado custe o que custasse. Por outro lado, seu desejo de morrer também era irreversível, e deveria ser realizado a qualquer preço. Ela ficou num dilema. O falso homicídio era o único meio que achou para sair dele. Ao mesmo tempo, a Colônia e Queimada eram lugares pacatos, e os moradores viviam em tranquilidade. Não havia morador mau que ameaçasse a vida de outrem. Assim, se acontecesse um latrocínio e a polícia procurasse o seu autor, não o acharia nunca e, enfim, desistiria de sua busca, atribuindo o crime a um forasteiro qualquer. Era isso que sua avó esperava: o encerramento do caso sem prejudicar ninguém.

Mas, ironicamente, contrariando a sua intenção, o seu ato resultou em incriminar um inocente. Esse inocente era nada mais nada menos que a pessoa que Momoe amava como se fosse seu neto.

Em resumo, antes de encontrar com o delegado no solário, Kanna já tinha chegado à conclusão de que o estado psicológico anormal e o juízo de valor debilitado com o qual Momoe se encontrava naquele momento induziram-na decisivamente a tomar aquela atitude irracional e autodestrutiva. Juridicamente, devido ao referido colapso mental e psíquico, Momoe poderia ser considerada como inimputável de seus atos questionáveis, porém dificilmente ficaria livre da condenação moral e ética.

Perante o delegado, porém, a neta de Momoe, de propósito, não expôs essa conclusão. Em vez disso, ela preferiu manifestar seu apoio ao "raciocínio" de sua avó, guardando sua conclusão só para si mesma. Era um gesto de solidariedade. Afinal de contas, Momoe era mais que sua avó.

* * *

Ela voltou ao assunto sobre o qual pediu o conselho de Carlos.

— Meu avô não deu visto no documento da delegacia apontando Antônio como autor do crime porque, como disse ao senhor, isso contraria a convicção dele. Queria saber se ele agiu certo ou errado?

— Seu avô está certo. Não precisa assinar nada. É o delegado da polícia que está falando. Fique tranquila.

Quando ele piscou o olho para Kanna, um sorrisinho apareceu nos lábios dela.

Ele pensou em contar o que tinha ouvido de Irene no dia anterior, mas achou melhor esperar o resultado da busca da prova no lago, que acabara de começar. Informou somente sobre o incêndio do barraco de José, pois pensou que seria melhor que ela soubesse disso em razão do relacionamento estreito entre a família dela e a de José.

Kanna soltou um suspiro. Já cheia de lágrimas nos olhos, perguntou impacientemente:

— Alguém se machucou? José ainda não pode andar! Ele está bem? E Lucas e Irene?

— Fique calminha. Ninguém se machucou.

— Como estão eles agora?

— Estão escondidos no depósito da casa da mãe de Lucas. Fica quase em frente à sua. Eles estão com medo, pensando na possibilidade de que o incêndio tenha sido causado por alguém com raiva ou rancor e que ainda pode voltar até se sentir satisfeito. Eles dizem que não conseguem pensar em alguém que faria tamanho mal. Mas são os pais de Antônio que...

— Ele é inocente! — protestou ela com voz forte.

— Mas os moradores da Colônia e de Queimada não pensam assim. Até sair o pronunciamento contrário da polícia, eles continuarão pensando que ele é o autor do crime.

— A família de José deve estar sentindo falta de muita coisa — disse Kanna limpando as lágrimas do rosto.

— Por falar nisso, minha mulher e eu fomos ontem à noite ao esconderijo deles levando algumas comidas e roupas, porque soubemos que fugiram do fogo só com a roupa do corpo. Por enquanto não sentirão falta de nada.

Quando Kanna fora à sua casa na Colônia com Koichi, não viu ninguém na casa de Okamoto. Eles estavam escondidos nos fundos! Ela sentiu pena e saudade deles.

— Delegado! Gostaria de pedir um grande favor. O senhor não poderia me levar até eles? Não posso fazer muita coisa, mas pelo menos queria consolá-los e encorajá-los.

De repente Carlos pôs-se de pé e levantou sua mão direita até a cabeça com a palma da mão para baixo, como se prestasse continência.

— Às suas ordens, comandante!

Kanna não aguentou e riu do gracejo do delegado.

(2)

Os dois saíram de Tomé da Conquista e entraram na estrada estadual. Eram vinte e quatro quilômetros até a Colônia. Carlos deixou Kanna em frente à casa de Okamoto e foi na direção de Queimada, dizendo que voltaria assim que terminasse de resolver um assunto pendente.

Kanna entrou pelo portão da cerca de madeira e foi ao depósito. Tudo era bem familiar para ela. Lembrou de Yumiko, sua melhor amiga. Kanna sempre brincava com ela, que era uma menina charmosa e carinhosa.

— Tem alguém aí? Irene?

Tremeu um pouco a voz devido à emoção. A porta abriu devagar e surgiu o rosto de Irene, que parecia não acreditar no que estava vendo. As duas se abraçaram. As lágrimas escorreram dos olhos de Kanna copiosamente enquanto Irene soluçava com violência, murmurando palavras não decifráveis: elas estavam bastante emocionadas em virtude do saudoso reencontro após o longo tempo. Lucas olhava para elas espantado.

A família de José trabalhou cerca de três anos morando na casa dos Sato. Irene tinha um corpo de atleta; magra, de cor marrom bem escura, sem nenhum grama de gordura excessiva. Trabalhava bem e nunca ficava doente.

Até chegar à idade de ir à escola, a saúde de Kanna era frágil e ela sempre ficava acamada. Quando ela estava doente, Irene e Momoe cuidavam dela dia e noite alternadamente. Kanna só tinha boas lembranças da mãe de Antônio.

Após chorarem bastante, as duas olharam uma para a outra:

— Kanninha, você está linda!

— Irene, você também, e está mais nova! Parece que tem menos de trinta e cinco anos.

— Se tiver algum atrevido que dê mais que isso, darei um chutão no traseiro dele.

Elas deram uma gargalhada.

Lucas cansou de ser ignorado e puxou a saia de Irene. Kanna o viu.

— Meu nome é Kanna, sou a neta da tia Momoe.

Ela agachou e o beijou. Não foi a primeira vez que ela o viu. Lucas não devia ter lembrado, mas ela brincou com ele algumas vezes quando o menino tinha três ou quatro anos. Para Kanna, o reencontro desta vez foi diferente. Olhando o rosto dele, ela teve a estranha sensação de que, a qualquer momento, apareceriam Antônio e Yumiko de mãos dadas e cheios de sorriso no rosto. A saudade dos dois apertou forte o coração de Kanna.

Irene a chamou para entrar no depósito. Ao notar José deitado no fundo, ela correu e deu um beijo em seu rosto. As lágrimas rebentaram de súbito nos olhos de José. Ela também chorou. Lucas mostrou a bicicleta e lhe pediu que olhasse o talismã amarrado no suporte do retrovisor. Era o que estava no para-brisa da picape de seu avô. Ela ouvira que o carro tinha sido vendido para quitar uma dívida.

— Foi tia Momoe que me deu isso — disse Lucas. — Ele tem força para deixar o ladrão longe da minha bicicleta, não é?

— Sim. Ele tem força contra todo o mal. Guarde-o com carinho, meu amor.

Ela abraçou Lucas levemente, com medo de que, se apertasse muito, quebraria todos os seus ossos. O corpo dele era muito delgado e mole.

José mostrava uma melhora significativa. O rosto desinchou bastante. Disse que o queixo não estava doendo como antes.

— Só deitado dia e noite! Parece que vai nascer raízes nos meus pés! — disse rindo.

Kanna pensou no seu avô, que logo teria alta do hospital. Voltando à Colônia, ele precisaria de alguém para ajudá-lo em casa e na horta. Se sua avó também passasse a fase de convalescença em casa, mais ainda. Se José e Irene ajudassem seus avós, seria ótimo. Eles deviam estar precisando de trabalho. A ideia seria boa para ambas as famílias.

(3)

Carlos voltou ao bar em que havia passado no dia anterior. Não tinha ninguém, exceto o dono. A mulherada já tinha passado mais cedo, e só voltaria mais tarde a fim de pegar qualquer coisa para preparar a janta. Os homens viriam só à noite para encher a cara.

— Como está, meu chapa?! Conseguiu...

Nem precisava perguntar. A resposta estava bem na cara de Patrício, que parecia ter se livrado de uma prisão de ventre que o havia incomodado durante muitas semanas.

— Consegui, sim! Foi um pedreiro chamado Rivaldo que mora mais para cima. Ele ficou indignado quando ouviu no rádio que Antônio atacou o casal japonês. Disse que tinha uma rixa com ele por causa de uma briga em boate quando ele ainda era solteiro.

— Só isso?

— Estava bêbado. Sabe como é. Era domingo e noite de São João. Se não beber, é gente boa.

— E a família?

— Tem dois filhos pequenos.

— Por acaso ele fez isso sozinho?

— Estava com seus ajudantes, porém dizem que, quando pôs o fogo, os outros só olhavam.

Carlos achou que o cara não parecia tão mau. Apenas um cidadão comum que havia cometido um crime levado pela raiva momentânea. Se levasse o caso adiante, o juízo iria mandá-lo à prisão, sem dúvida. A partir daí, a família passaria a viver enfrentando um montão de problemas. Primeiro viria a dificuldade financeira. Sofreriam discriminação também. Sobretudo, os filhos virariam vítimas de *bullying* na escola. Na prisão, outros detentos ensinariam a ele muitos atos de maldade e, quando saísse da cadeia, seria um bandido "diplomado", para ninguém botar defeito. Já não teria mais aquela vontade de trabalhar honestamente. Só pensaria em ganhar dinheiro fácil e rápido e usaria drogas, com certeza. Assim começaria o ciclo vicioso. Carlos já tinha visto dezenas de casos semelhantes, e toda vez ficava nesse dilema: ou seguir as regras ao pé da letra ou ser indulgente até certo ponto.

Ainda havia outro problema: se prendesse o pedreiro, o dono do bar seria rotulado pelo povo como delator. O bar seria boicotado pelos moradores e, sem fregueses, seria obrigado a fechar. Na pior das hipóteses, poderia ser saqueado ou incendiado pelos bêbados intrometidos. Precisava levar em consideração essa observação também.

Depois de pensar alguns segundos, Carlos tomou a decisão.

— Se esse tal de Rivaldo compensar o que a família de José perdeu, eu não falo nada. Já que ele é pedreiro, construir um barraco ou dois não seria nada. Eu não posso falar isso diretamente a ele. Quando eu o procurar, será para prendê-lo. Entende?

— Entendi seu recado. Ele está muito arrependido. Disse que não consegue dormir direito com medo de ser preso. Deixa que eu falo. Ele poderá dormir tranquilo a partir de hoje.

Talvez quem poderia dormir mais tranquilo fosse o próprio dono do bar.

* * *

Quando voltou à casa de Okamoto, Carlos viu Irene, Kanna e José conversando distraidamente. Ele notou Irene bem mais nova, com um pulôver bege de lã grossa: uma das roupas que ele e Olívia haviam levado na noite anterior. Era o favorito de sua mulher, mas já não servia mais. Irene estava muito bem com a roupa.

Carlos explicou a José e Irene o que conversou com Patrício, o dono do bar. O casal ficou bastante aliviado sabendo que o pedreiro estava arrependido. Quanto à indenização, ele disse que deixou uma proposta com Patrício para ser levada ao pedreiro. O casal não teve objeção.

— Amigão! Tu não precisas se esconder mais! — disse Carlos abraçando Lucas.

— Então vem comigo, tio! Vou dar uma volta com minha bicicleta!

Carlos coçou a cabeça arrependido de falar demais.

Quando ele voltou cerca de meia hora depois, os três estavam ainda conversando alegremente. Viu Irene falando e rindo muito como se fosse outra pessoa. Ele sentiu certo alívio.

— A propósito, o rádio está funcionando? — perguntou a José. Carlos ainda não confiava no seu cunhado japonês.

— É muito bom! Hoje à noite meu time joga com transmissão no rádio — José respondeu, mostrando sua satisfação com um sorriso.

Já era perto do meio-dia. Carlos acenou para Kanna.

(4)

Quando Kanna entrou no quarto do avô, deu de cara com a enfermeira encarregada de Momoe.

— Estava procurando você! — disse ela com a cara tensa. — Sua avó...

A cama de Masakazu estava vazia. Kanna correu e, subindo as escadas, chegou ao quarto da avó na UTI. As cortinas fechadas e as luzes apagadas. Viu Dr. Sebastião de pé com os braços cruzados, como se fosse uma estátua ou um tronco de árvore morto, solitário, em meio ao pântano desolado.

Na cama, Momoe estava deitada com um lençol branco até o pescoço. Aqueles tubos instalados no nariz, na boca e nos braços não estavam mais lá.

Masakazu, sentado no banquinho ao lado da cama dela, balançava ligeiramente o corpo para a frente e para trás, com o *player* de CD em seu colo.

Kanna voltou a olhar para sua avó. Não havia dúvida. Ela se foi. De repente sentiu algo quente subindo pela garganta. Em seguida, saíram de sua boca soluços convulsivos e violentos. Ela chorou sem parar, mordendo forte os lábios.

Quando se acalmou um pouco, percebeu a melodia de "A Whiter Shade of Pale" saindo do *player* do avô em baixo volume.

Momoe sempre contava sobre o encontro dela com essa música de Procol Harum, dizendo que, muitas vezes, ela havia readquirido coragem e esperança com a ajuda dessa canção. Kanna nunca imaginou que um dia teria de ouvi-la como réquiem para consolar a alma de sua avó.

Muitas lembranças passaram pela sua cabeça, uma após a outra, com incrível velocidade.

(5)

Kanna perdera seus pais aos quatro anos. Entretanto, graças a Momoe, nunca sofreu pela falta deles. Ela cuidou de sua neta sempre com muito amor e carinho. Isso não queria dizer que ela amava Kanna cegamente. Em termos de disciplina e educação, era muito severa. O ensino da língua japonesa era um dos exemplos disso. A maioria das crianças da Colônia pertencia à terceira ou à quarta geração de imigrantes japoneses, inclusive Kanna; estudavam na escola pública durante o dia e aprendiam a língua japonesa à noite na Associação da Cultura Nipo-Brasileira, mas o avanço delas na aprendizagem da língua era muito lento. Os pais reclamavam de Tanji Shimizu, o professor, mas a culpa não foi dele. Os pais eram, em sua maioria, da terceira geração. Eram brasileiros. Falavam português dentro e fora de casa, e quase não usavam japonês. Em consequência, seus filhos também não tinham chance de melhorar o seu japonês em casa. (Quanto ao ensino da língua japonesa, era muito importante a ajuda dos avós. A maioria deles era composta de imigrantes ou *niseis* que dominavam bem a língua e tinham tempo para ensiná-la aos seus netos em casa. Porém, muitos deles ficaram na sua terra com o filho mais velho e não vieram para a Colônia). Enfim, o único momento de praticar o japonês eram as duas aulas por semana, com duração de uma hora cada, na Associação.

Momoe obrigou Kanna a usar português em casa o menos possível e lhe dava aulas de japonês todas as noites desde quando ela era pequena. Por isso, quando entrou no colégio, ela falava japonês tão bem que, muitas vezes, era solicitada como intérprete em ocasiões de visita de missões do Japão em Tomé da Conquista. Quando relaxava um pouco, Momoe a repreendia. Sempre dizia que a língua era a alma do povo, portanto devia estudar com seriedade e dedicação.

Momoe mencionava sempre a palavra "virtude". Conforme ela, o princípio da conduta do povo japonês se baseia em acumular virtudes. Se desviar do caminho correto ou cometer um ato desvirtuoso seria uma desonra não só para a própria pessoa, mas para seus ancestrais, sua família, seus parentes e descendentes. Dependendo da circunstância, o japonês escolhia a morte para não viver como um desvirtuoso. Ela contava inúmeras vezes a história do Japão, citando exemplos de heróis de guerra que escolheram a morte em vez de aceitar a derrota, que era considerada como uma vergonha imperdoável oriunda da falta de virtude.

"Depois da Segunda Guerra Mundial, o Japão ressurgiu das cinzas e chegou ao posto de segundo maior país do mundo em termos econômicos. Isso foi o fruto do esforço do povo japonês com o objetivo de acumular virtudes", essa era a frase favorita de Momoe.

Na Colônia, as fontes de informação dela sobre o Japão eram sempre muito limitadas: os jornais japoneses publicados em São Paulo ou a televisão brasileira. O volume de notícias sobre o Japão em jornais japoneses de poucas páginas era muito limitado. As notícias internacionais televisionadas eram focadas principalmente em assuntos ligados à Europa, aos Estados Unidos e à América do Sul. Tinham poucas notícias sobre o Japão.

Os jornais japoneses para assinantes da Colônia vinham de São Paulo para a caixa postal de Koichi no correio de Bragança Coroada. Uma vez por semana chegava o pacote que continha os jornais publicados durante a semana anterior. Era ele quem os distribuía para cada assinante.

Momoe não era assinante. Pegava os jornais emprestados depois de o casal Hidaka terminar de ler. Ela escolhia artigos sobre natureza, arte, cultura, economia e história do Japão para ensinar a língua a sua neta.

Nas aulas de japonês, Momoe costumava contar orgulhosamente as maravilhas do Japão e do seu povo. Kanna acreditava no que sua avó dizia e prometia a si mesma que seria uma japonesa virtuosa e honrada.

(6)

Depois de terminar o colégio, Kanna foi contratada por uma empresa japonesa em São Paulo como secretária da diretoria. Ela soube mais tarde que havia muitas candidatas, mas ela ganhou a vaga porque foi a primeira na prova da língua japonesa.

Na empresa, jornais, revistas e livros em japonês ficavam à disposição de todos os funcionários na sala de descanso. Também era possível saber das notícias do Japão via internet. Graças a isso, os conhecimentos de Kanna sobre o Japão aumentaram muito nos últimos dois anos. Logo ela percebeu a grande diferença entre a imagem do Japão que vinha da mídia japonesa e aquela que sua avó contava para ela. Momoe dizia sempre que o Japão era um país maravilhoso pois o povo era trabalhador, honesto e virtuoso. Porém, as notícias que chegavam direto do Japão tratavam, em grande parte, de crimes, violências e corrupção. Isso trouxe uma confusão na cabeça de Kanna. Para ela, o Japão era praticamente igual ao Brasil.

Como sua avó chegou a ter uma imagem tão bonita do Japão? Essa dúvida ficou cada vez mais forte, incomodando-a, até que encontrou um professor de psicologia na faculdade onde estudava. Ela criou coragem e pediu a opinião dele sobre sua dúvida, porque, noutro dia, na aula, ele disse que ficou muito impressionado com a maneira de pensar do povo japonês, depois de ler *O Crisântemo e a Espada*, de Ruth Benedict. Kanna nunca tinha ouvido o nome do livro até então.

O professor respondeu que, depois de chegar ao Brasil, Momoe guardava na memória somente as boas notícias do Japão que vinham através dos jornais japoneses publicados em São Paulo ou da mídia brasileira da TV, e no decorrer do tempo, passou a glorificá-las inconscientemente. O fato de que ela nunca ter voltado ao Japão durante os quarenta anos de permanência no Brasil fez com que perdesse a oportunidade preciosa de constatar a diferença entre seu Japão imaginário e o Japão real. Em consequência, sem fazer o retoque necessário, o processo de glorificação dela foi avançando desenfreadamente. Para finalizar a sua explicação, o professor disse que esse raciocínio de Momoe era chamado de "viés de confirmação" ou "viés confirmatório" na terminologia de psicologia e sociologia.

A partir da opinião do professor, Kanna tentou procurar sobre o "viés" no caso específico de sua avó. Momoe parecia ter imaginado que suas amigas e colegas da escola estavam vivendo uma vida plena, cheia de felicidade e prosperidade no Japão. Ela não tinha coragem para voltar lá expondo, diante delas, sua figura derrotada, fracassada e adoentada. Seria uma tremenda vergonha. Esse conceito de "vergonha" influiu definitivamente para levar sua avó ao ato extremo.

Ao passo que ia conhecendo a real situação do Japão, Kanna, por sua vez, não o achava mais tão maravilhoso como sua avó costumava ressaltar.

Houve um dia em que ela leu uma notícia no jornal japonês referente ao fato de que cerca de dois milhões de pessoas[4] viviam lá em função de ajuda financeira do governo para garantir a sua sobrevivência (como o Programa Bolsa Família no Brasil). Notícias de suicídio familiar, homicídio, latrocínio, violências, pequenos delitos, crimes sexuais etc. estavam nos jornais todos os dias. Visto que as amigas e

---

4. A população do Japão em 2007 era de cento e vinte e oito milhões de pessoas.

colegas da escola de sua avó também faziam parte da comunidade japonesa, seria natural que algumas delas estivessem desempregadas, vivendo de auxílio do governo, ou gravemente adoentadas e internadas em um hospital. O Japão tinha alto índice de suicídio. Quem saberia afirmar com certeza que não houvera casos de suicídio entre as amigas de infância de sua avó?

Um dia, Momoe lhe contou com orgulho sobre a casa onde ela tinha nascido. Tinha uma gráfica embaixo e os dormitórios de familiares em cima. Esse empreendimento familiar, fundado antes da Segunda Guerra Mundial, obteve um avanço significativo desde a década de 1990, e o número de empregados chegou a dez. Porém Masakazu comentou um dia para Kanna, na ausência de sua avó, que a casa era típica da cidade antiga de Kyoto, com apenas catorze ou quinze metros de profundidade, e a largura não chegava a seis metros. Entre as casas não havia espaço, todas emendadas. Esse tipo de casa era apelidado de "cama de enguia" no Japão, uma referência ao formato alongado e estreito desse peixe cuja carne é bastante apreciada no país.

Para Kanna, o fato de a casa de sua avó ter ficado por muitos anos no mesmo lugar significava que o negócio da família não conseguiu sair da categoria de microempreendimento. No Japão, geralmente, esse tipo de empresa não tinha outra escolha: ou ficava como subcontratada de empresas grandes ou catava as migalhas de serviços ignorados pelas grandes. De uma forma ou de outra, a concorrência era muito severa. Portanto, a vida de sua família no Japão, sob essa condição, não poderia ser tão tranquila como sua avó acreditava.

Será que, mesmo que voltasse ao Japão e visse a dura realidade de seu povo, ela ficaria encantada, pensando que o Japão da atualidade era exatamente aquele que ela vinha imaginando ao longo de sua vida? Kanna achava que não. Sua avó receberia um tremendo choque ao ver a diferença entre o Japão atual e aquele que ela mesma criou em sua mente, pois o seu Japão era uma imagem em cima de um alicerce que, de fato, nunca existiu. Era apenas uma miragem. Quando chegasse a reconhecer isso, viria um desmoronamento total da convicção na qual ela se apoiou para viver nas horas de dificuldade e tristeza durante quarenta anos. Seria um golpe mais cruel que a morte.

Portanto, foi melhor que ela tivesse se despedido dessa vida sem saber a realidade do Japão. Assim pensou Kanna. Sua avó devia estar feliz levando a imagem do Japão que ela tanto amava.

— Minha querida vovó, a imagem que você criou sobre o Japão como sua razão de viver é sublime. Guarde-a com muito carinho aí em cima. Não se preocupe conosco; vamos viver seguindo o caminho que você ensinou, levando boas lembranças dos momentos compartilhados juntos. Por favor, torça por nós.

Foram essas as palavras de despedida de Kanna.

* * *

Às três horas da tarde veio o agente funerário recomendado por Carlos e levou o corpo de Momoe ao crematório, onde foi realizado o velório antes de cremação. O caixão foi colocado em uma saleta bem iluminada, e as pessoas começaram a chegar sem parar.

No dia seguinte, quinta-feira, Masakazu recebeu alta ainda com as balas alojadas no corpo. O Dr. Sebastião, por medida de precaução, recomendou deixá-las até a vinda do médico do hospital de Florianópolis, habilidoso nesse tipo de cirurgia. Masakazu e Kanna voltaram à tarde para a Colônia com as cinzas de Momoe. As despesas do funeral, inclusive da cremação, foram pagas pelo fundo do Clube dos Colonos Japoneses. No pátio da Associação da Cultura Nipo-Brasileira, havia um pequeno columbário para os colonos falecidos. As cinzas do casal Haruki e Sayuri, filho e nora do casal Sato, também estavam guardadas nele. Às cinco horas da tarde foi realizada uma cerimônia simples e as cinzas de Momoe foram colocadas junto com as de seu filho e sua nora, como ela desejava.

Masakazu precisava de alguém para cuidar da casa e da horta. Vieram dos colonos várias ofertas de ajuda na faxina, na cozinha, na lavanderia, mas ele não queria depender da bondade deles, que já tinham ajudado muito. Conversou com Kanna e resolveu convidar José e Irene para voltarem. Kanna transmitiu o desejo do avô a eles, que o aceitaram com muito entusiasmo. No mesmo dia, antes de escurecer, eles voltaram para a casa dos Sato. Pinta também!

O português de Masakazu vinha se recuperando rapidamente, e ele já conversava bastante com Lucas. Kanna, que viu seu avô seguro com a família de José sob o mesmo teto, decidiu voltar a São Paulo.

Na sexta-feira, ela partiu, prometendo seu retorno no Dia de Finados.

BUSCA DE PROVA

(1)

No mesmo dia da morte de Momoe, começou a busca pelo balão e pela Beretta nas imediações da área de captação de água do lago. A busca continuou até o final do dia seguinte, porém sem nenhum resultado positivo.

Na sexta-feira, antes de começar a busca, Carlos disse para animar os seus subordinados, já com sinais de cansaço:

— Hoje é 29 de junho, o dia do padroeiro dos pescadores! Tenho certeza de que São Pedro vai ajudar a gente a fisgar a tão esperada prova do crime!

Ele estava vestido de forma bem apropriada para o extremo frio (jaqueta acolchoada, suéter de lã grossa e capa de chuva), pois tinha se arrependido de vestir pouca roupa nas buscas anteriores. Pensou que assim seria mais que suficiente contra o frio congelante que vinha da Antártida. Contudo, não passou nem uma hora e a chuva, o granizo e o vento bateram no seu corpo sem piedade; a água gelada chegou até a sua cueca num instante. Ele ficou arrasado. Não esperava que o tempo ficasse tão ruim.

Apesar do péssimo clima, a busca continuou até as quatro horas da tarde, quando os funcionários da estação de saneamento, com a ajuda do Corpo de Bombeiros, acabaram de eliminar todo o lixo que tinha impedido o fluxo de água na área de captação; a estação voltou a funcionar normalmente.

Porém, quanto à prova do crime, não haviam achado nada.

Carlos pensou em ampliar a área de busca para outro lugar do lago e até para a parte terrestre, se fosse possível. Mas logo percebeu que a ideia não era boa, já que precisaria de muita gente e equipamento; mesmo conseguindo esses recursos, não haveria garantia de achar o que estava buscando. Sobretudo, seus subordinados já estavam esgotados física e mentalmente após três dias de busca, por ser um trabalho com o qual eles não estavam acostumados. Todos reclamavam de dor nas costas. A decepção era grande, mas não tinha outra escolha. Ele declarou à equipe o fim da busca.

* * *

Abatido pelo fracasso da operação, Carlos chegou em casa todo quebrado. O sol estava se pondo. Entrou quase rastejando na sala escura e caiu no sofá como um morto. Ele não percebeu que tinha mais uma pessoa ali. Uma jovem pulou do sofá com um grito de susto e correu na direção da cozinha. Nunca a tinha visto até então. Devia ser a nova namorada de Júlio.

Capa de chuva, jaqueta, calça de sarja e botas. Tudo que ele vestia era preto e estava ensopado. A coitada devia ter pensado que um leão-marinho perdido havia invadido a casa e pulado em cima dela. Ele ouviu, na cozinha, a moça se queixando com a voz trêmula.

— É meu pai. Ele é o delegado da cidade. Não te contei ainda? — Júlio disse, acalmando-a.

— Não tenha medo, querida. Ele é inofensivo em casa.

Carlos ouviu a voz de Olívia e a risada dos três.

— Olívia! Estou com muito frio! Traz para mim os comprimidos para gripe e pílulas para dor na coluna. As pílulas são quatro, por favor!

Ele sentiu calafrios no corpo inteiro.

No centro da sala havia um fogão a lenha de ferro fundido para aquecer o ambiente. Tinha a forma de um barril. A peça era indispensável durante o inverno. Porém, Carlos percebeu que, apesar do tremendo frio, o fogão estava apagado! Olívia precisava de um puxão de orelha.

Enquanto esperava os remédios, ela apareceu da cozinha. Carlos esfregou seus olhos ao vê-la. Seu cabelo era lisinho como o de uma mulher oriental. Vestia um pulôver marrom com desenho estampado da moda. O cinto com que ele a presenteou em seu aniversário estava na cintura, destacando a curva acentuada do seu quadril. A calça de moletom preta apertada combinava bem com as botas prediletas dela de cano longo, salientando as suas pernas compridas.

Ele ficou olhando encantado, porém logo percebeu que tinha esquecido de uma coisa: estava na hora de começar uma competição de karaokê no restaurante Carlito em comemoração ao Dia de São Pedro. Cabelo, roupa, cinto e botas de Olívia, tudo isso era para ir à competição. O fogão apagado era porque já estava na hora de sair. Todo mundo esperava por Carlos para ir junto.

No entanto, ele não tinha nem um pingo de ânimo nem de força física para ir ao restaurante.

— Como você vê, eu não consigo nem me levantar — disse ele com a voz rouca. — Passe meus cumprimentos a todos. Arranje qualquer desculpa. Se quiser, pode dizer que eu já morri.

— Se você não for, eu também não vou — disse Olívia.

Ele sabia bem que o que sua mulher disse não era verdade. Ela era louca por karaokê: aquele tipo de fanático que não larga o microfone, mesmo que chegasse a hora do sepultamento de sua mãe (este é apenas um exemplo hipotético, pois a mãe de Olívia estava "vivinha da silva" com sessenta e sete anos, todo dia malhando na academia).

— Melhor você ir, porque eu já paguei — disse, sabendo que ela ia de qualquer jeito.

— Sem você não tem graça...

Olívia foi ao quarto resmungando, mas, quando saiu, estava cantarolando, com o casaco de pele na mão.

Ele pediu ao seu filho para trazer cobertores e o pijama, além de acender o fogo no fogão. Estava decidido a dormir ali mesmo, visto que não estava certo de poder chegar até o quarto por causa da dor nas costas. Ademais, não havia nenhum aparelho para aquecer o ambiente lá.

Olívia saiu com Júlio e sua nova namorada. Carlos precisou de muito esforço para tirar as roupas molhadas e colocar o pijama. Logo veio o sono pelo efeito dos remédios. Mas isso durou pouco tempo. Com a volta dos calafrios, ele acordou. Na sala e fora da casa estava tudo escuro. O fogo estava quase apagado. Se arrependeu de ter pedido a seu filho para acendê-lo.

As lenhas de reserva estavam ao lado do fogão. Ele tentou, mas toda a força do corpo estava esvaziada e não podia chegar até lá. Desistiu e fechou os olhos. Muitas lembranças relampejaram em sua cabeça; todas referentes aos acontecimentos da última semana. A primeira era sobre o maldito encontro com o investigador da Polícia Federal no hospital. Ele sentiu como se estivesse sendo empurrado ao fundo do abismo quando soube que foi afastado do caso Sato. Apesar da luz de esperança ter reacendido quando Irene contou o que ouviu de Lucas, o fracasso na busca da prova do crime no lago o levou para a estaca zero. Encontrar a arma era a única e última esperança.

O azar dele não parou por aí. Depois de terminar a operação de eliminar o lixo, ouvira que Ronaldo, o delegado da Polícia de Tomé da Conquista, seria condecorado pelo governador em virtude de sua ação no caso Sato. Não tinha erro, pois quem contou foi o secretário de Saneamento Público, braço direito do governador. Um baque tremendo para Carlos.

Sem prova contundente, que seria a pistola Beretta, ninguém iria dar atenção se ele alegasse que aquele caso era de suicídio. O testemunho de Lucas não serviria como depoimento legal. Uma vez realizada a cerimônia de condecoração, não haveria como voltar atrás, porque o caso seria arquivado a sete chaves.

Parecia que todas as circunstâncias estavam levando o delegado ao desespero.

A notícia do seu afastamento do caso Sato correu a cidade inteira já na mesma noite em que ele encontrou com Alex Abreu, da Polícia Federal. Ele sabia que os cidadãos de Bragança Coroada vinham fofocando sobre uma possível troca de delegado, e até ficou sabendo que começara uma aposta sobre o novo delegado.

Sentiu que estava encurralado. Não haveria outra saída senão deixar em cima de sua mesa o distintivo, o revólver e as algemas e ir embora da delegacia.

Já tinha direito de pedir a aposentadoria. Contudo, encerrar a carreira policial daquela maneira seria insuportável para ele. Não era questão de dinheiro. Era seu orgulho e honra que estavam em jogo. Como poderia viver com o rótulo de delegado fracassado pelo resto da vida? De repente um nó se formou em sua garganta e lágrimas caíram manchando o tecido do sofá.

(2)

Subitamente, a frente da casa ficou clara e ele ouviu um carro parando. Em seguida, percebeu alguém tentando abrir a porta da casa, cantarolando. A porta se abriu e a luz acendeu. Era Tadashi! Com uma risadinha no rosto, ele entrou sem cerimônia:

— Olá, *big brother*! Ainda está vivo! Aqui parece um frigorífico do IML! Lá fora está bem mais quente! — Estava na cara que tinha bebido bastante. — Olívia me contou. Parece que está sofrendo bastante, hein? Beba isso que preparei especialmente para você. É um remédio tradicional do Japão!

Tadashi estendeu um copo plástico para ele. Com muito sacrifício, Carlos se virou para pegá-lo. Dentro, havia um líquido morno e amarelo. Por alguns segundos, ele olhava o líquido não identificado e o japonês pinguço alternadamente. Estava em dúvida se devia ou não beber.

— Não tem veneno! Coloquei gema de ovo cru e açúcar na pinga e esquentei. Só isso. Fiz na cozinha do Carlito — disse o cunhado *nisei* colocando lenha no fogão. — O certo é usar saquê, mas não tinha lá. Por isso usei pinga. No Japão, quando sai um espirro, todo mundo bebe isso e dorme bem quentinho. No dia seguinte, você acorda novinho em folha!

Ele fez a propaganda do remédio tradicional do Japão. Até agora, Carlos só tinha experiências amargas ao acreditar nas palavras de seu cunhado.

Precaução e canja de galinha não fazem mal a ninguém. Ele tomou o líquido grosso pouco a pouco, bem devagar. Nesse ínterim, ele percebeu que o *nisei* folgado estava rindo de sua precaução exagerada, porque viu seus ombros tremulando enquanto fazia o fogo com o fole.

Já era a segunda vez que ele fazia Carlos engolir ovo cru. Ele lembrou da primeira, quando foi obrigado a tomá-lo com soja podre (*natto*), que parecia uma mistura de merda com muco de nariz.

Quando o fogo ganhou força, Tadashi sentou-se na poltrona ao lado do sofá e perguntou:

— Estava catando lixo com esse tempo maluco? Não só um dia, mas três! Acho que não era um lixo qualquer. Que tipo de tesouro estava procurando? Fala, *brother*!

Carlos não falava com os outros sobre seu trabalho. Mas conversar com esse falastrão japonês poderia ajudar a elevar o seu ânimo, que estava em baixíssimo nível no momento. A carícia que o vento quente do fogão fazia em seu rosto e a massagem que a pinga com ovo cru fazia na parede do seu estômago também deviam ter ajudado ele a se abrir um pouco mais. Ele começou a contar a Tadashi sobre procura de provas no lago que serviriam de chave para desvendar o caso dos Sato. Seu cunhado japonês ouvia sem interromper com piadinhas triviais. Quando Carlos chegou à cena do suicídio de Momoe, ele ficou emocionado.

— Aquele casal e eu somos da mesma cidade — disse com um olhar sério.

Segundo Tadashi, alguns anos antes, achara o nome do casal Sato na lista dos imigrantes elaborada e enviada pela prefeitura de Kyoto. Carlos pensava que ele era um *nisei* porque era falastrão, festeiro e fanático por futebol, além de falar bem o português. Até a mulher dele, irmã de Olívia, confirmou isso categoricamente quando ela foi apresentá-lo a Carlos poucos dias antes do casamento. Saber aquilo foi uma surpresa.

— Então já conversou com eles alguma vez? — perguntou Carlos.

— Não... Nunca... Não por falta de tempo. O tempo eu tinha de sobra, porém não tinha folga na cabeça, porque havia muita coisa para pensar na vida.

Carlos entendeu bem o que ele disse. O negócio de sua família estava indo de vento em popa naqueles dias, mas, durante alguns anos, o antigo bazar foi tão mal que ele ia abandoná-lo e fugir com a família para outra cidade sem deixar rastros, a fim de se livrar dos credores; eles comiam o pão que o diabo amassou, como diz o ditado.

— Vim só para trazer o remédio para você. Preciso voltar...

Tadashi se levantou indo em direção à porta, mas de repente virou para trás, como se tivesse se lembrado de algo.

— Esqueci de perguntar uma coisa. Você disse há pouco que a Beretta subiu com o balão. Mesmo sendo pequena, não é fácil levantá-la com um balão comum. Você sabe o peso dela, por acaso?

— O perito disse entre quatrocentos e quinhentos gramas, dependendo do número de balas no pente.

— Quatrocentos gramas... Não é tão leve. Se fosse um desses balões que se vendem por aí, não teria força suficiente para puxá-la para cima. Além do tamanho do balão, tem que ter fogo forte. Para isso, precisa de uma mecha mais grossa.

Ele falou por experiência, pois já havia feito balões várias vezes para seu filho.

— O balão era o que Momoe pediu para Antônio fazer. Lucas disse que era bem grande, mas não soube dizer direito o tamanho exato — complementou Carlos.

Tadashi deu uma olhada no relógio da sala e disse:

— Puxa, já é essa hora! Só cantei uma vez. Tenho que ir! — E foi voando.

Parece que o remédio japonês que Tadashi oferecera começou a fazer efeito. Carlos sentiu uma sensação gostosa chegando até a ponta dos pés.

(3)

Carlos estava dirigindo o carro na direção da captação de água da estação. Não que tivesse alguma ideia do que fazer lá. Talvez porque ainda tinha o balão e a Beretta na sua cabeça. Até a boca da captação, eram trinta e cinco minutos; vinte minutos na estrada estadual e quinze minutos na estrada de acesso à estação. Já estava dirigindo havia mais de três horas e nem tinha chegado à entrada da via de acesso. Porém, ele não achou isso estranho.

Quando apertou o botão do rádio, ouviu um apresentador de programa esportivo muito popular dizendo:

— Um balão caseiro mal dimensionado não puxa um treco como esse para cima de jeito nenhum.

Carlos não achou esquisito o comentário do apresentador sobre o assunto fora de sua especialidade. Pelo contrário, se fosse Tadashi, não acreditaria, porém quem afirmou foi o figurão do rádio. Então merecia crédito.

Se o balão não tinha subido, ainda deveria estar em algum lugar da Colônia. Ele deu meia-volta e acelerou o carro em direção à bifurcação. Normalmente demoraria trinta minutos, contudo, não precisou nem de um minuto e ele já estava passando em frente ao bar Magrão. Depois de entrar na Estrada da Colônia, chegou à Colina das Três Cruzes num instante. Os raios fracos do sol de inverno infiltravam-se pelos alvores da mata.

Querendo descansar um pouco, desceu do carro e esticou as pernas. Aquele era o lugar onde foram achados os corpos de três irmãos afogados no canal de irrigação. Andando um pouco, ele viu as paredes laterais do canal desmoronadas. Os pedaços pequenos já haviam ido para baixo pela força da água, mas os grandes ficavam amontoados na curva. Eles obstruíam o fluxo normal de água, que transbordara, formando uma poça na estrada.

Logo viu as paredes laterais do lado direito e do lado esquerdo se apoiando mutuamente no meio da corrente na forma de um triângulo. O comprimento das paredes desmoronadas era de aproximadamente dois metros. Muito estranho a cena não ter mudado nada; os escombros da parede, o transbordamento de água, o tamanho da poça, o comprimento das paredes desmoronadas formando um triângulo e as árvores da cercania. Era como se estivesse olhando uma foto tirada no momento da tragédia de cinco anos atrás. A única diferença era que, na foto, ainda não havia as três cruzes.

De onde ele estava de pé até as paredes encostadas, tudo estava ocupado pela água transbordada. Havia cerca de três metros de distância. Na entrada de água que passava pelo espaço triangular, ele avistou dois objetos retangulares e brancos se movendo de acordo com as ondas. Caudas de peixe ou latas de sardinha?

Subitamente, ele sentiu aquela sensação de *déjà-vu* e logo percebeu o porquê. O que ele estava vendo era a reprise do pesadelo que tinha acontecido naquela tarde de pleno verão! Os objetos em movimento não eram caudas de peixe nem latas de sardinha. Eram plantas do pé de um ser humano! Para ser exato, de uma criança!

Sem pensar em mais nada, ele avançou em direção ao triângulo. O que surpreendeu foi a água. Em vez de ser gelada, como esperava, era morna e pegajosa como suor.

Assim que chegou às paredes, ele se agachou e, contra a correnteza, puxou o tornozelo da criança para fora do escombro. Apareceu a calça *jeans* junto. Ao puxar a calça, vieram as costas nuas, brancas e finas.

Depois de largar a calça, agarrou e puxou a camisa branca enrolada em torno do pescoço. Quando apareceu a cabeça, ele gemeu desesperado:

— Lucas! Meu Deus!

Carlos agarrou com as duas mãos o pequeno rosto branco dele e o puxou para junto do seu peito. Inesperadamente, os olhos dele se abriram, quase se projetando para fora da cavidade ocular, e uma gargalhada estridente saiu de sua boca, fazendo ecos entre as colinas. O tremendo susto o fez cair para trás.

* * *

O pijama de flanela estava todo ensopado, e o suor pingando da ponta do seu queixo fazia uma mancha escura no piso de madeira. Escutou o batimento do seu coração. Também sentia uma leve tontura e zumbido nos ouvidos.

Não entendendo por que estava na sala de sua casa, sozinho, com a luz acesa, em vez de estar na Colina das Três Cruzes, ele ainda vagava na divisa entre sonho e realidade.

(4)

O toque repentino da campainha do telefone puxou Carlos para a realidade. Eram duas horas da madrugada. Devia ser Olívia, por uma de duas razões: ou porque ficou preocupada com o estado de saúde do seu marido ou porque queria avisar que o karaokê ainda ia demorar para terminar. Ele apostou na segunda.

Levantou-se para pegar o telefone. Não sentia mais o calafrio nem dor nas costas.

O telefonema não era de Olívia. Era Koichi que estava na linha.

— Masakazu ligou agora dizendo que Lucas sumiu! — Parecia estar muito nervoso.

— O que quer dizer com "sumiu"? O que Irene está dizendo?

— Ela está em choque e não responde nada, só está falando coisas sem sentido. Mas, de acordo com José, o menino estava meio agitado esses dias, perguntando repetidas vezes quando seu pai viria. Masakazu disse que ele devia ter saído para encontrar com seu pai. A bicicleta também sumiu.

— José e Irene ainda não contaram para o menino que o pai dele morreu?

— Pois é. Eles não tinham falado, com pena dele.

— Entendo... Mas Lucas não sabe onde Antônio morava. Como ele...?

— É cabeça de criança! Deve ter pensado que podia encontrar com ele fácil quando chegasse a Bragança Coroada.

Koichi disse que estava pedindo aos colonos e aos moradores de Queimada para irem à associação a fim de organizar um mutirão para procurar Lucas ao longo da Estrada da Colônia. Ele acrescentou que a Colônia estava acostumada a trabalhar junto com os moradores de Queimada nas enchentes, desmoronamentos de barrancos, incêndios na mata etc.

— Então nós vamos procurá-lo dentro da cidade e na estrada estadual até o bar Magrão. Também avisarei ao Corpo de Bombeiros e a estação de rádio — afirmou o delegado.

Ele se lembrou de uma coisa para confirmar com o mecânico japonês, pois a observação de Tadashi a respeito do balão não estava querendo sair da sua mente.

— *San*, queria perguntar uma coisa. Naquela noite do crime, você não viu um balão aceso subindo sobre a casa dos Sato, quando estava chegando lá?

— Não vi, não!

Logo Koichi se arrependeu de ter respondido de maneira muito seca. O delegado não devia ter gostado.

O último trecho, acerca de cento e cinquenta metros da Estrada da Colônia, foi feito pelo aterramento do brejo. De lá, podia-se ver a Colônia inteira sem obstáculo porque era quase uma linha reta e existia só capim. Depois começava a Avenida Ginza. A casa dos Sato era a primeira da avenida. Naquela noite, porém, dirigindo a moto, Koichi viu a sua frente só a escuridão, exceto as luzes fracas dos postes, e nada desse balão sobre o qual o delegado estava falando. Ele tinha absoluta certeza.

— Muito bem! Obrigado, Koichi *San*! — disse Carlos com voz firme. Parece que sua resposta era exatamente o que o delegado queria ouvir.

Vestindo as roupas perto do fogão, Carlos ligou para Anselmo explicando o que acontecera com Lucas, e mandou convocar todos os policiais para patrulhar a cidade e a estrada estadual. Também lhe disse para pôr o Alemão no comando da busca, porque ele queria agir separadamente.

Depois de pedir à estação de rádio para anunciar urgentemente o sumiço do menino, ele ligou para Olívia no restaurante Carlito explicando o que estava acontecendo, e avisou que ia sair em busca de Lucas.

Conforme Koichi explicou ao telefone, todo mundo na casa dos Sato estava acordado até as nove horas. Depois foram para seus quartos. Lucas dormiu com seus avós. Irene acordou José, por volta de uma e meia, percebendo a ausência do seu neto. O casal o procurou dentro e fora da casa, mas não o encontrou. Foi então que eles avisaram Masakazu.

Baseado nessa informação, Carlos tentou raciocinar.

A Estrada da Colônia tinha quatro quilômetros até o bar Magrão, e de lá até Bragança Coroada eram treze quilômetros. Um total de dezessete quilômetros. Mesmo levando em conta que Lucas tinha seis anos e as estradas eram escuras, três horas seriam o suficiente para ele chegar à cidade. Se ele tivesse saído, por exemplo, às dez horas, já deveria estar lá.

O que preocupava Carlos não era isso. Ele estava com medo de que Lucas sofresse algum acidente no caminho. O maior perigo era o canal de irrigação. Se ele caísse ali! Mesmo com a pouca profundidade (apenas cinquenta centímetros), a água era geladíssima. Poderia causar um choque térmico num instante, ou a força da corrente podia derrubar as pernas dele. Daí ele começaria a rolar na água, batendo a cabeça nos blocos das paredes até perder a consciência, ou engoliria água até se afogar e morrer.

Ainda havia outro perigo esperando por Lucas. Já estava na hora de a discoteca fechar. Para os bêbados ou drogados, era hora de começar outro *show*: o racha na estrada estadual. Recentemente, houve um acidente grave envolvendo pedestres e ciclistas inocentes. Foram cinco feridos em razão dessa corrida maluca de carros.

Quando entrou na estrada estadual, ele recebeu o telefonema de Olívia. Ela disse que, ao informar sobre o sumiço de Lucas, todos os participantes do karaokê propuseram a interrupção da competição para sair em busca dele. Bragança Coroada era grande demais só para a polícia e os bombeiros. Foi uma boa notícia.

Carlos dirigia o carro ao mesmo tempo que prestava atenção nos dois lados da estrada, procurando por Lucas. Por sorte, não viu sinal de racha. Contudo, quase todos que dirigiam carro a essa hora estavam alcoolizados. Agora mesmo um carro vindo de trás ultrapassou o seu com uma velocidade superior a cento e cinquenta quilômetros por hora, buzinando e insultando com palavrões. Cinco ou seis jovens dentro do veículo. Todos pareciam menores. Carlos disse sozinho:

— Que sorte vocês têm. Se fosse outra hora, pegaria todos e daria uma boa surra.

No momento, só Lucas estava na cabeça dele.

O terceiro perigo era o frio fora de série que estava esperando o menino. Se viesse uma chuva, Lucas viraria uma estátua de gelo em menos de vinte minutos.

Carlos não esqueceu a previsão do tempo que ouvira no rádio dizendo que o tempo pioraria durante toda a manhã. Rezando para que não baixasse mais a temperatura e não caísse chuva, ele continuou dirigindo. Logo viu fagulhas vermelhas saindo da chaminé do Magrão no escuro. A porta do bar estava fechada, mas o cheiro de pão fez cócegas em seu nariz.

Ele avançou direto à Estrada da Colônia. Logo a Colina das Três Cruzes entrou no raio do farol do carro.

Foi naquele lugar que ele tinha achado os corpos sem vida dos três irmãos dentro dos escombros do canal.

* * *

Há cinco anos, num dia quente de verão, depois de brincar no lago, os meninos estavam voltando para casa em Bragança Coroada. Enquanto caminhavam na Estrada da Colônia, veio uma chuva forte. De acordo com testemunhas, o menor, de oito anos, escorregou na beira do canal, onde tinha só terra argilosa molhada e não havia mais a parede lateral de concreto. O irmão de dez anos viu e estendeu a mão, mas perdeu o equilíbrio e foi junto. Quando o maior, de catorze anos, avistou os dois rolando na água, pulou para socorrê-los, mas não podia fazer nada contra a corrente forte. Os três sumiram na água. Tudo aconteceu num piscar de olhos.

Telefonaram para a delegacia meia hora depois do acidente. Carlos comandou a equipe conjunta da Delegacia de Polícia e do Corpo de Bombeiros. Os meninos foram achados duas horas mais tarde, dentro da pirâmide feita pelas paredes laterais ruídas do canal, a quase um quilômetro do lugar onde eles caíram. O caçula e o irmão do meio foram achados abraçados, com o maior agarrado às pernas dos dois. Foi uma tragédia inesquecível.

* * *

Carlos desceu do carro deixando os faróis acesos. Como esperava, viu as duas paredes encostadas deixando um espaço triangular por onde passava a corrente de água. O topo das paredes estava acima da água, mas o espaço triangular estava completamente submerso.

O comprimento das paredes derrubadas e o tamanho do espaço triangular eram iguais aos do acidente com os três irmãos. Ele tinha ouvido que a prefeitura vinha fazendo reparos a cada dois ou três anos, mas isso não durava nada, e a mesma coisa estava se repetindo no mesmo lugar. O último desmoronamento talvez tivesse ocorrido na noite do crime do casal Sato. Foi naquela noite que Carlos e Alemão conseguiram chegar ao bar Magrão ameaçados pelos raios e trovões.

Desde quando o caso Sato aconteceu, Carlos passou na Estrada da Colônia várias vezes, mas não prestava muita atenção na queda da parede naquele lugar, pois não era mais novidade. A propósito, diante do frequente desmoronamento ocorrido no canal, o Departamento de Construção Civil da prefeitura vinha recebendo críticas que atribuíam o ocorrido às falhas técnicas na execução da obra. Mas, recentemente, surgiu uma outra corrente de críticas que apontava possíveis falhas na engenharia do Departamento de Planejamento: os dois departamentos estavam empurrando a culpa um para o outro.

Carlos, com uma lanterna à prova d'água na mão, entrou devagar no canal, tentando chegar ao espaço triangular no lado da entrada de água. A água estava como gelo. O frio subiu das botas para a calça num instante. Ele se curvou e mergulhou a cabeça na água para olhar dentro do espaço triangular. Com a ajuda da lanterna, podia ver alguns pedaços de concreto no chão do canal. Mas todos eram pequenos. Não viu nenhum objeto grande que poderia impedir o fluxo de água. Dava para ver claramente todo o contorno da saída do espaço triangular.

Para ter certeza, foi até a saída de água do triângulo e repetiu a mesma checagem. Mas não viu nenhuma anormalidade. A suspeita era sem fundamento. Quando ele ia se afastar da abertura, bastante aliviado, sentiu alguma coisa presa na ponta de sua bota direita. Esticou a mão para tirar o objeto, porque estava atrapalhando o movimento do seu pé. Pensou que fosse uma alga ou planta aquática.

Conseguiu tirar. Era apenas um fio. Puxar ou soltar? Seu corpo já estava geladíssimo até o quadris. Decidiu soltá-lo. Porém, um pingo de capricho, não inspirado pelo instinto policial, mas pela curiosidade peculiar da meninice que ainda restava no fundo de sua mente, não o deixou. Carlos, em vez de soltar, tentou puxar. O fio logo ficou preso em alguma coisa.

A tremenda dor na coluna devido à água gelada já estava vencendo a sua curiosidade infantil. Até pensou seriamente: "Se eu não sair dessa maldita água agora mesmo, esse lugar pode mudar de nome para a Colina das Quatro Cruzes de Bragança Coroada, com certeza". Quando ia desistir, sentiu um puxão no fio, parecido com o que sentia quando um peixinho mordia a isca. Podia ser engano ou pura imaginação. Todavia, era suficiente para reanimar sua curiosidade. Ele o puxou com mais força e conseguiu soltá-lo. Talvez tivesse enroscado num pedaço de bloco. Ele continuou a puxar. Sentiu que o fio vinha arrastando alguma coisa. O que seria? Ficou ansioso! Enfim apareceu a outra ponta do fio, que veio junto com um objeto cinzento. Carlos podia identificá-lo imediatamente. Era a tão sonhada Beretta, sem a menor dúvida!

Ele ficou em estupor na água gelada. Não sentia frio, nem dor. Era uma maravilha, como se estivesse flutuando nas nuvens! Alguns segundos depois, entretanto, ele voltou a si mesmo. E a dor na sua coluna também, com intensidade dobrada! Saindo do canal rastejando, pulou dentro do carro e ligou o aquecedor.

(5)

Enquanto olhava a pistola, ele sentiu um forte calor crescendo no peito. Não foi por causa do aquecedor do carro. Era algo parecido com um magma escaldante que estava fervendo em seu coração. A massa de fogo era movida pela sensação de triunfo por ter alcançado um grande êxito em sua vida. Logo a emoção chegou ao máximo. Não aguentando mais a violenta palpitação, ele pulou para fora do carro e gritou na escuridão, como se estivesse expelindo todo o magma:

— Olíviaaa! Escuuuta! Sei que as pessoas da cidade estão me chamando de "pavio curto", disparando arma de fogo que nem loucooo! Também sei que estão rindo de mim dizendo que só sei apartar os bêbados em briga ou correr atrás de ladrão de bicicleta. — Seu grito foi ganhando força. — Maaas agora eles saberão quem realmente sou! Seu marido acabou de desvendar o maior mistério que a polícia bragantina teve até agoraaa! Grande façanha do seu marido! Você não precisa mais sentir vergonha de ter um marido como eeeu!

Ele estava rindo e ao mesmo tempo chorando.

Em seu desabafo, não se esqueceu de se dirigir ao Ronaldo, o delegado da Polícia de Tomé da Conquista.

— Ronaldooo! Você está querendo receber a condecoração depois de inventar uma história tão suja, fazendo de Antônio o autor do crime do caso Sato. Você é o maior sem-vergonha que já vi! Mas não vai ficar assim, nããão! Agora eu tenho uma prova incontestável contra a sua falcatrua! Pode esperar o seu algoz chegaaar!

Depois de desabafar tudo que guardava dentro de si, ele se sentiu totalmente livre daquela sensação de derrota e fracasso. Só restava encontrar Lucas. Mas ele não estava mais preocupado com o menino. O fato de ele não estar debaixo dos escombros do canal era prova de que estava vivo. Ele era forte. Aguentou até chegar ao hospital com o pescoço jorrando sangue quando sofrera aquele acidente com o fio de pipa. A essa hora devia estar curtindo o passeio com sua bicicleta em algum lugar. Todo o pessimismo que atormentava o delegado já tinha sumido de vez. Sua cabeça estava cheia de otimismo. Já eram quatro e meia da manhã.

* * *

Quando ele virou o carro para voltar à bifurcação, algo refletiu no retrovisor. Desceu para ver direito. Eram luzes de lanternas elétricas. Muitos pontinhos luminosos estavam se movendo para a direita e para a esquerda na direção da Colônia. Deviam ser os moradores da Colônia e de Queimada. Ele deu meia-volta para se juntar a eles. Encontrou-os cerca de trezentos metros à frente; eram mais ou menos trinta pessoas. Eles andavam em fileira, seguidos pelos carros na retaguarda.

Makoto Futabayashi estava no comando. Quando ele sinalizou para a fila parar, levantando o braço direito, o grupo parou e gritou "Lucaaas!". Ficavam em silêncio durante oito a dez segundos para saber se havia resposta ou alguma reação. Em seguida começavam a andar de novo. Não deixavam de checar o canal e a mata nesse ínterim. Todos os movimentos sincronizados. Viu Koichi e outros colonos que estavam na reunião de domingo passado. Kenzo Kakui, ex-*sushiman*, estava com uma faixa branca, chamada *hachimaki* em japonês, amarrada na cabeça. A faixa tinha uma esfera vermelha pintada na frente, o símbolo da Terra do Sol Nascente. Viu o Bocão. Patrício, o dono simpático do bar, também. Todos andavam em silêncio para não deixar escapar nenhum sinal de vida do menino. Quando passou por eles, Carlos estendeu o braço para fora da janela, cumprimentando cada um ao estilo *high-five* (bater a palma da mão contra a de outra pessoa); depois, ficou atrás do último carro.

De repente tocou seu celular. Era o Alemão com a voz excitada. Carlos pensou que tivesse achado Lucas, mas não era isso. O que seu subordinado disse era que muitos cidadãos, sabendo do desaparecimento do menino pelo rádio, estavam na rua com lanternas à procura dele.

— Parece uma festa de vagalumes! Ainda vai ter mais gente!

Os acontecimentos infelizes relativos à família de José eram de conhecimento de todos os cidadãos bragantinos. A cidade inteira simpatizava com a tragédia da família. Portanto, a busca voluntária era uma prova de solidariedade.

— Eu estou com a turma da Colônia e Queimada indo em direção à estrada estadual. Dentro de mais ou menos quarenta minutos estarei no Magrão.

— Acho melhor deixar a busca daqui para os cidadãos e os bombeiros, e concentrar a nossa busca ao longo da estrada estadual e suas ramificações — sugeriu o Alemão.

— Boa ideia!

Carlos concordou com ele e os dois começaram a trocar ideias sobre a alteração do procedimento de busca.

Subitamente surgiram gritos agudos na frente da fileira.

— Tenho que ir! Parece que tem briga! A gente se vê no Magrão, tá bem?

Carlos desligou o celular. Desceu do carro e correu em direção aos gritos.

A vanguarda da fileira estava trocando insultos com outro grupo que tinha tochas acesas nas mãos. Era o grupo dos sem-terra, com cerca de vinte homens. Estavam prestes a começar uma briga. Um dos sem-terra protestou para Carlos:

— Nós soubemos do sumiço de Lucas pelo rádio. Por isso viemos procurá-lo. Só isso. Mas esses caras vieram para cima da gente fazendo acusações e provocações.

Carlos não havia se esquecido dele. Era o líder dos sem-terra. Seu nome era Cunha.

Kenzo interveio.

— Vieram para procurar Lucas? Está brincando! Não foi o filho de um de vocês que cortou a garganta dele com fio de pipa para roubar a bicicleta? Ele quase morreu. Já esqueceram? E a atrocidade de vocês não terminou por aí. Os caras que agrediram o avô de Lucas até desmaiar e os moleques que mataram Antônio para roubar dinheiro também são do seu grupo. Ou estou errado? Vocês não são humanos! São lixos!

Cunha parecia não saber como rebater. O samurai japonês aumentou o seu tom de acusação:

— A propósito, o que está na mão de vocês? Não são tochas? A gente está sabendo que vocês estão tramando atear fogo nos eucaliptos da empresa em conflito com vocês. É uma tática suja que vocês usam para fragilizar a resistência dos seus oponentes. Se falarem que estão procurando o menino, podem andar com as tochas acesas sem levantar suspeita da polícia. Muito esperto! Mas, enquanto a gente estiver de olho em vocês, uma trapaça como essa não vai colar nunca! Arrumem as malas logo e se mandem para o inferno! — Kenzo cuspiu no chão.

Os rapazes que estavam cara a cara com o samurai caíram na provocação e iam investir contra ele. No entanto, Cunha e outros dirigentes tentaram segurá-los.

Cunha sentia a responsabilidade pelos recentes acontecimentos causados pelos camaradas, pelos filhos deles e por ele próprio, que, devido a seu ato leviano, brigou com capangas e ficou detido na delegacia. Ele estava arrependido e, ao mesmo tempo, preocupado com o futuro do movimento. Pensou que não deveria ter mais atrito com a comunidade local, senão o movimento logo desmoronaria. Por isso, estava tentando acalmar os jovens. Contudo, a rapaziada, cuja ira contra Kenzo estava prestes a explodir, não gostou da intervenção de Cunha. Por isso, a raiva deles, em vez de dirigir-se ao ex-*sushiman*, foi na direção do seu líder.

— Líder covarde! Some daqui!
— Cunha, você não presta! Faz a mala e vai embora!

Eles cercaram e agrediram Cunha até com socos. O rosto dele ficou distorcido de agonia e tristeza.

Repentinamente, veio o som de disparo. Duas vezes. Todo mundo agachou ou se encolheu procurando de onde vieram os tiros. Logo viram o 38 na mão do delegado. Ele estava observando o desenrolar dos acontecimentos e, quando viu Cunha em apuros, decidiu intervir. O líder do movimento colaborou na recuperação da bicicleta de Lucas e na captura de três rapazes, autores da agressão mortal contra Antônio. Ele, portanto, sentia um dever para com o líder.

Primeiro, pegou os óculos que Cunha deixou cair no chão durante o choque corporal com os jovens. Depois abriu a boca:

— Ei, vocês! Parece que têm energia de sobra. Isso não é ruim, mas prestem atenção. Dentro do acampamento podem fazer o que quiserem. Porém, aqui é a via pública. Sem consultar o Incra ou uma autoridade de direitos humanos, posso prender vocês por perturbação em lugar público ou por lesão corporal. Se não quiserem comer comida ruim da cela, melhor seguirem o conselho do seu líder.

Ele falava calmo, sem apelar ao tom ameaçador costumeiro. Porém, nesse ínterim, o revólver 38 em sua mão rolava sem parar, e a ponta também. O movimento da ponta não parecia intencional. Era como se fosse um bico de mangueira que escapava da mão do irrigador, indo e vindo sem rumo. Todavia, os rapazes não achavam assim. Para eles, a arma estava sempre com a mira em suas cabeças ou seus corações. Todos eles sabiam o apelido do delegado e sua mania de puxar o gatilho à toa para mostrar autoridade. Não compensaria ficar preso por conta de uma briga movida por raiva temporária. Nem valeria a pena provocar a ira do delegado temperamental e machucar-se pelo disparo acidental de um 38 na mão dele. Seria só prejuízo. Eles pensaram assim. Enfim, o bom juízo venceu. Os rebeldes recuaram para se juntar aos seus companheiros.

— Se vocês forem com a gente na busca de Lucas, seria de grande ajuda. Vamos descer até o bar Magrão juntos — Carlos devolveu para Cunha os óculos que tinha pegado no chão. O líder do MST disse "obrigado" e os ajeitou em seu nariz. Quem escutou Cunha agradecer pensou que a palavra era pelos óculos. Porém, o agradecimento era pelo fato de Carlos ter contornado a situação, acalmando os jovens revoltados. Só Cunha e Carlos sabiam o significado real daquela palavra.

Do lado dos sem-terra, a poeira abaixou. E do lado do grupo da Colônia e de Queimada? Quando Carlos se virou para eles, encontrou o olhar atravessado do ex-*sushiman*. Ele não estava nada contente com o modo de agir do delegado.

— Por que a gente tem que andar com esses posseiros nojentos? Não é seu dever botar eles na cadeia? Já que você não tem coragem de fazer isso, que tal deixar a gente resolver de outra maneira para você, aqui e agora? — disse com a voz desafiadora.

Carlos pensou que estava na hora de dar uma lição nele. Se deixasse para mais tarde, ficaria mais difícil de endireitá-lo. Decidido, ele deu alguns passos para ficar frente a frente com o briguento japonês.

— A vida de um menino está em jogo. Porém, você só pensa em mostrar como é bom de briga. Já que gosta tanto, deixo você brigar à vontade, "aqui e agora", como você quiser.

Brilharam os olhos do samurai valente, que apertou a faixa *hachimaki* mais forte.

— Porém, o primeiro serei eu!

De repente, surgiram exclamações de surpresa no aglomerado: "guerreiro japonês contra o delegado durão!"; "é a luta do século XXI ao vivo!". Todo mundo ficou na expectativa. "Qual arte marcial o samurai vai usar: karatê ou judô?" "Quem será o vencedor?"

O silêncio tomou conta da mata.

Passaram-se vinte segundos; Kenzo não se moveu.

Carlos perdeu a paciência.

— O que foi, *kamikaze*? Vem logo!

Ele empurrou levemente o peito do samurai com o punho. O japonês não reagiu. Será que ele estava esperando o momento certo para um ataque-surpresa?

Passaram-se mais alguns segundos.

De súbito, contrariando a expectativa de todos, a cabeça do samurai se curvou noventa graus para baixo. Em seguida, sua mão direita se estendeu devagar à procura da mão do delegado.

Eles apertaram as mãos. Foi a rendição incondicional do Japão!

Alguns vaiaram por terem perdido a luta do século. Mas esse sinal de contestação foi apagado imediatamente pela salva de palmas da maioria dos presentes. Os pacifistas venceram.

O número da equipe de busca aumentou para cinquenta com a adesão da turma dos sem-terra. Quando eles chegaram perto do bar Magrão, veio aquele cheiro gostoso de pão fresquinho. Eram quase seis horas da manhã.

Sentindo fome, todo mundo acelerou os passos. O bar ficou cheio, e as pessoas que não couberam sentaram nos bancos feitos de tronco no lado de fora. Além de Olga, suas duas filhas também corriam para atender aos pedidos. Os primeiros pães que saíram do formo desapareceram num instante.

Carlos apoiou as costas no balcão e comeu um pão doce. Olhava as pessoas sentadas sem muitas palavras, todavia, sua atenção estava concentrada na próxima ação que deveria tomar. Não havia notícia nem do Corpo de Bombeiros, nem do Alemão. Terminou a busca na Estrada da Colônia sem resultado. Onde se metera Lucas? Será que ele errou o caminho e foi na direção de Tomé da Conquista em vez de ir para Bragança Coroada? Era provável. Tomando o café quente, pouco a pouco, ele pensou em procurá-lo ao longo da estrada estadual, no sentido de cidade tomense, quando o Alemão chegasse.

O relógio de pulso mostrava seis e meia. O céu no leste estava coberto por uma camada densa de nuvens cinzentas.

(6)

Olga viu que restavam poucas lenhas para o forno e avisou seu marido. Magrão, que estava atendendo os fregueses no balcão, saiu de lá, passou na frente de Carlos e abriu a porta dos fundos para o quintal, onde ficava o depósito de lenhas. Poucos minutos depois, a porta se abriu de novo. Quando ele reapareceu, alguns fregueses sentados perto da porta deram gritos de surpresa. Todos que estavam no bar olharam na direção dos gritos, e viram o Magrão com Lucas nos braços! O bar tremeu pelas exclamações de alegria. Lucas acordou sem saber o que estava acontecendo e olhou ao redor assustado. Quando viu o delegado perto dele, gritou "Tio!" e estendeu os braços quase chorando. A emoção era tão grande que Carlos estava rindo e chorando ao recebê-lo no colo. Todo mundo se aproximou do menino e o parabenizou passando a mão em sua cabeça ou dando tapinhas nas costas.

Parecia não estar machucado. O pijama estava sequinho e quente e as bochechas avermelhadas. Estranho. Carlos ia perguntar onde ele tinha andado, mas mudou de ideia. Estava com receio de que Lucas interpretasse a sua pergunta como uma repreensão. Em vez disso, perguntou se ele estava com fome. Imediatamente Lucas afirmou que sim com a cabeça. Magrão, que estava ao lado, trouxe logo um saquinho cheio de pão doce.

O bar, que alguns minutos atrás parecia um velório, virou um palco de festa de carnaval. Aqueles que estavam andando em silêncio durante a busca agora falavam uns com os outros, cheios de sorrisos no rosto.

Quando começou a tocar "Asa Branca" no alto-falante do bar, muitos se levantaram e começaram a dançar. Naturalmente, em vez de pedir outro café, a maioria pediu um copo de pinga. Brinde aqui, brinde ali. Não tinha mais grupos da Colônia, dos sem-terra ou de Queimada. Todos eram um grupo só.

Magrão, que estava cochichando com sua esposa, virou para os fregueses tocando o copo vazio de vidro com uma colher para chamar a atenção. Com a voz alta até chegar aos fregueses fora do bar, ele declarou:

— Por motivo de celebração do resgate bem-sucedido de Lucas, o café da manhã de hoje será por conta da casa!

Surgiram os gritos estrondosos de surpresa e alegria, e o piso de madeira tremeu.

O Bocão, com o copo cheio de pinga entre os dedos, perguntou ao Magrão:

— Sua mulher mão de vaca autorizou isso?

Olga escutou o que Bocão disse e respondeu de bate-pronto:

— Quem autorizou fui eu! Se não gostou, posso cobrar o copo de pinga que está na tua mão!

Explodiu a gargalhada.

— A propósito, onde você achou Lucas? — alguém perguntou para o Magrão. Era o que todo mundo queria saber.

— Quando fui ao depósito para pegar mais lenha, eu o achei dormindo lá, junto com a bicicleta.

O forno de assar o pão estava embutido na parede interna do bar. O depósito de lenha com tijolo e telha de fibrocimento foi feito ao longo da mesma parede, porém no lado externo, justamente atrás do forno, a fim de aproveitar ao máximo o calor gerado pelo forno para manter as lenhas secas.

Geralmente, a temperatura dentro do depósito ficava entre doze e dezoito graus mais alta do que do lado de fora, quando o forno estava aceso.

Nessa época, muitos sem-teto morriam por causa do forte frio. Porém, Lucas se salvou graças ao depósito de lenha. Como ele chegou até lá? As pessoas admiraram a esperteza do menino e queriam saber mais sobre sua aventura.

Quando sondado para contar, ele recusou. É natural. Havia quarenta pessoas dentro do bar. Contando com os que estavam fora, o número chegava a mais de cinquenta. A maioria ali não saberia falar direito diante de tanta gente, mesmo com a ajuda da cachaça. Imagine Lucas, que era uma criança de apenas seis anos.

Ele continuou recusando, enquanto os pedidos insistentes da plateia ganhavam força. Enfim, as palavras encorajadoras de Carlos conseguiram convencê-lo. Ele colocou Lucas em cima do balcão. As palavras começaram sair da boca dele, porém pouco a pouco. Carlos auxiliou o menino complementando quando faltava clareza na fala dele e dando ajuda quando ele parava por não achar as palavras adequadas.

Ao terminar de contar, Lucas recebeu aplausos calorosos de todos os presentes.

Carlos, emocionado, gritou:

— Bravo, Lucas! Muito bem! Tu falas bem melhor que o prefeito de Bragança Coroada!

Gargalhada e gozação também:

— Você falou mais que o menino! Se você ficasse quieto, estava melhor ainda!

Outra gargalhada.

Lucas disse que ficara com saudade do seu pai e saíra de casa sem pensar muito. Achava que seria fácil encontrá-lo quando chegasse à cidade.

Ao se aproximar do bar Magrão, sentira cansaço. Parou de pedalar e sentou-se em uma pedra na beira da estrada. Enquanto descansava, sentiu o frio penetrando em seu corpo, algo que não acontecia enquanto pedalava a bicicleta.

Veio o sono também. Quando começou a cochilar, sentiu o cheiro doce de pão e a barriga começou a roncar. Ele não aguentou mais e foi ao bar para pedir um pedaço de pão, mas todas as portas ainda estavam fechadas. Após rodear o bar, achou uma porta sem tranca, que era a do depósito de lenha. Quando entrou, sentiu o ar quente. Deitou-se para descansar um pouco e caiu no sono.

Os fregueses cochichavam que a padaria do bar Magrão, aberta para moradores do acampamento dos sem-terra, salvara a vida de Lucas, pois ficar parado lá fora só de pijama sob uma temperatura de 0 °C seria a mesma coisa que estar com a passagem na mão esperando a viagem para "o céu", com certeza. Alguns religiosos falavam até em milagre. Ao tomarem conhecimento de que o menino ainda não sabia da morte de seu pai, a pena que sentiam dele aumentou mais ainda.

Logo chegaram os carros da Colônia. José e Irene desceram da Kombi de Tanji Shimizu, apoiados pelos colonos. Irene estava se sentindo mal, mas, quando soube que seu neto fora encontrado são e salvo, ficou melhor.

Lucas partiu do bar com seus avós para a Colônia às sete e meia da manhã.

EPÍLOGO

(1)

Olívia e seu filho esperaram acordados até Carlos telefonar avisando que Lucas fora encontrado. Por isso, ao chegar em casa, ele viu os dois dormindo. Após trocar de roupa, saiu de novo de carro para ir à delegacia. Se fosse outro sábado, seria normal ver gente na rua. Mas não viu ninguém. Também deviam estar dormindo após terem ficado na rua procurando Lucas durante a noite inteira.

Ao chegar à delegacia, ele se sentou na poltrona. Silêncio e tranquilidade dominavam o quarto. Sentiu saudade até das inúmeras partículas de poeira pairando no ar.

— Aposentadoria nem pensar. Ficarei aqui até Deus me chamar — murmurou, colocando a Beretta em cima de sua escrivaninha velha. Esse pequeno objeto metálico viu tudo o que aconteceu na casa dos Sato naquela noite, mas não iria abrir a boca nunca, assim como Momoe.

Portanto, para procurar a verdade, não tinha outro meio se não apelar à dedução. Carlos tentou relembrar os acontecimentos recentes. O maior destaque foi aquela sensação estranha que sentiu na ponta da bota no canal, perto das três cruzes da colina. Por que a Beretta estava lá?

Se o balão tivesse subido com a pistola, o mecânico japonês deveria ter visto. Mas ele dissera que não. Então, o balão não subiu. Como Tadashi suspeitou, o peso da pistola devia ter impedido isso. Koichi também disse que não vira a arma nem o balão quando chegou perto de Momoe, ferida no chão. Confirmou isso categoricamente. Então alguém pegou as provas do chão antes de Koichi chegar. E esse alguém devia ter sido Antônio.

É muito provável que o rapaz tenha interpretado imediatamente a intenção de Momoe. Ele era muito inteligente. Devia ter raciocinado também que os primeiros dois tiros que ouviu foram direcionados ao esposo dela. Para levar a cabo o desejo de Momoe, Antônio procurou esconder a arma e o balão. O barulho do motor da moto de Koichi vinha crescendo. Não restava mais tempo. Ele correu até o canal e jogou as provas lá.

Seria cruel condenar esse ato dele, que sempre foi tratado como um membro da família Sato e tinha um amor muito grande por Momoe.

A moto já estava quase chegando, mas ele estava tão preocupado com Momoe que não queria sair de lá. Por isso, devia ter se escondido na sombra. Não desejava ser visto por ninguém. Sabia que as circunstâncias estavam contra ele. Se alguém o visse, a notícia chegaria num instante à cidade inteira. Certamente, o povo iria atrás dele para linchá-lo antes que a polícia o alcançasse.

Na dedução do delegado, Antônio soube que o dono da moto era Koichi somente quando o japonês desceu da moto e entrou no terreno dos Sato. O mecânico era boa pessoa, mas Antônio hesitou em sair da sombra, pois não tinha certeza absoluta de que o japonês veria sua presença naquele momento com bons olhos. Enfim, decidiu não sair para não se arriscar.

A maior preocupação dele era a gravidade do ferimento de Momoe. Devia ter se sentido impotente por não poder fazer nada por ela. Também, certamente, deve ter se preocupado muito com o que iria acontecer com ele mesmo, depois de ter se envolvido numa enrascada como aquela. Afinal de contas, ele foi para a Colônia apenas a fim de acompanhar seu filho até a casa de Okamoto por causa de um telefonema.

Depois de Koichi sair apressado, ele voltou ao lado de Momoe. Vendo-a à beira da morte, devia estar com os sentimentos misturados de tristeza e desespero.

Os passos se aproximavam. Pensou que fossem as pessoas para socorrê-la. Aliviado, ele se afastou dela e voltou à casa de Okamoto para pegar Lucas.

No dia seguinte a polícia procurou as provas do crime, inclusive no canal nas imediações da casa dos Sato, mas não acharam nada, porque a pistola e o balão foram levados pela chuva pesada que caiu mais tarde naquela noite.

(2)

Carlos queria fazer uma visita-surpresa à Delegacia de Tomé da Conquista levando as provas e esfregando-as no nariz vermelho de Ronaldo para ver como ficaria sua cara arrogante. Porém sua ansiedade era tão forte que não podia esperar até chegar lá. Ele escolheu o celular para dar um bote no delegado arrogante. Quando a ligação se completou, Carlos disse a ele que o caso dos Sato era uma tentativa de homicídio seguida de suicídio; todo planejado e executado por Momoe. Em seguida, explicou os detalhes do crime e o seu motivo, deixando claro que Antônio somente presenciou a cena, acidentalmente, portanto era inocente.

— A prova, a Beretta 22 que Momoe usou, foi recolhida do canal na altura das três cruzes da Estrada da Colônia — acrescentou.

Ronaldo não se abalou com a notícia bombástica.

— Você está sonhando — disse com a arrogância de sempre. — O caso já foi resolvido, e eu até tinha me esquecido dele.

— Tinha esquecido? Aconteceu apenas uma semana atrás! Você deve estar com amnésia! Melhor procurar o médico!

O delegado de Tomé da Conquista ignorou a provocação de Carlos e continuou:

— Eu tenho o relatório do inquérito elaborado com a Polícia Federal definindo Antônio como autor do crime, e com o visto de Masakazu. Não adianta inventar esse artifício mesquinho. O caso está encerrado!

— O visto de Masakazu? Uma ova! — resmungou Carlos. Era óbvio que Ronaldo estava blefando. Ele decidiu usar o mesmo artifício. — Estranho! Masakazu ligou para mim na terça-feira passada perguntando o que deveria fazer com o montão de papel que o seu subordinado levou ao hospital pedindo visto. O documento estava baseado desde o começo até o fim na convicção de que o autor do crime era Antônio. O japonês, porém, tinha plena certeza de que o rapaz era inocente. Por isso ele me consultou pelo telefone. Eu disse a ele que não precisava assinar nada, que poderia usar os papéis para algo melhor, como assoar o nariz, e depois poderia jogar no lixo e esquecer. Se duvidar do que estou dizendo, posso levá-lo até você — Carlos podia imaginar a careta de Ronaldo. — Aceite o meu conselho e anuncie a correção. Diga que não estava correta a informação de segunda-feira passada. Era muito cedo, e o responsável pelo caso ainda não estava bem acordado. Por isso, acabou dando a informação equivocada. A propósito, esse "responsável" era você.

— Como eu disse, o caso está encerrado! Se negar agora, vão me mandar para o olho da rua!

— Então ponha a culpa naquele rapaz de Brasília. Você não é bom em se livrar da culpa empurrando-a para os outros?

— Não seja cruel comigo!

Parece que o bote venenoso de Carlos começou a fazer efeito. Contudo, ele ainda não tinha perdoado Ronaldo, e preparou o bote final e fatal para se vingar daquela humilhação que sofrera no Hospital Santa Casa.

— A propósito, já chegou aí a bala que estava alojada na cabeça de Momoe? O médico disse para mim que o perito de vocês a levou. Foi Kleber, não foi? Visto que você não é bobo, deve tê-la destruído, pois sabe melhor do que ninguém que ela não saiu da pistola que você alega que pertence a Antônio.

— ...

Ronaldo manteve seu silêncio.

— Mas, devido à sua amnésia, você deve ter se esquecido de uma coisa importante. As balas que saíram da pistola foram três no total;

duas delas ainda estão no corpo de Masakazu. Ele teve alta do hospital, porém está esperando a extração delas, agendada para quando vier o médico de Florianópolis, hábil nesse tipo de trabalho. Seu puxa-saco não falou nada sobre isso para você?

— ...

— Quando forem extraídas as balas de Masakazu, ficará claro de onde saíram: ou da pistola que você alega que era de Antônio ou da Beretta que eu achei no canal da Estrada da Colônia. Faço questão de assistir à extração e ao teste balístico, porque estou morrendo de curiosidade para saber como você vai justificar sua falcatrua.

— ...

* * *

Cinco dias depois, a Delegacia de Polícia de Tomé da Conquista anunciou a correção sobre o caso Sato. A rádio imediatamente transmitiu a notícia. Quando Carlos e Alemão passaram no Carlito para almoçar, souberam do pronunciamento policial por Zeca, o dono do restaurante. Os três brindaram juntos com refrigerante.

Algumas semanas depois, Ronaldo se aposentou. Dizem que houve recomendação da Secretaria de Segurança Pública do governo estadual.

(3)

Koichi casou-se com Ana Maria, aquela cozinheira da Dom Quixote que fazia o macarrão à bolonhesa saboroso. Por acaso, Carlos soube pelo Chicão, dono da lanchonete, que ela punha um pão francês de graça só no prato de Koichi. O pão era uma mensagem de amor. Carlos e Olívia acompanharam os dois ao altar.

FIM

Esta obra foi composta em Janson Text LT Std 11pt e
impressa em papel Pólen Soft 80 g/m² pela gráfica PSI7.